教 育 部 统 编 《 语 文 》

荷花淀

孙 犁／著

人民文学出版社

图书在版编目（CIP）数据

荷花淀/孙犁著. —北京：人民文学出版社，2018
（教育部统编《语文》推荐阅读丛书）
ISBN 978-7-02-013773-2

Ⅰ.①荷… Ⅱ.①孙… Ⅲ.①短篇小说—小说集—中国—当代 Ⅳ.①I247.7

中国版本图书馆 CIP 数据核字（2018）第 017153 号

责任编辑　赵　萍　李　宇
装帧设计　李思安　马诗音
责任印制　任　祎

出版发行　人民文学出版社
社　　址　北京市朝内大街 166 号
邮政编码　100705
网　　址　http://www.rw-cn.com

印　　刷　北京中科印刷有限公司
经　　销　全国新华书店等

字　　数　234 千字
开　　本　650 毫米×920 毫米　1/16
印　　张　19.5　插页1
印　　数　20001—40000
版　　次　2018 年 4 月北京第 1 版
印　　次　2018 年 7 月第 2 次印刷

书　　号　978-7-02-013773-2
定　　价　39.00 元

如有印装质量问题，请与本社图书销售中心调换。电话：010-65233595

出 版 说 明

　　从 2017 年 9 月开始,在国家统一部署下,全国中小学陆续启用了教育部统编语文教材。统编教材加强了中国优秀传统文化教育、革命传统教育以及社会主义先进文化教育的内容,更加注重立德树人,鼓励学生通过大量阅读提升语文素养、涵养人文精神。人民文学出版社是新中国成立最早的大型文学专业出版机构,长期坚持以传播优秀文化为己任,立足经典,注重创新,在中外文学出版方面积累了丰厚的资源。为配合国家部署,充分发挥自身优势,为广大学生课外阅读提供服务,我社在总结"语文新课标必读丛书"出版经验的基础上,邀请专家名师,经过认真讨论、深入调研,推出了这套"教育部统编《语文》推荐阅读丛书"。丛书收入图书百余种,均为中小学语文课程标准和教育部统编《语文》推荐阅读书目,基本涵盖了古今中外主要的文学经典,完全能满足学生成长过程中的阅读需要,对增强孩子的语文能力,提升写作水平,都有帮助。本丛书依据的都是我社多年积累的优秀版本,品种齐全,编校精良。每书的卷首配导读文字,介绍作者生平、写作背景、作品成就与特点;卷末附知识链接,提示知识要点。

　　在丛书编辑出版过程中,教育部统编语文教科书总主编温儒敏教授,给予了"去课程化"和帮助学生建立"阅读契约"的指导性意见,即尊重孩子的个性化阅读感受,引导他们把阅读变成一种兴趣。所以本丛书严格保证作品内容的完整性和结构的连续性,既不随意删改作品内容,也不破坏作品结构,随文安插干扰阅读的多余元素。相信这套丛书会成为广大中小学生的良师益友和家庭必备藏书。

人民文学出版社编辑部
2018 年 3 月

目　次

导　读

　　孙犁无论是在二十世纪四十年代的文学语境中，还是在新时期的文学创作中，都是极具鲜明个性的存在。四十至五十年代，孙犁的创作以小说为主。一九四五年五月五日，副题为"白洋淀纪事之一"的《荷花淀》在延安《解放日报》副刊登载，在革命文学整体浑厚豪放的创作背景下，小说诗化的追求，对战争年代里人性之善、人情之美的描写，犹如一首清新优美的抒情诗，在解放区大放异彩。之后结集为《荷花淀》出版，并陆续出版了《芦花荡》《嘱咐》《采蒲台》等短篇小说集。一九五六年，由于身体不适，之后又经历"养病"十年、"动乱"十年，孙犁写作逐渐减少，至七十年代后期又重新开始晚期写作，而转向散文方向，先后出版了《晚华集》《秀露集》《澹定集》等，此时孙犁的写作风格已格外的沉郁淡泊，对人情事理有了更为深邃的理解，呈现出一种更为通达的气象。

　　对于自己小说的创作，孙犁有着清楚的定位，"我的创作，从抗日战争开始，是我个人对这一伟大时代、神圣战争，所作的真实记录。其中也反映了我的思想，我的感情，我的前进脚步，我的悲欢离合"。孙犁的抗日小说大致可以分为两类：一类是描写冀中白洋淀一带水乡农民的斗争生活，比如《荷花淀》《芦花荡》《嘱咐》等。另一类是描写以冀中阜平为中心的山地儿女的斗争生活,比如《光荣》《吴召儿》等。他的作品总体风格清新恬淡,有着强烈的地域色彩,在表现解放区人民艰苦斗争的同时,洋溢着革命的乐观主义。这与他对小说的现实主义和浪漫主义的双重美学追求有很大的关系。

孙犁所追求的现实主义,是一种严格忠实于生活、忠实于作家自己的真情实感的现实主义,正像他所说的,"创作的命脉,在于真实。这指的是生活的真实,和作者思想意态的真实。这是现实主义的起码之点"。但同时他又认为,"文学不要急急忙忙地、直接地反映文件上的政治、会议上的政治,而是要表现溶解于生活中的政治"。因此,在小说的主题和题材的选择上,孙犁不刻意地追求史诗性的宏大叙事,不侧重于表现某一具体的社会问题,也不过多地直接描写战争、眼泪和死亡,而是选择一些看似"细枝末节"却是与大时代紧密相连的抗日军民的日常生活和普通人物的平凡故事,来表现炮火硝烟中人民的美好情操、战斗的豪情和胜利的喜悦。

通过这种表现方式,孙犁独创了自己的人物体系。与其他作者强调的对国民劣根性的批判不同,他的小说中主要挑选了那些热心抗战、坚信抗战正义和必胜的、对生活充满热爱和喜悦的底层民众作为描写对象,展现他们的健康乐观以及坚毅英勇的优秀品格。其中最突出的又是一批在残酷斗争中具有献身精神,能吃苦、顾大局的农村青年女性形象。比如《"藏"》里的浅花、《光荣》里的秀梅、《吴召儿》里的吴召儿等都是这一类的代表。在对她们的描写中,孙犁抓住人物思想性格中最主要、最特殊的部分,然后"强调它,突出它,更多地提出它,用重笔调写它,使它鲜明起来,凸现出来,发射光亮,照人眼目",而让读者"通过这样一个鲜亮的环节,抓住整条环链,看到全面的生活"。比如《吴召儿》中所选择的就是几个瞬间:吴召儿在给"我"当向导的时候,穿上了一件红棉袄;在爬神仙山的途中,穿着红棉袄的吴召儿爬在最前面,像是在乱石中突然开出了一朵红花;当敌人包围了大山的时候,吴召儿截击敌人时,把红色的棉袄翻过来穿,登在乱石上跳跃,活像一只逃散的黑头的小白山羊,那翻在里面的红棉袄,还不断被风吹卷,像从她的身上撒出的一朵朵的火花。作者通过对不同环境下吴召儿形象的描述,将她的外在美与内在美达到了完美的统一,一位聪明、热情、勇敢的抗战女性形象跃然纸上。

与之相匹配的是,在孙犁的小说中,并不十分注重故事的完整性和情节的曲折离奇,而是善于用散文化的抒情笔法灵活自如地穿插描写、议论与抒情。比如《荷花淀》中白洋淀的诗意轻盈与女人们的劳动、水生夫妻的分别、紧张的战斗场景完美地融合在了一起。与此同时,他的语言虽从生活出发,清新质朴却又不露痕迹地进行了艺术加工,将"通俗和优美、简练和细腻、直率和含蓄、清淡和浓烈,和谐地统一在一起",他将自己浓厚的感情蕴藉其中,景、物、人在他的笔下都生动活泼起来。他的这些诗化小说的追求,影响了四十年代"荷花淀派"文学流派的形成。

与此同时,作为散文家的孙犁是与作为小说家的孙犁并存的。新时期,孙犁将创作的重心由小说转移到了散文,并成为散文创作的一名大家,与巴金一起被誉为"当代散文星空中的双星"。

孙犁的散文,多取材于自己过去的经历,虽题材琐细,却真诚亲切,同时注入了当下的情感体验,笔触细致自然,又富有历史的厚重感。比如《乡里旧闻》《童年漫忆》就是以其童年的乡村生活为素材,选取了富有代表性的人物及故事片段,展现了中国北方农村的缩影;《亡人逸事》则是选取了亡妻生前的几个生活小片段,笔端悠远有淡淡的悲哀。

同时,晚年的孙犁潜心读书,在散文创作中务求文字的简洁朴实,而在内容上却有着更为清醒的观察和认知,言简意赅,思想深邃。《云斋琐谈》中对"妒、才、名、谀、谅、慎"等的理解,文字质朴平易,透露着作者宁静沉潜的心态。

总之,孙犁属于少有的能超越时间,既能对当时的文坛产生影响,又能与当代读者对话的作者之一。而通过阅读,我们能愈加理解孙犁作品的经典意义所在。

人民文学出版社编辑部

荷 花 淀

——白洋淀纪事之一

月亮升起来,院子里凉爽得很,干净得很,白天破好的苇眉子潮润润的,正好编席。女人坐在小院当中,手指上缠绞着柔滑修长的苇眉子。苇眉子又薄又细,在她怀里跳跃着。

要问白洋淀有多少苇地?不知道。每年出多少苇子?不知道。只晓得,每年芦花飘飞苇叶黄的时候,全淀的芦苇收割,垛起垛来,在白洋淀周围的广场上,就成了一条苇子的长城。女人们,在场里院里编着席。编成了多少席?六月里,淀水涨满,有无数的船只,运输银白雪亮的席子出口,不久,各地的城市村庄,就全有了花纹又密、又精致的席子用了。大家争着买:

"好席子,白洋淀席!"

这女人编着席。不久在她的身子下面,就编成了一大片。她像坐在一片洁白的雪地上,也像坐在一片洁白的云彩上。她有时望望淀里,淀里也是一片银白世界。水面笼起一层薄薄透明的雾,风吹过来,带着新鲜的荷叶荷花香。

但是大门还没关,丈夫还没回来。

很晚丈夫才回来了。这年轻人不过二十五六岁,头戴一顶大草帽,上身穿一件洁白的小褂,黑单裤卷过了膝盖,光着脚。他叫

水生,小苇庄的游击组长,党的负责人。今天领着游击组到区上开会去来。女人抬头笑着问:

"今天怎么回来得这么晚?"站起来要去端饭。水生坐在台阶上说:

"吃过饭了,你不要去拿。"

女人就又坐在席子上。她望着丈夫的脸,她看出他的脸有些红涨,说话也有些气喘。她问:

"他们几个哩?"

水生说:

"还在区上。爹哩?"

女人说:

"睡了。"

"小华哩?"

"和他爷爷去收了半天虾篓,早就睡了。他们几个为什么还不回来?"

水生笑了一下。女人看出他笑得不像平常。

"怎么了,你?"

水生小声说:

"明天我就到大部队上去了。"

女人的手指震动了一下,想是叫苇眉子划破了手,她把一个手指放在嘴里吮了一下。水生说:

"今天县委召集我们开会。假若敌人再在同口安上据点,那和端村就成了一条线,淀里的斗争形势就变了。会上决定成立一个地区队。我第一个举手报了名的。"

女人低着头说:

"你总是很积极的。"

水生说:

"我是村里的游击组长,是干部,自然要站在头里,他们几个也报了名。他们不敢回来,怕家里的人拖尾巴。公推我代表,回来和家里人们说一说。他们全觉得你还开明一些。"

女人没有说话。过了一会儿,她才说:

"你走,我不拦你,家里怎么办?"

水生指着父亲的小房叫她小声一些。说:

"家里,自然有别人照顾。可是咱的庄子小,这一次参军的就有七个。庄上青年人少了,也不能全靠别人,家里的事,你就多做些,爹老了,小华还不顶事。"

女人鼻子里有些酸,但她并没有哭。只说:

"你明白家里的难处就好了。"

水生想安慰她。因为要考虑准备的事情还太多,他只说了两句:

"千斤的担子你先担吧,打走了鬼子,我回来谢你。"

说罢,他就到别人家里去了,他说回来再和父亲谈。

鸡叫的时候,水生才回来。女人还是呆呆地坐在院子里等他,她说:

"你有什么话嘱咐嘱咐我吧。"

"没有什么话了,我走了,你要不断进步,识字,生产。"

"嗯。"

"什么事也不要落在别人后面!"

"嗯,还有什么?"

"不要叫敌人汉奸捉活的。捉住了要和他拼命。"这才是那最重要的一句,女人流着眼泪答应了他。

第二天,女人给他打点好一个小小的包裹,里面包了一身新单衣,一条新毛巾,一双新鞋子。那几家也是这些东西,交水生带去。一家人送他出了门。父亲一手拉着小华,对他说:

“水生，你干的是光荣事情，我不拦你，你放心走吧。大人孩子我给你照顾，什么也不要惦记。”

全庄的男女老少也送他出来，水生对大家笑一笑，上船走了。

女人们到底有些藕断丝连。过了两天，四个青年妇女集在水生家里来，大家商量：

“听说他们还在这里没走。我不拖尾巴，可是忘下了一件衣裳。”

“我有句要紧的话得和他说说。”

水生的女人说：

“听他说鬼子要在同口安据点……”

“哪里就碰得那么巧，我们快去快回来。”

“我本来不想去，可是俺婆婆非叫我再去看看他，有什么看头啊！”

于是这几个女人偷偷坐在一只小船上，划到对面马庄去了。

到了马庄，她们不敢到街上去找，来到村头一个亲戚家里。亲戚说：你们来得不巧，昨天晚上他们还在这里，半夜里走了，谁也不知开到哪里去了。你们不用惦记他们，听说水生一来就当了副排长，大家都是欢天喜地的……

几个女人羞红着脸告辞出来，摇开靠在岸边上的小船。现在已经快到晌午了，万里无云，可是因为在水上，还有些凉风。这风从南面吹过来，从稻秧苇尖上吹过来。水面没有一只船，水像无边的跳荡的水银。

几个女人有点失望，也有些伤心，各人在心里骂着自己的狠心贼。可是青年人，永远朝着愉快的事情想，女人们尤其容易忘记那些不痛快。不久，她们就又说笑起来了。

“你看说走就走了。”

"可慌（高兴的意思）哩，比什么也慌，比过新年，娶新——也没见他这么慌过！"

"拴马桩也不顶事了。"

"不行了，脱了缰了！"

"一到军队里，他一准得忘了家里的人。"

"那是真的，我们家里住过一些年轻的队伍，一天到晚仰着脖子出来唱，进去唱，我们一辈子也没那么乐过。等他们闲下来没有事了，我就傻想：该低下头了吧。你猜人家干什么？用白粉子在我家影壁上画上许多圆圈圈，一个一个蹲在院子里，托着枪瞄那个，又唱起来了！"

她们轻轻划着船，船两边的水哗，哗，哗。顺手从水里捞上一棵菱角来，菱角还很嫩很小，乳白色。顺手又丢到水里去。那棵菱角就又安安稳稳浮在水面上生长去了。

"现在你知道他们到了哪里？"

"管他哩，也许跑到天边上去了！"

她们都抬起头往远处看了看。

"唉呀！那边过来一只船。"

"唉呀！日本，你看那衣裳！"

"快摇！"

小船拼命往前摇。她们心里也许有些后悔，不该这么冒冒失失走来；也许有些怨恨那些走远了的人。但是立刻就想，什么也别想了，快摇，大船紧紧追过来了。

大船追得很紧。

幸亏是这些青年妇女，白洋淀长大的，她们摇得小船飞快。小船活像离了水皮的一条打跳的梭鱼。她们从小跟这小船打交道，驶起来，就像织布穿梭，缝衣透针一般快。

假如敌人追上了，就跳到水里去死吧！

后面大船来得飞快。那明明白白是鬼子！这几个青年妇女咬紧牙制止住心跳，摇橹的手并没有慌，水在两旁大声的哗哗，哗哗，哗哗哗！

"往荷花淀里摇！那里水浅，大船过不去。"

她们奔着那不知道有几亩大小的荷花淀去，那一望无边际的密密层层的大荷叶，迎着阳光舒展开，就像铜墙铁壁一样。粉色荷花箭高高地挺出来，是监视白洋淀的哨兵吧！

她们向荷花淀里摇，最后，努力地一摇，小船窜进了荷花淀。几只野鸭扑棱棱地飞起，尖声惊叫，掠着水面飞走了。就在她们的耳边响起一排枪！

整个荷花淀全震荡起来。她们想，陷在敌人的埋伏里了，一准要死了，一齐翻身跳到水里去。渐渐听清楚枪声只是向着外面，她们才又扒着船帮露出头来。她们看见不远的地方，那宽厚肥大的荷叶下面，有一个人的脸，下半截身子长在水里。荷花变成人了？那不是我们的水生吗？又往左右看去，不久各人就找到了各人丈夫的脸，啊，原来是他们！

但是那些隐蔽在大荷叶下面的战士们，正在聚精会神瞄着敌人射击，半眼也没有看她们。枪声清脆，三五排枪过后，他们投出了手榴弹，冲出了荷花淀。

手榴弹把敌人那只大船击沉，一切都沉下去了。水面上只剩下一团烟硝火药气味。战士们就在那里大声欢笑着，打捞战利品。他们又开始了沉到水底捞出大鱼来的拿手戏。他们争着捞出敌人的枪支、子弹带，然后是一袋子一袋子叫水浸透了的面粉和大米。水生拍打着水去追赶一个在水波上滚动的东西，是一包用精致纸盒装着的饼干。

妇女们带着浑身水，又坐到她们的小船上去了。

水生追回那个纸盒，一只手高高举起，一只手用力拍打着水，好使自己不沉下去。对着荷花淀吆喝：

"出来吧，你们！"

好像带着很大的气。

她们只好摇着船出来。忽然从她们的船底下冒出一个人来，只有水生的女人认得那是区小队的队长。这个人抹一把脸上的水问她们：

"你们干什么去呀？"

水生的女人说：

"又给他们送了一些衣裳来！"

小队长回头对水生说：

"都是你村的？"

"不是她们是谁，一群落后分子！"说完把纸盒顺手丢在女人们船上，一泅，又沉到水底下去了，到很远的地方才钻出来。

小队长开了个玩笑，他说：

"你们也没有白来，不是你们，我们的伏击不会这么彻底。可是，任务已经完成，该回家去晒晒衣裳了。情况还紧得很！"

战士们已经把打捞出来的战利品，全装在他们的小船上，准备转移。一人摘了一片大荷叶顶在头上，抵挡正午的太阳。几个青年妇女把掉在水里又捞出来的小包裹，丢给了他们，战士们的三只小船就奔着东南方向，箭一样飞去了。不久就消失在中午水面上的烟波里。

几个青年妇女划着她们的小船赶紧回家，一个个像落水鸡似的。一路走着，因过于刺激和兴奋，她们又说笑起来，坐在船头脸朝后的一个噘着嘴说：

"你看他们那个横样子，见了我们爱搭理不搭理的！"

"啊，好像我们给他们丢了什么人似的。"

她们自己也笑了，今天的事情不算光彩，可是：

　　"我们没枪，有枪就不往荷花淀里跑，在大淀里就和鬼子干起来！"

　　"我今天也算看见打仗了。打仗有什么出奇，只要你不着慌，谁还不会趴在那里放枪呀！"

　　"打沉了，我也会浮水捞东西，我管保比他们水式好，再深点我也不怕！"

　　"水生嫂，回去我们也成立队伍，不然以后还能出门吗！"

　　"刚当上兵就小看我们，过二年，更把我们看得一钱不值了，谁比谁落后多少呢！"

　　这一年秋季，她们学会了射击。冬天，打冰夹鱼的时候，她们一个个蹲在流星一样的冰床上，来回警戒。敌人围剿那百顷大苇塘的时候，她们配合子弟兵作战，出入在那芦苇的海里。

一九四五年五月于延安

芦 花 荡

——白洋淀纪事之二

夜晚，敌人从炮楼的小窗子里，呆望着这阴森黑暗的大苇塘，天空的星星也像浸在水里，而且要滴落下来的样子。到这样深夜，苇塘里才有水鸟飞动和唱歌的声音，白天它们是紧紧藏到窠里躲避炮火去了。苇子还是那么狠狠地往上钻，目标好像就是天上。

敌人监视着苇塘。他们提防有人给苇塘里的人送来柴米，也提防里面的队伍会跑了出去。我们的队伍还没有退却的意思。可是假如是月明风清的夜晚，人们的眼再尖利一些，就可以看见有一只小船从苇塘里撑出来，在淀里，像一片苇叶，奔着东南去了。半夜以后，小船又飘回来，船舱里装满了柴米油盐。有时，还带来一两个从远方赶来的干部。

撑船的是一个将近六十岁的老头子，船是一只尖尖的小船。老头子只穿一件蓝色的破旧短裤，站在船尾巴上，手里拿着一根竹篙。

老头子浑身没有多少肉，干瘦得像老了的鱼鹰。可是那晒得干黑的脸，短短的花白胡子却特别精神，那一对深陷的眼睛却特别明亮。很少见到这样尖利明亮的眼睛，除非是在白洋淀上。

老头子每天夜里在水淀出入，他的工作范围广得很：里外交通,运输粮草,护送干部;而且不带一支枪。他对苇塘里的负责同志说:你什么也靠给我,我什么也靠给水上的能耐,一切保险。

老头子过于自信和自尊。每天夜里,在敌人紧紧封锁的水面上,就像一个没事人,他按照早出晚归捕鱼撒网那股悠闲的心情撑着船,编算着使自己高兴也使别人高兴的事情。

因为他,敌人的愿望就没有达到。

每到傍晚,苇塘里的歌声还是那么响,不像是饿肚子的人们唱的;稻米和肥鱼的香味,还是从苇塘里飘出来。敌人发了愁。

一天夜里,老头子从东边很远的地方回来。弯弯下垂的月亮,浮在水一样的天上。老头子载了两个女孩子回来。孩子们在炮火里滚了一个多月,都发着疟子,昨天跑到这里来找队伍,想在苇塘里休息休息,打打针。

老头子很喜欢这两个孩子:大的叫大菱,小的叫二菱。把她们接上船,老头子就叫她们睡一觉,他说:什么事也没有了,安心睡一觉吧,到苇塘里,咱们还有大米和鱼吃。

孩子们在炮火里一直没安静过,神经紧张得很。一点轻微的声音,闭上的眼就又睁开了。现在又是到了这么一个新鲜的地方,有水有船,荡悠悠的,夜晚的风吹得长期发烧的脸也清爽多了,就更睡不着。

眼前的环境好像是一个梦。在敌人的炮火里打滚,在高粱地里淋着雨过夜,一晚上不知道要过几条汽车路,爬几道沟。发高烧和打寒噤的时候,孩子们也没停下来。一心想:找队伍去呀,找到队伍就好了!

这是冀中区的女孩子,大的不过十五,小的才十三。她们在家乡的道路上行军,眼望着天边的北斗。她们看着初夏的小麦黄梢,看着中秋的高粱晒米。雁在她们的头顶往南飞去,不久又向北飞来。她们长大成人了。

小女孩子趴在船边,用两只小手淘着水玩。发烧的手浸在清凉的水里很舒服,她随手就舀了一把泼在脸上,那脸涂着厚厚的泥和汗。她痛痛快快地洗起来,连那短短的头发。大些的轻声吆喝她:

"看你,这时洗脸干什么?什么时候呵,还这么爱干净!"

小女孩子抬起头来,望一望老头子,笑着说:

"洗一洗就精神了!"

老头子说:

"不怕,洗一洗吧,多么俊的一个孩子呀!"

远远有一片阴惨的黄色的光,突然一转就转到她们的船上来。女孩子正在拧着水淋淋的头发,叫了一声。老头子说:

"不怕,小火轮上的探照灯,它照不见我们。"

他蹲下去,撑着船往北绕了一绕。黄色的光仍然向四下里探照,一下照在水面上,一下又照到远处的树林里去了。

老头子小声说:

"不要说话,要过封锁线了!"

小船无声地,但是飞快地前进。当小船和那黑乎乎的小火轮站到一条横线上的时候,探照灯突然照向她们,不动了。两个女孩子的脸照得雪白,紧接着就扫射过来一梭机枪。

老头子叫了一声"趴下",一抽身就跳进水里去,踏着水用两手推着小船前进。大女孩子把小女孩子抱在怀里,倒在船底上,用身子遮盖了她。

子弹吱吱地在她们的船边钻到水里去,有的一见水就爆炸了。

大女孩子负了伤,虽说她没有叫一声也没有哼一声,可是胳膊没有了力量,再也搂不住那个小的,她翻了下去。那小的觉得有一股热热的东西流到自己脸上来,连忙爬起来,把大的抱在自己怀里,带着哭声向老头子喊:

"她挂花了!"

老头子没听见,拼命地往前推着船,还是柔和地说:

"不怕。他打不着我们!"

"她挂了花!"

"谁?"老头子的身体往上蹿了一蹿,随着,那小船很厉害地侧歪了一下。老头子觉得自己的手脚顿时失去了力量,他用手扒着船尾,跟着浮了几步,才又拼命地往前推了一把。

她们已经离苇塘很近。老头子爬到船上去,他觉得两只老眼有些昏花。可是他到底用篙拨开外面一层芦苇,找到了那窄窄的入口。

一钻进苇塘,他就放下篙,扶起那大女孩子的头。

大女孩子微微睁了一下眼,吃力地说:

"我不要紧。快把我们送进苇塘里去吧!"

老头子无力地坐下来,船停在那里。月亮落了,半夜以后的苇塘,有些飒飒的风响。老头子叹了一口气,停了半天才说:

"我不能送你们进去了。"

小女孩子睁大眼睛问:

"为什么呀?"

老头子直直地望着前面说:

"我没脸见人。"

小女孩子有些发急。在路上也遇见过这样的带路人,带到半路上就不愿带了,叫人为难。她像央告那老头子:

"老同志,你快把我们送进去吧,你看她流了这么多血,我们要找医生给她裹伤呀!"

老头子站起来,拾起篙,撑了一下。那小船转弯抹角钻入了苇塘的深处。

这时那受伤的才痛苦地哼哼起来。小女孩子安慰她,又好像是抱怨:一路上多么紧张,也没怎么样,谁知到了这里,反倒……一声一声像连珠箭,射穿老头子的心。他没法解释:大江大海过了多少,为什么这一次的任务,偏偏没有完成?自己没儿没女,这两个孩子多么叫人喜爱?自己平日夸下口,这一次带着挂花的人进去,怎么张嘴说话?这老脸呀!他叫着大菱说:

"他们打伤了你,流了这么多血,等明天我叫他们十个人流血!"

两个孩子全没有答言,老头子觉得受了轻视。他说:

"你们不信我的话,我也不和你们说。谁叫我丢人现眼,打牙跌嘴呢!可是,等到天明,你们看吧!"

小女孩子说:

"你这么大年纪了,还能打仗?"

老头子狠狠地说:

"为什么不能?我打他们不用枪,那不是我的本事。愿意看,明天来看吧!二菱,明天你跟我来看吧,有热闹哩!"

第二天,中午的时候,非常闷热。一轮红日当天,水面上浮着一层烟气。小火轮开得离苇塘远一些,鬼子们又偷偷地爬下来洗澡了。十几个鬼子在水里洇着,日本人的水式真不错。水淀里没有一个人影,有只一团白绸子样的水鸟,也躲开鬼子往北飞去,落到大荷叶下面歇凉去了。从荷花淀里却撑出一只小船来。一个干瘦的老头子,只穿一条破短裤,站在船尾巴上,有一篙没一篙地撑着,两只手却忙着剥那又肥又大的莲蓬,一个一个投进嘴里去。

他的船头上放着那样大的一捆莲蓬,是刚从荷花淀里摘下来的。不到白洋淀,哪里去吃这样新鲜的东西?来到白洋淀上几天了,鬼子们也还是望着荷花淀瞪眼。他们冲着那小船吆喝,叫他过来。

老头子向他们看了一眼,就又低下头去。还是有一篙没一篙地撑着船，剥着莲蓬。船却慢慢地冲着这里来了。

小船离鬼子还有一箭之地，好像老头子才看出洗澡的是鬼子，只一篙，小船溜溜转了一个圆圈，又回去了。鬼子们拍打着水追过去，老头子张皇失措，船却走不动，鬼子紧紧追上了他。

眼前是几根埋在水里的枯木桩子，日久天长，也许人们忘记这是为什么埋的了。这里的水却是镜一样平，蓝天一般清，拉长的水草在水底轻轻地浮动。鬼子们追上来，看看就扒上了船。老头子又是一篙，小船旋风一样绕着鬼子们转，莲蓬的清香，在他们的鼻子尖上扫过。鬼子们像是玩着捉迷藏，乱转着身子，抓上抓下。

一个鬼子尖叫了一声，就蹲到水里去。他被什么东西狠狠咬了一口，是一只锋利的钩子穿透了他的大腿。别的鬼子吃惊地往四下里一散，每个人的腿肚子也就挂上了钩。他们挣扎着，想摆脱那毒蛇一样的钩子。那替女孩子报仇的钩子却全找到腿上来，有的两个，有的三个。鬼子们痛得鬼叫，可是再也不敢动弹了。

老头子把船一撑来到他们的身边，举起篙来砸着鬼子们的脑袋，像敲打顽固的老玉米一样。

他狠狠地敲打，向着苇塘望了一眼。在那里，鲜嫩的芦花，一片展开的紫色的丝绒，正在迎风飘洒。

在那苇塘的边缘，芦花下面，有一个女孩子，她用密密的苇叶遮掩着身子，看着这场英雄的行为。

一九四五年八月于延安

"藏"

　　这一家就住在村边上。虽然家里不宽绰,新卯从小可是娇生惯养,父亲死得早,母亲拧着纺车把他拉扯大,真是要星星不给月亮。现在他已经是二十五岁的人,娶了媳妇,母亲脾气好,媳妇模样好,过的是好日子。媳妇叫浅花,这个女人,好说好笑,说起话来,像小车轴上新抹了油,转得快叫得又好听。这个女人,嘴快脚快手快,织织纺纺全能行,地里活赛过一个好长工。她纺线,纺车像疯了似的转;她织布,挺拍乱响,梭飞得像流星;她做饭,切菜刀案板一齐响。走起路来,两只手甩起,像扫过平原的一股小旋风。

　　婆婆有时说她一句:"你消停着点。"她是担心她把纺车抢坏,把机子碰坏,把案板切坏,走路栽倒。可是这都是多操心,她只是快,却什么也损坏不了。自从她来后,屋里干净,院里利落,牛不短草,鸡不丢蛋。新卯的娘念了佛了。

　　刚结婚那二年,夫妇的感情好像不十分好。母亲和别人说:"晚上他们屋里没动静,听不见说说笑笑。"那二年两个人是有些别扭,新卯总嫌她好说,媳妇在心里也不满意丈夫的"话贵"和邋遢。但是很快就好了,夫妻间容易想到对方的好处,也高兴去迁就。不久新卯的话也多些了,穿戴上也干净讲究了。

　　浅花好强,她以为新卯不好说不算什么,只要心眼实在,眉里眼里有她也就够了。而且看来新卯在她跟前话也真是不少。她只是嫌他当不上一个村干部。年上冬天,新卯参加了村里的工作,并且人们全说他是个顶事的干部,掌着大权,是村里的"大拿"。可是他既不是村长,又不是农会主任,不是治安员也不是调解委员。浅花问他他不说,晚上问,他装睡着了,呼呼地打鼾睡。浅花有气:"什么话这样贵重,也值得瞒着我?"她暗施一计:在黑暗里自言自语地说:"唉,八路军领导的这是什么世道啊!""你说这是什么世道,八路军哪一点对不起你?"新卯醒了,他狠狠地给她讲了一番大道理,上了一堂政治课,粗了脖子红了脸,好像面对着仇人。浅花暗笑了,她说:

"你是这里边的虫,好坚决,和我也不说实话。"

"你嘴浅。"新卯说。

他又转过身去睡了,这样常常气得浅花一直睁眼到天明。今年春天,春耕地耘上了,出全了苗,该锄头遍了,新卯却什么活也不愿意去做。在家里的时候更少了,每天黑更半夜才家来,早晨天一亮,就披上袍子出去了,家不像他的家,家里的人见他的面也难。浅花又是六七个月的身子,饭熟了还得挺着大肚子满街去找他,也不一定找得来,找回来像赴席一样,喝上一碗粥,将筷子一摆,就披上那件破棉袍子出去了。一顿饭什么话也不说。他的母亲虽然心疼儿子,可是对他近来的行动也不满意,只是存在心里不说;浅花可憋着一肚子气等机会发泄。她倒不是怨他不到地里去做活,她伤心的是近来对家里的人太冷淡,他那嘴像封起来的,脸上满挂着霜,一点笑模样也看不见。半夜人家睡醒一觉了,他才家来,什么也不说,倒头便睡,你和他念叨个家长里短吧,他就没好气地说:

"你叫人歇一下子吧,我累。"

浅花说:

"你累什么呀?水你不挑,柴你不抱,地你不锄,草苗快一般高了！"

"你不知道我有工作？"

他倒发火了。浅花只好冷冷地一笑，过半天自己又忍不住地小声问道：

"你近来做什么工作呀？"

"你没听说风声不好？"

"风声不好，我看又是谣言。就是吧，你也得照顾自己的身子呀，你近来脸色不好，身上又瘦多了。"

这时她才心疼起他来。他近来吃饭很少，眼都陷了下去，叫他睡觉吧。她不言语了。

又过了两天，他竟连夜不家来睡觉，天明了才家来，累得不像个人样子，进家就睡了，睡上多半天才起来；可是天一擦黑便又精神起来，央告着说：

"给我做点好吃的吧。"

母亲听见了便说：

"你给他炒个鸡蛋烙张饼。"

媳妇虽然不高兴他出去，却也照样给他做了，看着他一边吃，她一边问：

"吃了好东西干什么去？"

他咧着油光的大厚嘴唇说：

"这可不能告诉你！"

乡下的夫妇，有这么三天五天不在一条炕上，浅花就犯了疑心。她胡猜乱想，什么工作呀，夜间出去白天回来？她家住在顶南头村外，不常有人来；她想，村里干部多着呢，别人不一定这样。这一天，大街上刘喜的媳妇来借梭来，浅花就问她：

"大嫂子，你听见说敌人又要出来'扫荡'吗？"

"没听见说呀！'扫荡'怕什么呀，我就不怕。"

"可是俺家他爹没事忙,现在连黑夜间也不家来睡觉了!"

"哈!不家来睡觉,到哪里睡呀?"这女人大吃一惊,张着嘴问。

"谁知道,有这么三四宿了,人家说工作忙。"浅花叹了一口气。

"准是工作忙呗!"那女人说着,却撇了撇嘴,"工作忙,一天价是男女混杂,咱也不知道那是干什么工作!"

"大嫂子,你听见什么风声了吗?"浅花直着眼问。

"没有,你家他爹很老实,不像那些流氓蛋,你们夫妻的感情又不错!不过你要留点神,年轻的人说变心可快哩!街上那些小狐狸们可能勾引着哩!说句不嫌你见怪的话吧,哪一个不比你年轻。"

这一晚浅花留上心,心里也顶生气。做晚饭了,丈夫从炕上爬起来眯着眼走出来说:

"擀点白条子吃吧?"

浅花的脸刷地拉下来,嘴噘得可以拴一匹小驴,脸上阴得只要有一点风吹就可滴下水来;半天才丧声丧气地说:

"吃好的吧,你是有了功的了!"

"有功没功,反正尽自己的责任。"丈夫认真地说。

"瓮里没水!"浅花把手里的空水瓢往瓮里一丢,大声地说。

"我去担。"丈夫不紧不慢地担起水桶出去了。

等他担了水来,浅花还是生气,在灶火前低着头,手里撕着一根柴禾叶。丈夫说:

"快烧吧,你也知道发愁?别发愁,只要我们有准备,多么困难的环境也能通过去。"

浅花越听越没有好气,她想,你念什么咒呀!她打起火来,可是手有些颤,火镰凿在火石上,火星却落不到火绒上。丈夫接过去

给她打着了,咧着大嘴笑了笑说:

"真笨。"

"我们是笨。"浅花把火点着,一手拉动风箱,"你去找精灵的去啊!"丈夫也听不出头绪,他以为女人也正在不高兴,他就坐在台阶上去,看着野外的高粱在晚风里摇摆。近来天旱,高粱长得才一尺来高,他想,下场透雨吧,高粱长起来,就是敌人"扫荡"也不怕了。他望着那里发呆,浅花又忍不住,她扭转头来问:

"你别又装傻,我问你,这几日夜里你出去干什么来?"

"搞工作。"丈夫回过头来,还是心平气和地说。

"什么工作?"

"抗日工作。"

"你不用和我花马掉嘴,你好好地告诉我没事!"

女人是那么横,直眉瞪眼脸发青,丈夫也有些恼了。恼的是,女人为什么这么糊涂,这么顽固,这么不知心,这么不心疼人!我黑间白日累个死,心里牵挂着这些事,她不知道安慰我,还净找邪碴! 他也嚷着说:

"我不能告诉你! 你为什么这么横? 你审我吗?"

母亲听见他们吵嘴,赶紧出来说了两句,两人才都不言语了。这一顿晚饭,一家人极不痛快,谁也没说话。

等新卯吃完饭,母亲将他叫到屋子里说:

"你整天整夜忙的什么,也不在家里照顾照顾。"

新卯没有说话,守着母亲坐了一会儿。天已经大黑了,他走到外间屋里,想出去,浅花正在门帘外慎着,一伸手就把他拉到自己屋里来;她在炕沿上一坐,哭着说:

"今黑夜你就不能出去,你出去我死在你手里!"

新卯瞪了瞪眼,想发火,但转眼看了看她,他忍下去了。他在屋里转了一会儿,浅花汪着两眼泪盯着他,他叹了一口气说道:

"我再出去一晚上。"

"不行！"

"你行行好，我算向你告假。"

"不行。"

浅花转过脸去啼哭起来，那脸在灯光下是那样的黄，过了一会儿，转动那笨重的大肚子侧到炕上去了。新卯又在屋里转了半天，他一边脱衣裳一边向媳妇解释：

"听你的话碴，好像我在外边有男女关系。绝没有那回事，你怎么这样猜疑呢，我是那样的人吗？"

浅花转过脸来说：

"没有那回子事，为什么净夜里出去，为什么一出去就是一宿，一回来就是那么乏，还向我要好的吃，我没那些个好东西来养着你！"

新卯说：

"你不信就罢，这反正和你说不着。"他钻进被窝睡去了。浅花爬起来脱了衣服吹灭灯也睡了。外面起了风，吹得窗户纸响，外边的柴禾叶子也飞着。不久，浅花翻过身去呼呼地睡着了。

新卯静静地躺着，静静地坐起来，穿好衣服。下炕来，摸到外间，轻轻地开了门。外面很黑，风很大，但是春天的风吹到脸上是暖的，叫这样的风吹着，人的身上也懒起来，身子轻飘飘的，反倒有些睡意了。他集中了一下精神，振作了一下，奔着村南走去。他顺着那条窄窄的通到菜园子的小道走去，野外也很黑，但他可以看见那一望无边的高粱地在风里滚动，在远处柳树林的风很大，呼呼地响。

在他后面，浅花像一片轻轻的叶子从门里飘出来。她的身上虽然很笨重，但是她提着一口气走得很轻妙，她的两只眼什么也顾不得看，只望定了前边的黑影子紧跟着。她怕他一回头看见，又轻轻地躲闪,她走几步就停一下,常常很快地蹲下去,又很快地站起来。她心里又糊涂又害怕,他是到哪里去呢?

她看见新卯走到菜园子里站住了。她一闪就进了高粱地,坐下去,一尺高的高粱,正好遮住她的身子,但遮不住她的眼睛,她看见他冲着井台走过去了。她心里猛然跳了一下,半夜三更他到井边去干什么?要浇园白天浇不了吗?他又没带着水斗子,莫非有什么发愁的事或者是生了我的气要寻短见?这个人可是死心眼。她一挺就立起来。他真的一转身子掉到井里去了。

浅花叫了一声奔着井沿跑去,她心里一冷,差一点没有栽倒地上死过去。她想,竟来不及拉他一把,自己也跳到井里去吧。忽然新卯从井内把头伸出来,举着一只手大声问:"你是谁?"浅花没听清他说的什么,她哭着喊着跑过去,拉住自己丈夫的那只手,他手里抓着一支橛枪。她紧紧地攥他的手,死力往上拉,她哭着说:"你不能死,你先杀了我吧!"新卯一把推了她三尺远,耸身跳出来,狠狠地压低声音说道:"你这是干什么?"浅花又跑过去拉住他不放,她躺在新卯的怀里,哭得是那么伤心,那么动情,以致使新卯的心热起来,感觉到在这个女人心里,他竟是这么重要。他的嘴唇动了两动,真想把真情实话告诉给她,但他心里一转想道:一个女人在你身边滴这么几点泪,就暴露了秘密,那还算什么人?可是,告诉她不是告诉别人,她不会卖我;假如她叫敌人抓住了呢,能够在刺刀前面,烈火上面也不说出这个秘密吗?谁能断定?这样一想他又把嘴闭紧了。他说:

"我不死,你回去吧。"

"你和我一起回去。"

"你看你又是这样,你总是这么缠磨我,耽误我的工作,那我就不再见你了。"

浅花呆在黑影里,好像也看见丈夫那生了气的老实样子。她

是聪明人,她想到了一些来由,她轻轻笑了,擦了擦眼泪,坐正了说:

"你不对我说,我不怪你。该知道的就知道,不该知道的我也不强要你告诉我。"

"这才算明白人!"新卯肯定地说。

"你也得早些回去。"女人站起来要走,她转眼又看了看丈夫,忽然心里一酸。她觉得自己是错怪了他,他是为了工作,才不回家吃饭,不进家睡觉,夜里一个人在地里偷偷地干活。她觉得丈夫有这么一个别人赶不上、自己也赶不上的大优点。她好像上到了摩天的高山,走进了庄严的佛殿,听见了煽动的讲演,忽然觉得自己的心胸也一下宽阔了,忘记了自己,身上好像来了一股力量,也想做那么一些工作,像丈夫一样。

"我能帮助你吗?"她立定了问。

"不用,你看你那么大肚子。"丈夫催她走了。

浅花转身走了几步。既然知道丈夫夜间出来不是为了男女关系,倒是为了抗日工作,不觉涌出了一种放下了心的愉快,一种因为羞愧引起的更强烈的爱情,一种顽皮的好奇心。她走到丈夫看不到的地方停了一会儿,又轻轻绕了回来,走到井边,已经看不见丈夫了。

她一个人坐在井台上。风渐渐小了,天空渐渐清朗,星星很稀,那几颗大的星星却很亮。她探望井里,井虽然深,但可以看见那像油一样发光,像黑绸子一样微微颤抖的泉水。一颗大星直照进去,在水里闪动,使人觉到水里也不可怕,那里边另有一个小天地。

田野里没有一点声音,村里既然没有狗叫,天还早也没有鸡鸣。庄稼地里吹过来的风,是温暖的,是干燥的,是带着小麦的花香的。浅花坐在井台上,静静地听着想着。

一个在这里等着想着，那一个却在远远的一块小高粱地里，一棵小小的柳树下面，修造他避难和斗争的小道口。他把几夜来掘出的土，匀整地撒到更远的地里去。在洞口，他安好一块四方的小石板；然后他倚在那小柳树上休息了。他赤着膀子，叫春天的夜风吹着，为工作的完成高兴，为同志的安全放宽了心，为那远远的胜利日子急躁，为那就要来到的大"扫荡"不安。

然后他把那方小石板掀开，伏下身像条蛇一样钻了进去。他翻上翻下弯弯曲曲地爬着，呼吸着里面湿潮的土气，身上流着汗。他在那个大堡垒地方休息了一会儿，长好的草上已经汪着一层水。他又往前爬，这里的洞，更窄更细了，他几乎拉细了自己的身子，才钻到了那最后一个横洞。他抽开几个砖，探身出来，看见了那碧油油的井水，不觉用力吸了一口清凉的空气，两只脚蹬着井砖的错边，上了井口。那一个还在那里发呆，没有发觉哩。

"怎么你还没走？"

"我守着你。"

"你这人！"丈夫唉了一声。

"我知道了。你这里是个洞，叫谁藏在里面？"浅花笑着问。

丈夫不高兴，他说：

"你问这些事干什么，想当汉奸？"

浅花还是笑着说：

"我想起了一件事，自己的事得自己结记着，你是不管的。"

丈夫披上他的衣服没有答声。

"我快了，要是敌人'扫荡'起来，能在家里坐月子？我就到你这洞里来。"

"那可不行，这洞里要藏别的人。"新卯郑重地说，"坐月子我们再另想办法。"

以后不多几天，这一家就经历了那个一九四二年五月的大

"扫荡"。这残酷的战争,从一个阴暗的黎明开始。

能用什么来形容那一月间两月间所经历的苦难,所眼见的事变?心碎了,而且重新铸成了;眼泪烧干,脸皮焦裂,心脏要爆炸了。

清晨,高粱叶黑豆叶滴落着夜里凝结的露水,田野看来是安静的。可是就在那高粱地里豆棵下面,掩藏着无数的妇女,睡着无数的孩子。她们的嘴干渴极了,吸着豆叶上的露水。如果是大风天,妇女们就把孩子藏到怀里,侧下身去叫自己的背遮着。风一停,大家相看,都成了土鬼。如果是在雨里,人们就把被子披起来,立在那里,身上流着水,打着冷颤,牙齿得得响,像一阵风声。

浅花的肚子越沉重了,她也得跟着人们奔跑,忍饥挨饿受惊怕。她担心自己的生命,还要处处留神肚里那个小生命。婆婆也很担心浅花那身子,她计算着她快生产了,像这样整天逃难,连个炕席的边也摸不着,难道就把孩子添在这潮湿风野的大洼里吗?

在一块逃难坐下来休息的时候,那些女伴们也说:

"你看你家他爹,就一点也不管你们,要男人干什么用呀!这个时候他还不拉一把扯一把!"

浅花叹了一口气说:"他也是忙。"

"忙可把鬼子打跑了哇,整天价拿着破橛枪去斗,把马蜂窝捅下来了,可就追着我们满世界跑,他又不管了。"一个女伴笑着说,"现在有这几棵高粱可以藏着,等高粱倒了可怎么办哩?"

"我看我恐怕只有死了!"浅花含泪道。

"去找他!他还能推得这么干净……"女同伴们都这样撺掇她。

浅花心里明白,现在她不能去麻烦丈夫,他现在正忙得连自己的命也不顾。只有她一个人知道新卯藏在小菜园里,每天下午情况缓和了,浅花还得偷偷给他送饭去。

和丈夫在一块的还有一个年轻的人,浅花不认识,丈夫也没介绍过。刚见面那几天,这个外路人连话也不说,看见她来送饭,只是笑一笑,就坐下来吃。浅花心里想,哪里来的这么个哑巴;后来日子长了,他才说起话来,哇啦哇啦的是个南蛮子。

　　从浅花眼里看过去,丈夫和这个外路人很亲热。外路人说什么,丈夫很听从。浅花想:真是,你要这么听我说也就好了。

　　这天她又用布包了一团饭,揣在怀里,在四外没有人走动的时候,跑进了对面的高粱地,从一人来高密密的高粱里钻过去,走到自家的菜园。高粱地里是那样的闷热,一到了井边,她感觉到难得的舒畅和凉快。

　　太阳光强烈地照着,园子里放散着黑豆花和泥土潮热的香甜味道。

　　这小小的菜园,就做了新卯和那个人退守的山寨。他们在井台上安好了辘轳,还带了一把锄,将枪掖在背后的腰里,这样远远看去,他们是两个安分的农夫,大大的良民。虽然全村广大的土地都因为战争荒了,这小小的菜园却拾掇得异常出色。几畦甜瓜快熟了,懒懒地躺在太阳光下面。

　　人还没有露面,这沉重凸胀的大肚子先露了出来。新卯那大厚嘴唇就动了动,不知道因为是喜爱还是心疼。

　　"那边没事吗?"他问。

　　浅花说:"没有。"

　　新卯和那人吃着饭,浅花坐在一边用褂子襟扇着汗,那个人问:

　　"这几天有人回家去睡觉了?"

　　"家去的不少了,鬼子修了楼,不常出来,人们就不愿再在地里受罪了。"浅花说。

　　"青年人有家去的吗?"那人着急地问。

"没有。"新卯说,"我早下了通知。"

那个人很快地吃完饭,站起身来,望望她的肚子笑着说:

"大嫂子,快了吧,还差多少日子?"

浅花红了脸看着丈夫。那人又问新卯,新卯说:

"谁闹清了她们那个!"

"你这个丈夫!"那个人说,"要关心她们么!我考虑了这个问题,在家里生产不好,就到这洞里来吧,我们搬到上面来睡,保护着你,你说好不好?"

浅花笑着说:

"那不成了耗子吗?"

"都是鬼子闹的么!"那个人愤愤地说。

新卯吃完了饭,跑去摘了几个熟透了的大甜瓜,自己吃着一个,把那两个搬到浅花面前,他说:

"还是这个玩意儿省事,熟透了不用摘,一碰自己就掉下来了。"

浅花狠狠地斜了他一眼。

她回到家里,心里犹豫着,她不愿去扰乱丈夫,又在家里睡了。

这一晚上,敌人包围了他们。满街红灯火仗,敌人把睡在家里的人都赶到街上去,男男女女哆里哆嗦走到街上,慌张地结着扣子提上鞋。

敌人指名要新卯,人们都说他不在家,早跑了。敌人在人群里乱抽乱打,要人们指出新卯家的人,人们说他一家子都跑了。那些女人们,跌坐在地上,身子使劲往下缩,央告着前面的人把自己压在下面。当母亲的用衣襟盖住孩子的脸,用腿压住自己的女儿。在灯影里,她们尽量把脸转到暗处,用手摸着地下的泥土涂在脸上。身边连一点柴禾丝也没有,有些东西掩盖起自己就好了。

敌人不容许这样,要人们直直地跪起来,把能找到的东西放在人们的手里,把一张铁犁放在一个老头手里,把一块门扇放在一个老婆手里,把一根粗木棍放在一个孩子手里,命令高高举起,不准动摇。

敌人看着人们在那里跪着,托着沉重的东西,胳膊哆嗦着,脸上流着汗。他们在周围散步,吸烟,详细观看。

浅花托着一个石砘子,直着身子跪着,肚子里已经很难过,高举着这样沉重的东西,她觉得她的肠子快断了。脊背上流着冷汗,一阵头晕,她栽倒了。敌人用皮鞋踢她,叫她再跪好,再高举起那东西来。

夜深了,就是敌人也有些困乏,可是人们还得挣扎着高举着那些东西。

灯光照着人们。照在敌人的刺刀上,也照在浅花的脸上,一点血色都没有,流着冷汗。她知道自己就要死了,她想思想点什么,却什么也不能想。

她眼里冒着金星,在眼前飞,飞,又落下,又飞起来。

谁来解救?一群青年人在新卯的小菜园集合了,由那外路人带领,潜入了村庄,趴在房上瞄准敌人脑袋射击。

敌人一阵慌乱,撤离了村庄。他们把倒在地下的浅花抬到园子里去。

不久,她就在洞里生产了。

洞里是阴冷的、潮湿的,那是三丈深的地下,没有一点光,大地上的风也吹不到这里面来。一个女孩子在这里降生了,母亲给她取了个名,叫"藏"。

女孩子的第一次哭声只有母亲和那深深相隔不远的井水能听见,哭声是非常悲哀和闷塞的。

在外面的大地里,风还是吹着,太阳还是照着,豆花谢了结了实,瓜儿熟了落了蒂,人们还在受着苦难,在田野里进行着斗争。

一九四六年十月重改于河间

丈　夫

今天是中秋节日，可是还有一场黑豆没打。上午，公公叫儿媳妇把场摊上，豆叶上满带着污泥，发着臭气。日本黑心鬼，偷偷放了堤，淹了老百姓，黑豆没长好，豆子是秕秕的。草不好，黄牛也瘦了。儿媳妇站在场里没精打采的。年景没有了，日子不好过，丈夫又没消息。去年，他还在近处，八月十三那天还抽空回家来看了看，她给他做了一件新棉袄，两个人欢天喜地。八月节，应该团圆团圆；她给他做了猪肉菜，很丰富。今年，鬼子从四月里翻天搅地，丈夫不知道到哪里去了。去年他留给她一个孩子，在地洞里生产下来，就死掉了。她没有力气，日子过着没心思。

吃过中午饭，她带着老二孩子，要去娘家看看，解解闷。和公公说了说，公公也没阻挡。只说早去早回来，路上不安静。她什么也没拿，拉起孩子的手，向东走去了。孩子去姥姥家，很高兴，有一句没一句地问娘：

"今儿个八月十五吗？娘。"

"是啊！"

"叫我吃什么？"

"什么也不叫你吃！"

她说过，又怜惜起孩子来。孩子才七岁，在炮火里跟着跑了四

五年了,不该这么斥打她,就转过话来笑着说:

"还记得爹吗?"

"记得呀!"

"爹在哪里呢?"

"在铁道西啊!"

"在那里干什么?"

"打日本啊!"

娘笑了。丈夫在家就喜欢这个孩子,临走总嘱咐她好好教养着。她想,那个人倒不恋家,连对她也像冷冷的,对这个孩子却连住了心。就为这个,她竟觉着有保障了,又和孩子说:

"爹什么时候回来?"

"过年的时候回来。"

"你知道?"

"可不是,我知道。"

"爹回来干什么?"

"回来打日本。"

孩子念叨起爹那枪来。爹叫她看过枪,爹对她说枪是打日本的。她想现在日本很多了,常到村里来,爹该回来打日本了!这里日本多,不到这里打,到哪去打哩!

娘儿俩说着,就到了娘家村里,本来只离着三四里地。

到家里,姥姥正坐在炕上。

"你看人家多么热闹,人家也都是养儿养女的。"姥姥说,嘴角却有些讥笑。

"谁家?"女儿问。

"你婶子家。"

"热闹什么?"

"你大姐来了,她女婿也来了。"

"她女婿不是在这里当伪军？"

"现在人家敢出来了，三天一来，两天一来，来了就嘻嘻哈哈。"

姑娘想起她是和这个大姐一年出嫁的。她两个同岁，她大姐嫁了一个独生子，她也嫁了一个独生子。她大姐的女婿在绸缎店里当学徒，她的女婿在保府上中学。那年正月里，两个女婿来住丈人家，大姐的女婿好赌钱，整天在家里成局；自己的女婿好念书，整天在家里翻书本。她那时候还不高兴自己的女婿这么呆气，人家那么好玩，好说笑，街上的青年子弟都找人家去热闹，自己的女婿这么孤僻，整天没个人来，只有几个老头子称赞。她想，现在该是玩的，在学堂里有多少书念不了，倒跑到这里来用功？晚上，她悄悄地对他说：

"你也玩玩去，书里有什么好东西，你那么入迷？"

"你不知道。"

"不是我不知道，你看人家多快活？"

"你叫我和他们比呀？"

"和人家比比，你丢什么人，人家比你少什么？"

"你不懂事。"

丈夫睡了，她也不好意思再问，新婚的夫妻，她只有柔顺。夜半醒来，她又说：

"我说错了话吗？"

"你知道的事很少。"

"我怎么就知道的多了？"

"你念念书，可是来不及了。"

"我不念那个，可是，我要说错了话，你可别记在心里呀！"她靠近靠近他。

后来丈夫走了，很少家来，不在北平，就在上海。大姐的女婿却常来，穿得好，一来就住下，嘻嘻哈哈；她很羡慕大姐幸福，自己倒霉，埋怨丈夫不家来，忘了她。可是丈夫并没有忘了她，有时家来，也很爱她，她生了一个小孩，丈夫也很喜欢，只是怨她不识字，知道的事少。她说：

"你不会呆在家里？"

"我不能。"

"怎么人家能呢？"

"谁？"

"大姐的女婿。"

"咳，你又叫我和他比！"

女婿又生气了。她就害怕他生气，赶紧解释：

"家里又不缺吃不缺穿，你非出去干什么？"

"你不知道。"

"你出去又不挣个大钱。"

"非挣钱不能出去吗？"

"家里不舒服？"

"不舒服。"

这回是生气了。家里不舒服，外边有什么舒服的事情？她疑心了。可是看看丈夫还是整天看书，书一箱一箱的，翻翻这本，又翻翻那本，破的就包上个皮，不嫌个麻烦。她觉得丈夫喜欢书，就像她喜欢布似的，她喜欢各色样花布，丝的，麻的，她把它们包在一个一个小包裹里，没事就翻着玩，有时找出一块来给孩子做件小衫裤，心里很高兴。她想，丈夫写字，念书，就和她找布做衣服一样。

抗战了，丈夫立时参加了军队。把洋布衣服脱下来，换上粗布军装。两条瘦腿，每天跑百八十里路，也有了劲了。她大姐的丈夫店铺叫日本鬼子抢了，也回到家来，守着女人孩子过日子，看看地，买买菜，抱抱孩子，烧烧火，替大姐做很多事。她可不明白自己的

丈夫的心思,有一天她问他:

"为什么你出去受罪?"

"抗日是受罪?你真糊涂透了。"

"可是为什么人家不出去?"

"谁?"

"大姐的女婿。"

"呸,呸,你又叫我和他比。"

渐渐,她也觉得丈夫不能和那个人比。村里人说自己的丈夫好,许多人找到家里来,问东问西。许多同志、朋友们来说说笑笑,她觉得很荣耀。日本鬼子烧杀,她觉得不打出去也没法子过。大姐的女婿在村里人缘很不好,一天夜里叫土匪绑了票,后来就不敢在家里呆,跑到天津去了,大姐整天哭,没离开过丈夫,不知道怎么好。过了一年,那个人偷偷回来了。抽上了白面儿,还贩卖白面儿,叫八路军捉了,押了两个月,罚了一千块钱,他就跑到城里当了伪军,日本鬼子到他媳妇的娘家村里来抢东西,他也跟着来,戴着黑眼镜。后来,又反了正,坐在欢迎大会的戏台上看戏,戴着黑眼镜,喝着茶水,吃花生。

那天她也去看戏,有人指给她说:

"你看见那个人吗?"

"谁?"

"你大姐夫啊!你都不认识了!"

"呀,那是他?"

她脸上红红的了。

自己的丈夫越来越忙,脸孔虽然黑了,看来,倒壮实了些。仗打得越紧,她越恨日本鬼子了,他也轻易不家来了。她守着孩子过日子,侍候着公公。上冬学,知道了一些事,其中就有她以前不知道的丈夫的心里的事,现在才知道了些。

今年,日本鬼子占了县城附近的大村镇,听到她的大姐夫又当了伪军。从此,她就更瞧不起他,这是个什么人呀!今天,娘却提到了他。正提到了他,大姐就来了。大姐听说妹子来了,姐妹好几年不见面,来看望她,手里托着一包点心。身上穿着花丝葛,脸孔白又胖,挺着大肚子,乍一见面很亲热,大姐说:

"你家他爹可有信?"

"没有啊!"

"说起来,人家他有志气,抗日光荣,可是留下了这些孩子们。"大姐说着就拉过孩子,叫孩子吃点心,问孩子:

"你想爹吗?"

"想啊!"

"快叫娘把他叫回来。"

"叫回来,打日本吧!"孩子兴奋地说。

大姐立时没话说,脸也红红的,像块生猪肝。姥姥也笑了。

"听说你女婿又来了。"

"早走了。"

"怎么这么快就走了?"

"有事。"大姐坐不住,告辞了出去。走到屋门口又回来,小声说:"大妹子,你家他爹回来,你顺便和他学学,就说俺家他爹是不得已,还想出来的。"说过就慌慌地走了。

姥姥说:

"看起这个来可就不光荣。准是又有什么风声吓走了。"

天已经晚了,姑娘带着孩子回来,在路上,她看见一小队人背着枪过去了。她知道一到天晚,就是自己的人;也不害怕,带着孩子走过去。后来回头一看,那一小队人进了她娘家的村了。

到了村头,大孩子正在村边等,见了娘就跑上来小声说:

"大队长到咱家来了!"

"哪个大队长？"

"县游击大队长，黑脸大个子老李呀，娘忘了，去年和爹一块来拿过书，吃过羊肉饺子的。"

"说什么来？"

"有爹的信，爷正看哩。"

母子两个人赶紧到了家里，公公正坐在场里碌碡上，戴着花镜念信，见儿媳妇回来，就说：

"信来得巧，今年的节我又过痛快了！"

媳妇当然更快活，快活了一晚上，竟连那圆圆的月亮也忘了看。

一九四二年中秋节夜记于阜平

光　荣

　　饶阳县城北有一个村庄,这村庄紧靠滹沱河,是个有名的摆渡口。大家知道,滹沱河在山里受着约束,昼夜不停地号叫,到了平原,就今年向南一滚,明年往北一冲,自由自在地奔流。

　　河两岸的居民,年年受害,就南北打起堤来,两条堤中间全是河滩荒地,到了五六月间,河里没水,河滩上长起一层水柳、红荆和深深的芦草。常常发水,柴禾很缺,这一带的男女青年孩子们,一到这个时候,就在炎炎的热天,背上一个草筐,拿上一把镰刀,散在河滩上,在日光草影里,割那长长的芦草,一低一仰,像一群群放牧的牛羊。

　　"七七"事变那一年,河滩上的芦草长得很好,五月底,那芦草已经能遮住那些孩子们的各色各样的头巾。地里很旱,没有活做,这村里的孩子们,就整天缠在河滩里。

　　那时候,东西北三面都有了炮声,渐渐东南面和西南面也响起炮来,证明敌人已经打过去了,这里已经亡了国。国民党的军队和官员,整天整夜从这条渡口往南逃,还不断骚扰抢劫老百姓。

　　是从这时候激起了人们保家自卫的思想,北边,高阳肃宁已经有人民自卫军的组织。那时候,是一声雷响,风雨齐来,自卫的组织,比什么都传流得快,今天这村成立了大队部,明天那村也就安上了大锅。青年们把所有的枪支,把村中埋藏的、地主看家的、巡警局里抓赌的枪支,都弄了出来,背在肩上。

枪,成了最重要的、最必需的、人们最喜爱的物件。渐渐人们想起来:卡住这些逃跑的军队,留下他们的枪支。这意思很明白:养兵千日,用兵一时;大敌压境,你们不说打仗,反倒逃跑,好,留下枪支,交给我们,看我们的吧!

先是在村里设好圈套,卡一个班或是小队逃兵的枪;那常常是先摆下酒宴,送上洋钱,然后动手。

后来,有些勇敢的人,赤手空拳,站在大道边上就卡住了枪支;那办法就简单了。

这渡口上原有一只大船,现在河里没水,翻过船底,晒在河滩上。船主名叫尹廷玉,是个五十多的老头子,弄了一辈子船,落了个"车船店脚牙"的坏名儿,可也没置下产业。他有一个儿子刚刚十五岁,名叫原生,河里有水的时候,帮父亲弄弄船,现在船闲着,他也就整天跟着孩子们在河滩里看过逃兵,看过飞机,割芦苇草。

这一天,割满了草筐,天也晚了,刚刚要杀紧绳子往回里走,他听得背后有人叫了他一声。

"原生!"

他回头一看,是村西头的一个姑娘,叫秀梅的,穿着一件短袖破白褂,拖着一双破花鞋,提着小镰跑过来,跑到原生跟前,一扯原生的袖子,就用镰刀往东一指:东面是深深一片芦苇,正叫晚风吹得摇摆。

"什么?"原生问。

秀梅低声说:

"那道边有一个逃兵,拿着一支枪。"

原生问:

"就是一个人?"

"就是一个。"秀梅喘喘气咬咬嘴唇,"崭新的一支大枪。"

"人们全回去了没有?"原生周围一看,想集合一些同伴,可是太阳已经下山,天边只有一抹红云,看来河滩里是冷冷清清的没有一个人了。

"你一个人还不行吗?"秀梅仰着头问。

原生看见了这女孩子的两只大眼睛里放射着光芒,就紧握他那镰刀,拨动苇草往东边去了。秀梅看了看自己那一把弯弯的明亮的小镰,跟在后边,低声说:

"去吧,我帮着你。"

"你不用来。"原生说。

原生从那个逃兵身后过去,那逃兵已经疲累得很,正低着头包裹脚上的燎泡,枪支放在一边。原生一脚把他踢趴,拿起枪支,回头就跑,秀梅也就跟着跑起来,遮在头上的小小的白布手巾也飘落下来,丢在后面。

到了村边,两个人才站下来喘喘气,秀梅说:

"我们也有一支枪了,明天你就去当游击队!"

原生说:

"也有你的一份呢,咱两个伙着吧!"

秀梅一撇嘴说:

"你当是一个雀虫蛋哩,两个人伙着!你拿着去当兵吧,我要那个有什么用?"

原生说:

"对,我就去当兵。你听见人家唱了没:男的去当游击队,女的参加妇救会。咱们一块去吧!"

"我不和你一块去,叫你们小五和你一块去吧!"秀梅笑一笑,就舞动小镰回家去了。走了几步回头说:

"我把草筐和手巾丢了,吃了饭,你得和我拿去,要不爹要骂我哩！"

原生答应了。原生从此就成了人民解放军的战士，背着这支枪打仗，后来也许换成"三八"，现在也许换成"美国自动步"了。

小五是原生的媳妇。这是原生的爹那年在船上，夜里推牌九，一副天罡赢来的，比原生大好几岁，现在二十了。

那时候当兵，还没有拖尾巴这个丢人的名词，原生去当兵，谁也不觉得怎样，就是那登上自家的渡船，同伙伴们开走的时候，原生也不过望着那抱着小弟弟站在堤岸柳树下面的秀梅和一群男女孩子们，嘻嘻笑了一阵，就算完事。

这不像是离别，又不像是欢送。从这开始，这个十五岁的青年人，就在平原上夜晚行军，黎明作战；在阜平大黑山下沙石滩上艰苦练兵，在盂平听那滹沱河清冷的急促的号叫；在五台雪夜的山林放哨；在黄昏的塞外，迎着晚风歌唱了。

他那个卡枪的伙伴秀梅，也真的在村里当了干部。村里参军的青年很多，她差不多忘记了那个小小的原生。战争，时间过得多快，每个人要想的、要做的，又是多么丰富啊！

可是原生那个媳妇渐渐不安静起来。先是常常和婆婆吵架，后来就是长期住娘家，后来竟是秋麦也不来。

来了，就找气生。婆婆是个老好子人，先是觉得儿子不在家，害怕媳妇抱屈，处处将就，哄一阵，说一阵，解劝一阵；后来看着怎么也不行，就说：

"人家在外头的多着呢，就没见过你这么背晦的！"

"背晦，人家都有个家来，有个信来。"媳妇的眼皮和脸上的肉越发耷拉下来。这个媳妇并不胖，可是，就是在她高兴的时候，她的眼皮和脸上的肉也是松垮地耷拉着。

"他没有信来，是离家远的过。"婆婆说。

"叫人等着也得有个头呀!"媳妇一转脸就出去了。

婆婆生了气,大声喊:

"你说,你说,什么是头呀?"

从这以后,媳妇就更明目张胆起来,她来了,不大在家里呆,好到街上去坐,半天半天的,人家纺线,她站在一边闲磕牙。有些勤谨的人说她:"你坐得落意呀?"她就说:"做着活有什么心花呀?谁能像你们呀!"等婆婆推好碾子,做熟了饭,她来到家里,掀锅就盛。还常说落后话,人家问她:"村里抗日的多着呢,也不是你独一份呀,谁也不做活,看你那汉子在前方吃什么穿什么呀?"她就说:"没吃没穿才好呢。"

公公耍了半辈子落道,弄了一辈子船,是个有头有脸好面子的人,看看儿媳越来越不像话,就和老婆子闹,老婆子就气得骂自己的儿子。那几年,近处还有战争,她常常半夜半夜坐在房檐上,望着满天的星星,听那隆隆的炮响,这样一来,就好像看见儿子的面,和儿子说了话,心里也痛快一些了。并且狠狠地叨念:怎么你就不回来,带着那大炮,冲着这刁婆,狠狠地轰两下子呢?

小五的落后,在村里造成了很坏的影响,一些老太太们看见她这个样子,就不愿叫儿子去当兵,说:"儿子走了不要紧,留下这样娘娘咱搪不开。"

秀梅在村里当干部,有一天,人们找了她来。正是夏天,一群妇女在一家梢门洞里做活,小五刚从娘家回来,穿一身鲜鲜亮亮的衣裳,站在一边摇着扇子,一见秀梅过来,她那眼皮和脸皮,像玩独脚戏一样,呱嗒就落下来,扭过脸去。

那些青年妇女们见秀梅来了,都笑着说:

"秀梅姐快来凉快凉快吧!"说着就递过麦垫来。有的就说:"这里有个大顽固蛋,谁也剥不开,你快把她说服了吧!"

秀梅笑着坐下,小五就说:

"我是顽固,谁也别光说漂亮话!"

秀梅说:

"谁光说漂亮话来?咱村里,你挨门数数,有多少在前方抗日的,有几个像你的呀?"

"我怎么样?"小五转过脸来,那脸叫这身鲜亮衣裳一陪衬,显得多么难看,"我没有装坏,把人家的人挑着去当兵!"

"谁挑着你家的人去当兵?当兵是为了国家的事,是光荣的!"秀梅说。

"光荣几个钱一两?"小五追着问,"我看也不能当衣穿,也不能当饭吃!"

"是!"秀梅说,"光荣不能当饭吃、当衣穿;光荣也不能当男人,一块过日子!这得看是谁说,有的人窝窝囊囊吃上顿饱饭,穿上件衣裳就混得下去,有的人还要想到比吃饭穿衣更光荣的事!"

别的妇女也说:

"秀梅说得一点也不假,打仗是为了大伙,现在的青年人,谁还愿意当炕头上的汉子呀!"

小五冷笑着,用扇子拍着屁股说:

"说那么漂亮干什么,是'画眉张'的徒弟吗,要不叫你,俺家那个当不了兵!"

秀梅说:"哈!你是说,我和原生卡了一支枪,他才当了兵?我觉着这不算错,原生拿着那支枪,真的替国家出了力,我还觉着光荣呢!你也该觉着光荣。"

"俺不要光荣!"小五说,"你光荣吧,照你这么说,你还是国家的功臣呢,真是木头眼镜。"

"我不是什么功臣,你家的人才是功臣呢!"秀梅说。

"那不是俺家的人。"小五丝声漾气地说,"你不是干部吗?我要和他离婚!"

大伙都一愣,望着秀梅。秀梅说:

"你不能离婚,你的男人在前方作战!"

"有个头没有?"小五说。

"怎么没头,打败日本就是头。"

"我等不来,"小五说,"你们能等可就别寻婆家呀!"

秀梅的脸腾地红了,她正在说婆家,就要下书定准了。别人听了都不忿,说:"碍着人家了吗? 你不叫人家寻婆家,你有汉子好等着,叫人家等着谁呀!"

秀梅站起来,望着小五说:

"我不是和你赌气,我就不寻婆家,我们等着吧。"

别的人都笑起来,秀梅气得要哭了。小五站不住走了。有人就说:"像这样的女人应该好好打击一下,一定有人挑拨着她来破坏我们的工作。"秀梅说:"我们也不随便给她扣帽子,还是教育她。"那人说:"秀梅姐! 你还是佛眼佛心,把人全当成好人;小五要是没有牵线的,挖下我的眼来当泡踏!"

对于秀梅的事,大家都说:

"你真是,为什么不结婚?"

"我先不结婚。"秀梅说,"有很多人把前方的战士,当作打了外出的人,我给她们做个榜样。你们还记得那个原生不? 现在想起来,十几岁的一个人,背起枪来,一出去就是七年八年,才真是个好样儿的哩!"

"原生倒是不错,"一个姑娘笑了,"可是你也不能等着人家呀!"

"我不是等着他,"秀梅庄重地说,"我是等着胜利!"

小五到村外一块瓜园里去。这瓜园是村里一个粮秣先生尹大恋开的。这人原是村里一家财主,现在村中弄了名小小的干部当着,掩藏身体,又开了个瓜园,为的是喝酒说落后话儿,好有个清净地方。

尹大恋正坐在高高的窠棚里摇着扇子喝酒,一看见小五来了就说:

"拣着大个儿的摘着吃吧,你那离婚的事儿谈得怎样了?"

小五拨着瓜秧说:

"人家叫等到打败日本,谁知道哪年哪月他们才能打败日本呀!"

"唉!长期抗战,这不是无期徒刑吗?喂,不是有说讲吗,五年没有音讯就可以。这是他们的法令呀,他们自己还不遵守吗?和他打官司呀,你这人还是不行!"

小五回来就又和公婆闹,闹得公婆没法,咬咬牙叫她离婚走了,老婆婆狠狠啼哭了一场。老头说:"哭她干什么!她是我一副牌赢来的,只当我一副牌又把她输了就算了!"

自从小五出门走了以后,秀梅就常常到原生家里,帮着做活。看看水瓮里没水,就去挑了来,看看院子该扫,就打扫干净。伏天,帮老婆拆洗衣裳,秋天帮着老头收割打场。

日本投了降,秀梅跑去告诉老人家,老人听了也欢喜。可是过了好久,有好些军人退伍回来了,还不见原生回来。

原生的娘说:

"什么命呀,叫我们修下这样一个媳妇!"

秀梅说:

"大娘,那就只当没有这么一个媳妇,有什么活我帮你做,你不是没有闺女吗,你就只当有我这么个闺女!"

"好孩子,可是你要出聘了呢?"原生的娘说,"唉,为什么原生八九年就连个信也没有?"

"大娘,军队开得远,东一天,西一天,工作很忙,他就忘记给家里写信了。总有一天,一下子回来了,你才高兴呢!"

"我每天晚上听着门,半夜里醒了,听听有人叫娘开门哩,不过是想念得罢了。这么些人全回来了,怎么原生就不回来呀?"

"原生一定早当了干部了,他怎么能撇下军队回来呢?"

"为国家打仗,那是本分该当的,我明白。只是这个媳妇,唉!"

今年五月天旱,头一回耩的晚田没出来,大庄稼也旱坏了,人们整天盼雨。晚上,雷声忽闪地闹了半夜,才淅沥淅沥下起雨来,越下越大,房里一下凉快了,蚊子也不咬人了。秀梅和娘睡在炕上,秀梅说:

"下透了吧,我明天还得帮着原生家耩地去。"

娘在睡梦里说:

"人家的媳妇全散了,你倒成了人家的人了。你好好地把家里的活做完了,再出去乱跑去,你别觉着你爹不说你哩!"

"我什么活没做完呀!我不过是多卖些力气罢了,又轮着你这么嘟哝人!"

娘没有答声。秀梅却一直睡不着,她想,山地里不知道下雨不,山地里下了大雨,河里的水就下来了。那明天下地,还要过摆渡呢!她又想,小的时候,和原生在船上玩,两个人偷偷把锚起出来,要过河去,原生使篙,她掌舵,船到河心,水很急,原生力气小,船打起转来,吓哭了,还是她说:

"不要紧。别怕,只要我把得住这舵,就跑不了它,你只管撑吧!"

又想到在芦苇地卡枪,那天黑间,两个人回到河滩里,寻找草筐和手巾,草筐找到了,寻了半天也寻不见那块手巾,直等月亮升上来,才找到了。

想来想去,雨停了,鸡也叫了,才合了合眼。

起身就到原生家里来，原生的爹正在院里收拾"种式"，一见秀梅来了，就说：

　　"你给我们拉砘子去吧，叫你大娘拿耧。我常说，什么活也能一个人慢慢去做，惟独锄草和耩地，一个人就是干不来。"

　　秀梅笑着说：

　　"大伯，你拉砘子吧，我拿耧，我好把式哩！我们那几亩地，都是我拿的'种式'哩！"

　　"可就是，我还没问你，"老头说，"你那地全耩上没有？"

　　秀梅说："我前两天就耩上了，耩的'干打雷'，叫它们先躺在地里去求雨，我的时气可好哩！"

　　老头说：

　　"年轻人的时运总是好的，老了就倒霉，走吧！"

　　秀梅背上"种式"就走。她今天穿了一条短裤，光着脚，老婆子牵着小黄牛，老头子拉着砘子葫芦在后边跟着，一字长蛇阵，走出村来。

　　田野里，大道小道上全是忙着去种地的人，像是一盘子好看的走马灯。这一带沙滩，每到春天，经常刮那大黄风，刮起来，天昏地暗人发愁。现在大雨过后，天晴日出，平原上清新好看极了。

　　耩完地，天就快晌午了，三个人坐在地头上休息。秀梅热得红脸关公似的摘下手巾来擦汗，又当扇子扇，那两只大眼睛也好像叫雨水冲洗过，分外显得光辉。

　　她把道边上的草拔了一把，扔给那小黄牛，叫它吃着。

　　从南边过来一匹马。

　　那是一匹高大的枣红马，马低着头一步一颠地走，像是已经走了很远的路，又像是刚刚经过一阵狂跑。马上一个八路军，大草帽背在后边，有意无意挥动着手里的柳条儿。远远看来，这是一个年轻的人，一个安静的人，他心里正在思想什么问题。

马走近了，秀梅就转过脸来低下头，小声对老婆说："一个八路军！"老头子正侧着身子抽烟，好像没听见，老婆子抬头一看，马一闪放在道旁上的石砘子，吃了一惊，跑过去了。

秀梅吃惊似的站了起来，望着那过去的人说：

"大娘，那好像是原生哩！"

老头老婆全抬起头来，说：

"你看差眼了吧！"

"不。"秀梅说。那骑马的人已经用力勒住马，回头问："老乡，前边是尹家庄不是？"

秀梅一跳说：

"你看，那不是原生吗，原生！"

"秀梅呀！"马上的人跳下来。

"原生，我那儿呀！"老婆子往前扑着站起来。

"娘，也在这里呀！"

儿子可真的回来了。

爹娘儿女相见，那一番话真是不知从哪说起，当娘的嘴一努一努想把媳妇的事说出来，话到嘴边，好几次又咽下去了。原生说：

"队伍往北开，攻打保定，我请假家来看看。"

"咳呀！"娘说，"你还得走吗？"

原生笑着说：

"等打完老蒋就不走了。"

秀梅说：

"怎么样，大娘，看见儿子了吧！"

"好孩子，"大娘说，"你说什么，什么就来了！"

远处近处耩地的人们全围了上来，天也晌午了，又尾随着原生回家，背着耧的，拉着砘子的。

刚到村边，新农会的主席手里扬着一张红纸，满头大汗跑出村

来,一看见原生的爹就说:

"大伯,快家去吧,大喜事!"

"什么事呀?"

"大喜事,大喜事!"

人们全笑了,说:

"你报喜报得晚了!"

"什么呀?"主席说,"县里刚送了通知来,我接到手里就跑了来,怎么就晚了!"

人们说:

"这不是原生已经到家了!"

"哈,原生家来了? 大伯,真是喜上加喜,双喜临门呀!"主席喊着笑着。

人们说:

"你手里倒是拿的什么通知呀?"

"什么通知? 原生还没对你们大家说呀?"主席扬一扬那张红纸,"上面给我们下的通知:咱们原生在前方立了大功,活捉了蒋介石的旅长,队伍里选他当特等功臣,全区要开大会庆祝哩!"

"哈,这么大事,怎么,原生,你还不肯对我们说呀,你真行呀!"人们嚷着笑着到了村里。

第二天,在村中央的广场上开庆功大会。

天晴得很好,这又是个热天,全村的男女老少,都换了新衣裳,先围到台下来,台上高挂全区人民的贺匾:"特等功臣"。

各村新农会又有各色各样的贺匾祝辞,台上台下全是红绸绿缎,金字彩花。

全区的小学生,一色的白毛巾,花衣服,腰里系着一色的绸子,手里拿着一色的花棍,脸上擦着胭脂,老师们擦着脸上的汗,来回照顾。

区长讲完了原生立功的经过,他号召全区青壮年向原生学习,踊跃参军,为人民立功。接着就是原生讲话。他说话很慢,很安静,台下的人们说:老脾气没变呀,还是这么不紧不慢的,怎么就能活捉一个旅长呀!原生说:自己立下一点功;台下就说:好家伙,活捉一个旅长他说是一点功。原生又说:这不是自己的功劳,这是全体人民的功劳;台下又说:你看人家这个说话。

区长说:老乡们,安静一点吧,回头还有自由讲话哩,现在先不要乱讲吧。人们说:这是大喜事呀,怎么能安静呢!

到了自由讲话的时候,台下妇女群里喊了一声,欢迎秀梅讲话,全场的人都嚷赞成,全场的人拿眼找她。秀梅今天穿一件短袖的红白条小褂,头上也包一块新毛巾,她正愣着眼望着台上,听得一喊,才转过脸东瞧瞧,西看看,两只大眼睛,转来转去好像不够使,脸飞红了。

她到台上讲了这段话:

"原生立了大功,这是咱们全村的光荣。原生十五岁就出马打仗,那么一个小人,背着那么一支大枪。他今年二十五岁了,打了十年仗,还要去打,打到革命胜利。

"有人觉得这仗打得没头没边,这是因为他没把这打仗看成是自家的事。人们光愿意早些胜利,问别人:什么时候打败蒋介石?这问自己就行了。我们要快就快,要慢就慢,我们坚决,我们给前方的战士助劲,胜利就来得快;我们不助劲,光叫前方的战士们自己去打,那胜利就来得慢了。这只要看我们每个人尽的力量和出的心就行了。

"战士们从村里出去,除去他的爹娘,有些人把他们忘记了,以为他们是办自己的事去了,也不管他们哪天回来。不该这样,我们要时时刻刻想念着他们,帮助他们的家,他们是为我们每个人打仗。

"有的人,说光荣不能当饭吃。不明白,要是没有光荣,谁也不要光荣,也就没有了饭吃;有的人,却把光荣看得比性命还要紧,我们这才有了饭吃。

"我们求什么,就有什么。我们等着原生,原生就回来了。战士们要的是胜利,原生说很快就能打败蒋介石,蒋介石很快就要没命了,再有一年半载就死了。

"我们全村的战士,都会在前方立大功的,他们也都像原生一样,会带着光荣的奖章回来的。那时候,我们要开一个更大更大的庆功会。

"我的话完了。"

台下面大声地鼓掌,大声地欢笑。

接着就是游行大庆祝。

最前边是四杆喜炮,那是全区有名的四个喜炮手;两面红绸大旗:一面写"为功臣贺功",一面写"向英雄致敬"。后面是大锣大鼓,中间是英雄匾,原生骑在枣红马上,马笼头马颈上挂满了花朵。原生的爹娘,全穿着新衣服坐在双套大骡车上,后面是小学生的队伍和群众的队伍。

大锣大鼓敲出村来,雨后的田野,蒸晒出腾腾的热气,好像是叫大锣大鼓的声音震动出来的。

到一村,锣鼓相接,男男女女挤得风雨不透,热汗齐流。

敲鼓手疯狂地抡着大棒,抬匾的柱脚似的挺直腰板,原生的爹娘安安稳稳坐在车上,街上的老头老婆们指指划划,一齐连声说:

"修下这样的好儿子,多光荣呀!"

那些青年妇女们一个扯着一个的衣后襟,好像怕失了联络似的,紧跟着原生观看。

原生骑在马上,有些害羞,老想下来,摄影的记者赶紧把他捉住了。

秀梅满脸流汗跟在队伍里,扬着手喊口号。她眉开眼笑,好像是一个宣传员。她好像在大秋过后,叫人家看她那辛勤的收成;又好像是一个撒种子的人,把一种思想,一种要求,撒进每个人的心里去。她见到相熟的姐妹,就拉着手急急忙忙告诉说:

"这是我们村里的原生,十五上就当兵去了,今年二十五岁,在战场上立了大功,胸前挂的那金牌子是毛主席奖的哩。"

说完就又跟着队伍跑走了。这个农民的孩子原生,一进村庄,就好把那放光的奖章,轻轻掩进上衣口袋里去。秀梅就一定要他拉出来。

大队也经过小五家的大门。一到这里,敲大鼓的故意敲了一套花点,原想叫小五也跑出来看看的,门却紧紧闭着,一直没开。

队伍在平原的田野和村庄通过,带着无比响亮的声音,无比鲜亮的色彩。太阳在天上,花在枝头,声音从有名的大鼓手那里敲打,这是一种震动人心的号召:光荣!光荣!

晚上回来,原生对爹娘说:"明天我就回部队去了。我原是绕道家来看看,赶巧了乡亲们为我庆功,从今以后,我更应该好好打仗,才不负人民对我的一番热情。"

娘说:"要不就把你媳妇追回来吧!"

原生说:"叫她回来干什么呀!她连自己的丈夫都不能等待,要这样的女人一块革命吗?"

爹说:"那么你什么时候才办喜事呢?以我看,咱寻个媳妇,也并不为难。"

原生说:"等打败蒋介石。这不要很长的时间。有个一年半载就行了。"

娘又说:"那还得叫人家陪着你等着吗?"

“谁呀?”原生问。

“秀梅呀！人家为你耽误了好几年了。”娘把过去小五怎么使歪造耗,秀梅怎样解劝说服,秀梅怎样赌气不寻婆家,小五走了,秀梅怎样体贴娘的心,处处帮忙尽力,原原本本说了一遍。

在原生的心里,秀梅的影子,突然站立在他的面前,是这样可爱和应该感谢。他忽然想起秀梅在河滩芦苇丛中命令他去卡枪的那个黄昏的景象。当原生背着那支枪转战南北,在那银河横空的夜晚站哨,或是赤日炎炎的风尘行军当中,他曾经把手扶在枪上,想起过这个景象。那时候,在战士的心里,这个影子就好比一个流星,一只飞鸟横过队伍,很快就消失了。现在这个影子突然在原生心里鲜明起来,扩张起来,顽强粘住,不能放下了。

在全村里,在瓜棚豆架下面,在柳阴房凉里,那些好事好谈笑的青年男女们议论着秀梅和原生这段姻缘,谁也觉得这两个人要结了婚,是那么美满,就好像雨既然从天上降下,就一定是要落在地上,那么合理应当。

一九四八年七月十日饶阳东张岗

纪　念

一

　　住在定县的还乡队回村复辟。为了保卫农民的斗争果实,我们队伍开来了。

　　一清早,我又到小鸭家去放哨。她家紧靠村南大堤,堤外面就是通火车站的大路。她家只有两间土坯北房,出房门就是一块小菜园,园子中间有一眼小甜水井,井的旁边有一棵高大的柳树。这些年,每逢情况紧张的时候,我常常爬到柳树上去监视敌人的来路,这柳树是我的岗位,又是我多年的朋友。

　　柳树的叶子黄了,小菜园里满是整整齐齐的大白菜。小鸭的娘刚刚起来,正在嘱咐小鸭,等门楼醒了给他穿好衣服。随后她就忽的一声把门开开,嘴里叼着用红铜丝扭成的卡子,两手梳理着长长的头发,一看见我,就笑着说:

　　"呀!又是老纪同志,怨不得小鸭说你们来了。先到屋里暖和暖和。"

　　"你好吧,大嫂!"我说,"今年斗争,得到了什么果实?"

　　她把头发卡好,用手指着前面的园子说:

"分了这三亩园子。它在人家手里呆了十年,现在又回来了。

"后面那深宅大院高门楼,是大恶霸陈宝三的住宅。东边,那是陈宝三的场院。西边,那是陈宝三的水车井大园子。三面包围,多少年俺家就住在这个老虎嘴里。

"早先俺家也并不这么穷。陈宝三,今年想这个办法硬挤一块去,明年又想那个办法圈哄一块去,逼得俺家只剩下这两间坯房,一出门限,就没有了自己的站脚之地。陈宝三还是死逼。小鸭的爷是个硬性汉子,他看出来陈宝三是成心把俺一家挤出去,就高低也不干了。陈宝三发下大话说:他不去,我有的是钱,我用洋钱把他的房顶填一寸厚,看他去不去!

"小鸭的爷正病在炕上,年关近了,要账的人又不离门,就有人来说合:你就去给他吧!俺家他爷说:办不到!除非他先吃了我!

"到了晚上,陈宝三打发人往俺家房顶上扔些那不时兴的小铜钱,叮当乱响,气得俺一家人发抖。这还不算,大年三十,陈宝三的场里失了一把火,烧了麦秸垛,陈宝三告到官府,说是小鸭的爹放的,抓进衙门去。老头子心疼儿子,又没有说理的地方,就把庄基写给了他,活活气死!临死的时候,对我说:'记着!记着!'就断了气!

"第二年就事变了,俺家他爹争这口气,参加了八路军,九年了没有回来。前几天开斗争会,俺家小鸭登台讲了话,说得陈宝三闭口无言,全村的老乡亲掉泪。这口气总算争回来了!"

"小鸭记得这些事吗?"我问。

"她不记得?自从她爷死了,每天晚上睡下了,我就提着她的耳朵学说一遍,她记得清清楚楚!好吧,纪同志,咱们回来再说话,我赶集去!"

她回手关上门。我问:

"去买什么？大嫂！"

"看着什么便宜，就买点什么！"她微微一笑，"地多了，明年咱要好好种！不能叫那些地主恶霸笑话！他们不是说，地交到咱手里是白费吗？叫他们看看，是他们种得好，还是咱穷人种得好！"

说完她转身走了，我望着她那壮实的身子和那比男子还要快的脚步！

母亲刚走，小鸭也起来了。她哼着唱着穿好衣服，还故意咳嗽一声，才轻轻开了门。接着一闪就跳了出来，笑着说：

"你又来了！"

我看见小鸭穿一件黑红格子布新棉袄，浅紫色棉裤，只有脚下的鞋，还是破破烂烂的。头发留得像大人一样，长长的，后面用一个卡子束起来，像小鸟展开的尾巴。我说：

"呀，小鸭阔气了，穿得这么讲究。"

"你没见门楼哩，人家穿得更好！"她有点不服气地说。一转身："我去给你叫起他来！"

我赶紧叫住她：

"你别去制作人家了，叫他睡吧！"

她不听话，跑进屋里，立时我就听见她把门楼的被窝掀开，听见她那叮铃叮铃的笑声，和门楼那瓮声瓮气的叫骂。

门楼在我的印象里，是一个光屁股的孩子，从二月惊蛰河里刚刚解冻，他就开始光屁股，夏天，整天地到村南那苇坑里洗澡，来回经过一块高粱地，他就总是一身青泥，满脑袋高粱花。一直到十月底，天上要飘雪花了，才穿上棉裤袄。他这光屁股的长期奋斗，正和我这八路军光脚不穿袜子一样。

小鸭在后面推着，门楼一摇一摆走出来。他穿着一件新做的毛蓝粗布棉袍，加上他那肥头大脑，短粗身子，就像一个洋靛桶。

小鸭撇着薄薄的嘴唇说：

"他这新棉袍,也是我们斗争出来的钱买的!"

门楼还撒着眯怔,不住地嘟哝着。

二

老远传来了母亲喊小鸭的声音。母亲回来了,提着一个大柳罐,满脸红光,头发上浮着一层土。她说:

"鸭,我在集上买了几十斤山药,我们娘儿俩去把它抬回来。"

正赶上我要下岗,小鸭就说:

"叫纪同志和我抬去!"

我拿着筐,她扛着杠,到集上去了。集不远,就在十字街上。今天赶集的人很多,街上挤不动的人。刚刚斗争以后,农民们有的拿钱到集上置买些东西,有的把斗争的果实拿到集上来变卖。集上新添的估衣市、木货市,木器嫁妆很多。农民背着拿着买好的东西,说说笑笑。线子市里妇女特别多,唧唧喳喳,卖了线子又买回"布接",一边夸奖着自己的线子细,一边又褒贬着人家的布接粗。

小鸭指着那些好皮袄、红漆立柜和大条案说:

"这都是斗争的陈宝三家的,谁家能有这么好的家什,净是剥削的穷人的。纪同志,你买了那个小红吃饭桌吧! 很便宜。"

我笑一笑,说:

"我买那个干什么呀,我一个八路军!"

"放在炕上吃饭呗! 我说买了,娘不愿意,她说等爹回来,才买! 我爹就不是八路军?"

"你爹有信来吗? 鸭。"

"没有哩! 纪同志你给打听打听吧,给登登报。"

"他在什么队伍?"

"八路军队伍么,还有什么队伍?"

"我知道是八路军队伍,哪个团呀?"

"这个我们也不知道,反正是那年跟吕司令走的。"

"那好办,"我说,"我给你打听打听吧!"

我和小鸭把山药抬回来。我这么高,她那么小,我紧紧拉着筐系,不让筐滑到她肩上去。她一路走着笑着,到了家里,她娘留我吃饭,我在她家屋里坐了一坐。屋里比夏天整齐多了,新安上一架织布机,炕上铺着新席,母亲说,都是用斗争款买的。迎门墙上贴着一张墨描的毛主席像。门楼那家伙却不言不语地摘下他自己造的木枪来。那枪做得很不高明,只是一根弯榆木棍,系上了一条红布条子。我只能夸好,小鸭在一旁笑了,母亲也笑着说:

"纪同志,你知道他是什么心思吗?"

我说不知道。母亲说:

"夏天,你在这里不是答应给他一支枪吗?后来你就走了,他整天磨翻你记性坏,赌气自己做了一支,这是拿出来叫你看看,羞臊你哩!"

我赶紧说:

"这怨我记性坏,回头我们做一支!"

门楼就又不言不语把枪挂到墙上去了,那意思好像说:

"不叫你看这个,你还记不起来呢!"

小鸭在背后狠狠地说:

"看你那尊贵样子吧!"

母亲这时才红着脸说:

"纪同志,有个事和你商量商量,俺家他爹,出去了这就九年了,老也没个音讯,也费心给打听打听!"

我说:

"刚才小鸭和我说了,这好办,我们去封信打听打听。大嫂,不要结记,队伍开远了,交通又不方便,接不到信是常有的事。我也是八九年没和家里通信了。"

"纪同志不是东北人吗？有人说俺家他爹也跟着吕司令开到东北去了。"

"很有可能，那里来信不容易。"

我说着告别了出来。我想着，一定要给小鸭的爹——我的同志写封信，告诉他：他的孩子长大了，这样聪明；老婆进步了，这样能干；家里的生活变好了，一切是这么可羡慕，值得尊敬。他该是多么愉快。

这时嗡呵嗡呵的，过来了几架飞机。门楼跑出来看，小鸭骂他：

"看那个干什么呀！那是蒋介石的飞机！"

我回到连里，知道情况紧了，我们要加紧警戒。

晚上，我又到小鸭家放哨，小鸭听见我来了，就跑出来说：

"纪同志，俺爹来信了！"

"怎么这样巧，拿来我看看净写的什么？"

母亲也掩饰不住那快乐的心情，把信交给我，并且把灯剔亮，送到我的面前。我在灯明下面，把信看了一遍，这是走了很远的路程的一封信，信封磨破了，信纸也磨去了头，还带着风霜雨露的痕迹。可是，别提信上的言词是多么兴奋动人，多么热情激动，我拿着信纸，好像握着一块又红又热的炭。不只小鸭的母亲吓得脸烧红了，我的心也跳起来。上面写着：他在这八九年里，走遍了河北、河南、山西、陕西，现在又开到了冰天雪地的东北；上面写着他爬过多么高的山，渡过多么险的河，现在已经升为营长。上面写着他怎样和日本鬼子作战，现在又和国民党反动派作战；上面写着他们解放了东北多少万苦难的人民，那里的人民十四年经历的是什么样的苦难！上面写着他身体很好，胜利的日子就要到来。上面写着希望妻子进步，积极参加土地改革和反顽的斗争；上面问到小鸭长得怎么样了……

小鸭嘻嘻笑着，指一指门楼说：

"上面没提他！"

"那时他……"娘像是要安慰门楼，说着脸红了。我明白那意思是，爹走的时候，门楼还在娘肚子里，出远门的人，恐怕是忘记临行时遗留的这块血肉了。

门楼垂头丧气，对于这使母亲姐姐这么高兴的新闻，好像并不关心，也莫名其妙，不言不语地吃着饭。

我回到我的岗位上去。想到我的同志们解放了我的家乡，我分外兴奋，对于眼前的敌人，我分外觉得有彻底消灭他们的把握。我轻轻地爬到柳树上面去。

天已经黑了，星星还没出全，天空没有一丝云彩，树枝也纹丝不动。只有些干黄的叶子，因为我的震动，轻轻落下来。我把身子靠在那根大干上，把背包架在老鸹窠里，把枪抱紧，望着堤坡那里。

堤坡外面那条汽车路，泛着灰白色，像一条刚刚蜕皮的大蛇。我想起，这八九年，多少敌人从这条路上踏过，多少灾难在这条路上发生，多少人死在这条路的中间和旁边的深沟里。多少次，我们从这条路上赶走了敌人。

这时，屋里吹灭了灯，母亲打发孩子们睡下了，对于紧张的情况，好像并不在意。

这是八九年来一家人最快乐的一个夜晚了，这个夜晚，当母亲的想来是很难入睡。她会想起许多不愿再想也不能不想的事。夜深了，天空飞过一只水鸟，可是天并没有阴。月亮升上来，照亮半个窗户，我听见门楼像大人一样呼呼地酣睡，像是小鸭翻了一个身，说：

"多讨厌呀，人家越睡不着，他越打呼噜！"

"鸭，你还没睡着吗？"母亲问。

"没有呀,怎么也睡不着了!"

"鸭,明天我们给你爹写一封信吧!"

"叫他回来吗?"

"干么叫他回来,把家里的事情和他学说学说。写上咱新添了三亩地。"

"对! 给爹写封信,我老是想不起爹的模样来了!"

"他走的时候你还小。"

"我们给他写封信。娘,我们给他缝一个布信封吧,布信封就磨不破了,我见人家都做一个小布袋。"

"对。鸭,要不是顽军来进攻,你爹也许就家来了。"

"王八老蒋!"

过了一会儿,小鸭又说:

"娘! 我看还是叫爹回来吧,听说陈宝三的大儿子参加了还乡队,要领着人回来夺地哩!"

"不要听他们胡嚷嚷!"母亲说,"有八路军在这里,他们不敢回来。天不早了,快睡吧。"

我不禁心里一震。原来在深深的夜晚,有这么些母亲和孩子,把他们的信心,放在我们身上,把我们当作了保护人。我觉得肩头加上了很重的东西,我摸了摸枪栓。西边远远的一声火车叫,叫得那么凄惨吓人,在堤坡外面的麦地里过宿的一群大雁,惊慌地叫着,向着月亮飞,飞上去又飞回来。接着是轰的一声雷,震得柳树摇动,窗户纸乱响。小鸭大声说:

"好,又炸了老蒋的火车,我叫你来回送兵!"

从此就听不见母女两个的交谈,月亮也落下去。我望一望那明亮的三星,很像一张木犁,它长年在天空游动,密密层层的星星,很像是它翻起的土花,播撒的种子。

母子三个睡熟了,听她们的鼻息睡得很香甜,她们的梦境很远也很幸福。我想到战斗在我们家乡的雪地里的同志们,我望着很远的西方。

三

黎明,我放了报警的第一枪。

真的来了,这一群黄鼬一样的还乡队。立刻就接了火。敌人靠堤坡掩护着包围村庄,我们一班人上到小鸭家的屋顶上。

敌人冲着小屋射击,小鸭一家人并没有向别处转移。我在屋顶上喊:

"小鸭,趴到地下去,不要在炕上!"

小鸭叫道:

"纪同志,不要叫敌人攻进来呀!"

一直打到吃饭的时候,子弹不住从窗子里打进去,我非常担心,我喊:

"小鸭,躺在炕沿底下,不要抬头。"

"不要管我们,管你打仗吧!"她母亲说。我们见小鸭在一边哧哧地发笑。

听见我们的枪声密了,小鸭就高兴地喊:

"纪同志,你看看来的那些王八里面有陈宝三的儿子没有?他是回来夺我们的园子的!"

我说:

"小鸭,放心吧,他回不来!"

敌人已经不敢抬头,新的命令还没来,我们就三枪两枪地顶着。

太阳走得那样慢,可是也过晌午了。我有些饿,渴得更难受,很想喝点水,我喊着问:

"小鸭,你们水缸里有水没有?"

"我看看去!"是她母亲的声音。

"爬着去呀!"

我听见她在外间屋里掀瓮盖的声音。"唉呀,怎么一点也没有了,小鸭这孩子!我昨天叫你提水,怎么没提呀!"

"不是爹来信了吗,我就没顾得去提。"小鸭说。

"你们渴得厉害吗?"母亲问。

"渴得厉害!"我失望地说,"没有就算了,快趴下吧!"

我紧紧盯着堤坡上的敌人,我也看见了园子中间那一眼小甜水井,辘轳架就在那里放着,辘轳绳还在井口上摇摆。我想,能有个什么管子通到我这里来就好了,痛痛快快喝它两口,那井水多么甜呀!

我听见房门吱的一声响,我吃惊问:

"谁开门?"

小鸭的娘提着昨天买来的新柳罐,从屋里爬出来,我急忙压低嗓子喊:

"大嫂,不要去,快回来!"

"不要紧。"她轻轻说,爬到井边去,把柳罐挂到井绳上,她是那样迅速地绞起了一罐水。当敌人发觉,冲着她连开三枪,她已经连跑带爬提进屋里来。

"兔崽子们,你们打不着我!"她喘着气连笑带骂。"用刺刀掏个小窟窿吧!"她向我们喊。

我从屋里系上一小罐水,小鸭还嘻嘻地笑着叫我系上一包干粮,她说:

"吃了,喝了,要好好地顶着呀。"

这水是多么甜,多么解渴。我怎么能忘记屋子里这热心的女人和把一切希望都寄托在我们身上的孩子?我要喝一口水,她们差不多就献出了自己的生命。她们的生命是这样可贵,值得尊敬,这生命经过长期的苦难,正接近幸福的边缘。我的责任是什么?我问着自己。我大声说:"小鸭,我们就要冲锋了!"

一九四七年十一月修改于博野史家佐村

嘱　咐

　　水生斜背着一件日本皮大衣，偷过了平汉路，天刚大亮。家乡的平原景色，八年不见，并不生疏。这正是腊月天气，从平地上望过去，一直望到放射红光的太阳那里，他深深地吸了一口气。把身子一挺，十几天行军的疲劳完全跑净，脚下轻飘飘的，眼有些晕，身子要飘起来。这八年，他走的多半是山路，他走过各式各样的山路：五台附近的高山，黄河两岸的陡山，延安和塞北的大土圪垯山。哪里有敌人就到哪里去，枪背在肩上，拿在手里八年了。

　　水生是一个好战士，现在已经是一个副教导员。可是不瞒人说，八年里他也常常想到家，特别是在休息时间，这种想念，很使一个战士苦恼。这样的时候，他就拿起书来或是到操场去，或是到菜园子里去，借游戏、劳动和学习，好把这些事情忘掉。

　　他也曾有过一种热望，能有个机会再打到平原上去，到家看看就好了。

　　现在机会来了。他请了假，绕道家里看一下。因为地理熟，一过铁路他就不再把敌人放在心上。他悠闲地走着，四面八方观看着，为的是饱看一下八年不见的平原风景。铁路旁边并排的炮楼，有的已经拆毁，破墙上撒落了一片鸟粪。铁路两旁的柳树黄了叶子，随着铁轨伸展到远远的北方。一列火车正从那里慢慢地滚过来，惨叫，吐着白雾。

一时，强烈的战斗要求和八年的战斗景象涌到心里来。他笑了一笑，想，现在应该把这些事情暂时地忘记，集中精神看一看家乡的风土人情吧。他信步走着，想享受享受一个人在特别兴奋时候的愉快心情。他看看麦地，又看看天，看看周围那像深蓝淡墨涂成的村庄图画。这里离他的家不过九十里路，一天的路程。今天晚上，就可以到家了。

不久，他觉得这种感情有些做作。心里面并不那么激动。幼小的时候，离开家半月十天，当黄昏的时候走近了自己的村庄，望见自己家里烟囱上冒起的袅袅的轻烟，心里就醉了。现在虽然对自己的家乡还是这样爱好、崇拜，但是那样的一种感情没有了。

经过的村庄街道都很熟悉。这些村庄经过八年战争，满身创伤，许多被敌人烧毁的房子，还没有重新盖起来。村边的炮楼全拆了，砖瓦还堆在那里，有的就近利用起来，垒了个厕所。在形式上，村庄没有发展，没有添新的庄院和房屋。许多高房，大的祠堂，全拆毁修了炮楼，幼时记忆里的几块大坟地，高大的杨树和柏树，也砍伐光了，坟墓曝露出来，显得特别荒凉。但是村庄的血液，人民的心却壮大发展了。一种平原上特有的勃勃生气，更是强烈扑人。

水生的家在白洋淀边上。太阳平西的时候，他走上了通到他家去的那条大堤，这里离他的村庄十五里路。

堤坡已经破坏，两岸成阴的柳树砍伐了，堤里面现在还满是水。水生从一条小道上穿过，地势一变化，使他不能正确地估计村庄的方向。

太阳落到西边远远的树林里去了，远处的村庄迅速地变化着颜色。水生望着树林的疏密，辨别自己的村庄，家近了，就进家了，家对他不是吸引，却是一阵心烦意乱。他想起许多事。父亲确实的年岁忘记了，是不是还活着？父亲很早就有痰喘的病。还有自己女人,正在青春,一别八年,分离时她肚子里正有一个小孩子。房子烧了吗?

不是什么悲喜交加的情绪,这是一种沉重的压迫,对战士的心的很大的消耗。他在心里驱逐这种思想感情,他走得很慢,他决定坐在这里,抽袋烟休息休息。

他坐下来打火抽烟,田野里没有一个人,风有些冷了,他打开大衣披在身上。他从积满泥水和腐草的水洼望过去,微微地可以看见白洋淀的边缘。

黄昏时候,他走到了自己的村边,他家就住在村边上。他看见房屋并没烧,街里很安静,这正是人们吃完晚饭,准备上门的时候了。

他在门口遇见了自己的女人。她正在那里悄悄地关闭那外面的梢门。水生亲热地叫了一声:

"你!"

女人一怔,睁开大眼睛,咧开嘴笑了笑,就转过身子去抽抽搭搭地哭了。水生看见她脚上那白布封鞋,就知道父亲准是不在了。两个人在那里站了一会儿。还是水生把门掩好说:"不要哭了,家去吧!"他在前面走,女人在后面跟,走到院里,女人紧走两步赶到前面,到屋里去点灯。水生在院里停了停。他听着女人忙乱地打火,灯光闪在窗户上了,女人喊:"进来吧!还做客吗?"

女人正在叫唤着一个孩子。他走进屋里,女人从炕上拖起一个孩子来,含着两眼泪水笑着说:

"来!这就是你爹,一天价看见人家有爹,自己没爹,这不现在回来了。"说着已经不成声音。水生说:

"来!我抱抱。"

老婆把孩子送到他怀里,他接过来,八九岁的女孩子竟有这么重。那孩子从睡梦里醒来,好奇地看着这个生人,这个"八路"。

女人转身拾掇着炕上的纺车线子等等东西。

水生抱了孩子一会儿,说:

"还睡去吧。"

女人安排着孩子睡下,盖上被子。孩子却圆睁着两眼,再也睡不着。水生在屋里转着,在那扑满灰尘的迎门橱上的大镜子里照看自己。

女人要端着灯到外间屋里去烧水做饭,望着水生说:

"从哪里回来?"

"远了,你不知道的地方。"

"今天走了多少里?"

"九十。"

"不累吗? 还在地下溜达?"

水生靠在炕头上。外面起了风,风吹着院里那棵小槐树,月光射到窗纸上来。水生觉着这屋里是很暖和的,在黑影里问那孩子:

"你叫什么?"

"小平。"

"几岁了?"

女人在外边拉着风箱说:

"别告诉他,他不记得吗?"

孩子回答说:

"八岁。"

"想我吗?"

"想你。想你,你不来。"孩子笑着说。

女人在外边也笑了,说:

"真的! 你也想过家吗?"

水生说:

"想过。"

“在什么时候？”

“闲着的时候。”

“什么时候闲着？”

“打过仗以后，行军歇下来，开荒休息的时候。”

“你这几年不容易呀？”

“嗯，自然你们也不容易。”水生说。

“嗯？我容易，”她有些气愤地说着，把饭端上来，放在炕上。“爹是顶不容易的一个人，他不能看见你回来……”她坐在一边看着水生吃饭，看不见他吃饭的样子八年了。水生想起父亲，胡乱吃了一点，就放下了。

“怎么？”她笑着问，“不如你们那小米饭好吃？”

水生没答话。她拾掇了出去。

回来，插好了隔山门。院子里那挤在窝里的鸡们，有时转动扑腾。孩子睡着了，睡得是那么安静，那呼吸就像泉水在春天的阳光里冒起的小水泡，愉快地升起，又幸福地降落。女人爬到孩子身边去，她一直呆望着孩子的脸。她好像从来没有见过这个孩子，孩子好像是从别人家借来，好像不是她生出，不是她在那潮湿闷热的高粱地，在那残酷的“扫荡”里奔跑喘息，丢鞋甩袜抱养大的，她好像不曾在这孩子身上寄托了一切，并且在孩子的身上祝福了孩子的爹：“那走得远远的人，早一天胜利回来吧！一家团聚。”好像她并没有常常在深深的夜晚醒来，向着那不懂事的孩子，诉说着翻来覆去的题目：

“你爹哩，他到哪里去了？打鬼子去了……他拿着大枪骑着大马……就要回来了，把宝贝放在马上……多好啊！”

现在，丈夫像从天上掉下来一样。她好像是想起了过去的一切，还编排那准备了好几年的话，要向现在已经坐到她身边的丈夫诉说了。

水生看着她。离别了八年,她好像并没有老多少。她今年二十九岁了,头发虽然乱些,可还是那么黑。脸孔苍白了一些,可是那两只眼睛里的光,还是那么强烈。

他望着她身上那自纺自织的棉衣和屋里的陈设。不论是人的身上,人的心里,都表现出是叫一种深藏的志气支撑,闯过了无数艰难的关口。

"还不睡吗?"过了一会儿,水生问。

"你困你睡吧,我睡不着。"女人慢慢地说。

"我也不困。"水生把大衣盖在身上,"我是有点冷。"

女人看着他那日本皮大衣,笑着问:

"说真的,这八九年,你想起过我吗?"

"不是说过了吗? 想过。"

"怎么想法?"她逼着问。

"临过平汉路的那天夜里,我宿在一家小店,小店里有个鱼贩子是咱们乡亲。我买了一包小鱼下饭,吃着那鱼,就想起了你。"

"胡说。还有吗?"

"没有了。你知道我是出门打仗去了,不是专门想你去了。"

"我们可常常想你,黑夜白日。"她支着身子坐起来,"你能猜一猜我们想你的那段苦情吗?"

"猜不出来。"水生笑了笑。

"我们想你,我们可没有想叫你回来。那时候,日本人就在咱村边。可是在黑夜,一觉醒了,我就想:你如果能像天上的星星,在我眼前晃一晃就好了。可是能够吗?"

从窗户上那块小小的玻璃上结起来冰花,夜深了,大街的高房上有人高声广播:

"民兵自卫队注意! 明天,鸡叫三遍集合。带好武器,和一天的干粮!"

那声音转动着,向四面八方有力地传送。在这样降落霜雪严寒的夜里,一只粗大的喇叭在热情地呼喊。

"他们要到哪里去?"水生照战争习惯,机警地直起身子来问。

"准是到胜芳。这两天,那里很紧!"女人一边细心听,一边小声地说。

"他们知道我们来了。"

"你们来了?你要上哪里去?"

"我们是调来保卫冀中平原,打退进攻的敌人的!"

"你能在家住几天?"

"就是这一晚上。我是请假绕道来看望你。"

"为什么不早些说?"

"还没顾着啊!"

女人呆了。她低下头去,又无力地侧在炕上。过了好半天,她说:

"那就赶快休息休息吧,明天我撑着冰床子去送你。"

鸡叫三遍,女人就先起来给水生做了饭吃。这是一个大雾天,地上堆满了霜雪。女人把孩子叫醒,穿得暖暖的,背上冰床,锁了梢门,送丈夫上路。出了村,她要丈夫到爹的坟上去看看。水生说等以后回来再说,女人不肯。她说:

"你去看看,爹一辈子为了我们。八年,你只在家里呆了一个晚上。爹叫你出去打仗了,是他一个老年人照顾了咱们全家。这是什么太平日子呀?整天价东逃西窜。因为你不在家,爹对我们娘儿俩,照顾得惟恐不到。只怕一差二错,对不起在外抗日的儿子。每逢夜里一有风声,他老人家就先在院里把我叫醒,说:水生家起来吧,给孩子穿上衣裳。不管是风里雨里,多么冷,多么热,他老人家背着孩子逃跑,累得痰喘咳嗽。是这个苦日子,遭难的日子,担惊受怕的日子,把他老人家累死。还有那年大饥荒……"

在河边,他们放下冰床。水生坐上去,抱着孩子,用大衣给她包好脚。女人站在床子后面,撑起了竿。女人是撑冰床的好手,她逗着孩子说:

"看你爹没出息,当了八年八路军,还得叫我撑冰床子送他!"

她轻轻地跳上冰床子后尾,像一只雨后的蜻蜓爬上草叶。轻轻用竿子向后一点,冰床子前进了。大雾笼罩着水淀,只有眼前几丈远的冰道可以望见。河两岸残留的芦苇上的霜花飒飒飘落,人的衣服上立时变成银白色。她用一块长的黑布紧紧把头发包住,冰床像飞一样前进,好像离开了冰面行走。她的围巾的两头飘到后面去,风正从她的前面吹来。她连撑几竿,然后直起身子来向水生一笑。她的脸冻得通红,嘴里却冒着热气。小小的冰床像离开了强弩的箭,摧起的冰屑,在它前面打起团团的旋花。前面有一条窄窄的水沟,水在冰缝里汩汩地流,她只说了一声"小心",两脚轻轻地一用劲,冰床就像受了惊的小蛇一样,抬起头来,蹿过去了。

水生警告她说:

"你慢一些,疯了?"

女人擦一擦脸上的冰雪和汗,笑着说:

"同志! 我们送你到战场上去呀,你倒说慢一些!"

"擦破了鼻子就不闹了。"

"不会。这是从小玩熟了的东西。今天更不会。在这八年里面,你知道我用这床子,送过多少次八路军?"

冰床在霜雾里,在冰上飞行。

"你把我送到丁家坞,"水生说,"到那里,我就可以找到队伍了。"

女人没有言语。她呆望着丈夫。停了一会儿,才说:

"你给孩子再盖一盖,你看她的手露着。"她轻轻地喘了两口气。又说:"你知道,我现在心里很乱。八年我才见到你,你只在家里呆了不到多半夜的工夫。我为什么撑得这么快？为什么着急把你送到战场上去？我是想，你快快去，快快打走了进攻我们的敌人，你才能再快快地回来，和我见面。

"你知道，我们，我们这些留在家里当媳妇的，最盼望胜利。我们在地洞里，在高粱地里等着这一天。这一天来了，我们那高兴，是不能和别人说的。

"进攻胜芳的敌人，是坐飞机来的；他们躺在后方，妻子团聚了八九年。他们来了，可把我们的幸福打破了，他们打破了我们的心。他们造的罪孽是多么重！一定要把他们完全消灭！"

冰床跑进水淀中央，这里是没有边际的冰场。太阳从冰面上升出来，冲开了雾，形成一条红色的胡同，扑到这里来，照在冰床上。女人说：

"爹活着的时候常说，水生出去是打开一条活路，打开了这条活路，我们就得活，不然我们就活不了。八年，他老人家焦愁死了。国民党反动派又要和日本一样，想来把我们活着的人完全逼死！

"你应该记着爹的话，向上长进，不要为别的事情分心，好好打仗。八年过去了，时间不算不长。只要你还在前方，我等你到死！"

在被大雾笼罩、杨柳树环绕的丁家坞村边，水生下了冰床。他望着呆呆站在冰上的女人说：

"你们也到村里去暖和暖和吧。"

女人忍着眼泪，笑着说：

"快去你的吧！我们不冷。记着，好好打仗，快回来，我们等着你的胜利消息。"

一九四六年河间

吴 召 儿

得 胜 回 头

　　这两年生活好些,却常常想起那几年的艰苦。那几年,我们在山地里,常常接到母亲求人写来的信。她听见我们吃树叶黑豆,穿不上棉衣,很是担心焦急。其实她哪里知道,我们冬天打一捆白草铺在炕上,把腿伸在袄袖里,同志们挤在一块儿,是睡得多么暖和!她也不知道,我们在那山沟里沙地上,采摘杨柳的嫩叶,是多么热闹和快活。这一切,老年人想象不来,总以为我们像度荒年一样,整天愁眉苦脸呢!

　　那几年吃得坏,穿得薄,工作得很起劲。先说抽烟吧:要老乡点兰花烟和上些芝麻叶,大家分头卷好,再请一位有把握的同志去擦洋火。大伙围起来,遮住风,为的是这惟一的火种不要被风吹灭。然后先有一个人小心翼翼地抽着,大家就欢乐起来。要说是写文章,能找到一张白报纸,能找到一个墨水瓶,那就很满意了,可以坐在草堆上写,也可以坐在河边石头上写。那年月,有的同志曾经为一个不漏水的墨水瓶红过脸吗?有过。这不算什么,要是像今天,好墨水,车载斗量,就不再会为一个空瓶子争吵了。关于行军,就不用说从阜平到王快镇那一段讨厌的砂石路,叫人进一步退半步;不用说雁北那蹚不完的冷水小河,登不住的冰滑踏石,转不尽的阴山背后;就是两界峰的柿子,插箭岭的风雪,洪子店的豆腐,雁门关外的辣椒杂面,也使人留恋想念。还有会餐:半月以前就做精神准备,事到临头,还得拼着一场疟子,情愿吃得上吐下泻,也得弄它个碗净锅干;哪怕吃过饭再去爬山呢! 是谁偷过老乡的辣椒下饭,是谁用手榴弹爆炸河潭的小鱼? 哪个小组集资买了一头蒜,哪个小组煮了狗肉大设宴席?

留在记忆里的生活,今天就是财宝。下面写的是在阜平三将台小村庄我的一段亲身经历,其中都是真人真事。

民　校

我们的机关搬到三将台,是个秋天,枣儿正红,芦苇正吐花。这是阜平东南一个小村庄,距离有名的大镇康家峪不过二里路。我们来了一群人,不管牛棚马圈全住上,当天就劈柴做饭,上山唱歌,一下就和老乡生活在一块儿了。

那时我们很注意民运工作。由我去组织民校识字班,有男子组,有妇女组。且说妇女组,组织得很顺利,第一天开学就全到齐,规规矩矩,直到散学才走。可是第二天就都抱了孩子来,第三天就在课堂上纳起鞋底,捻起线来。

识字班的课程第一是唱歌,歌唱会了,剩下的时间就碰球。山沟的青年妇女们,碰起球来,真是热烈,整个村子被欢笑声浮了起来。

我想得正规一下,不到九月,我就给她们上大课了。讲军民关系,讲抗日故事,写了点名册,发了篇子。可是因为座位不定,上了好几次课,我也没记清谁叫什么。有一天,我翻着点名册,随便叫了一个名字：

"吴召儿！"

我听见哧的一声笑了。抬头一看，在人群末尾，靠着一根白杨木柱子，站起一个女孩。她正在背后掩藏一件什么东西，好像是个假手榴弹，坐在一处的女孩子们望着她笑。她红着脸转过身来，笑着问我：

"念书吗？"

"对！你念念头一段，声音大点儿。大家注意！"

她端正地立起来，两手捧着书，低下头去。我正要催她，她就念开了，书念得非常熟快动听。就是她这认真的念书态度和声音，不知怎样一下就印进了我的记忆。下课回来，走过那条小河，我听到了只有在阜平才能听见的那紧张激动的水流的声响，听到在这山草衰白柿叶霜红的山地，还没有飞走的一只黄鹂的叫唤。

向　导

十一月，老乡们披上羊皮衣，我们"反扫荡"了。我当了一个小组长，村长给我们分配了向导，指示了打游击的地势。别的组都集合起来出发了，我们的向导老不来。我在沙滩上转来转去，看看太阳就要下山，很是着急。

听说敌人已经到了平阳，到这个时候，就是大声呼喊也不容许。我跑到村长家里去，找不见，回头又跑出来，才在山坡上一家门口遇见他。村长散披着黑羊皮袄，也是跑得呼哧呼哧，看见我就笑着说：

"男的分配完了，给你找了一个女的！"

"怎么搞的呀？村长！"我急了，"女的能办事吗？"

"能办事！"村长笑着，"一样能完成任务，是一个女自卫队的队员！"

"女的就女的吧，在哪里呀？"我说。

"就来，就来！"村长又跑进那大门里去。

一个女孩子跟着他跑出来。穿着一件红棉袄，一个新鲜的白色挂包，斜在她的腰里，装着三颗手榴弹。

"真是，"村长也在抱怨，"这是'反扫荡'呀，又不是到区里验操，也要换换衣裳！红的目标大呀！"

"尽是夜间活动，红不红怕什么呀，我没有别的衣服，就是这一件。"女孩子笑着，"走吧，同志！"说着就跑下坡去。

"路线记住了没有？"村长站在山坡上问。

"记下了，记下了！"女孩子嚷着。

"别这么大声怪叫嘛！"村长说。

我赶紧下去带队伍。女孩子站在小河路口上还在整理她的挂包，望望我来了，她一跳两跳就过了河。

在路上，她走得很快，我跑上前去问她：

"我们先到哪里？"

"先到神仙山！"她回过头来一笑，这时我才认出她就是那个吴召儿。

神 仙 山

神仙山也叫大黑山，是阜平最高最险的山峰。前几天，我到山下打过白草；吴召儿领导的，却不是那条路，她领我们走的是东山坡一条小路。靠这一带山坡，沟里满是枣树，枣叶黄了，飘落着，树尖上还留着不少的枣儿，经过风霜，红得越发鲜艳。吴召儿问我：

"你带的什么干粮？"

"小米炒面！"

"我尝尝你的炒面。"

我一边走着，一边解开小米袋的头，她伸过手来接了一把，放到嘴里，另一只手从口袋里掏出一把红枣送给我。

"你吃枣儿！"她说，"你们跟着我，有个好处。"

"有什么好处？"我笑着问。

"保险不会叫你们挨饿。"

"你能够保这个险？"我也笑着问，"你口袋里能装多少红枣，二百斤吗？"

"我们走到哪里，吃到哪里。"她说。

"就怕找不到吃喝呢！"我说。

"到处是吃喝！"她说，"你看前头树上那颗枣儿多么大！"

我抬头一望，她飞起一块石头，那颗枣儿就落在前面地下了。

"到了神仙山，我有亲戚。"她捡起那颗枣儿，放到嘴里去，"我姑住在山上，她家的倭瓜又大又甜。今天晚上，我们到了，我叫她给你们熬着吃个饱吧！"

在这个时候，一顿倭瓜，也是一种鼓励。这鼓励还包括：到了那里，我们就有个住处，有个地方躺一躺，有个老乡亲切地和我们说说话。

天黑的时候，我们才到了神仙山的脚下。一望这座山，我们的腿都软了，我们不知道它有多么高；它黑得怕人，高得怕人，危险得怕人，像一间房子那样大的石头，横一个竖一个，乱七八糟地躺着。一个顶一个，一个压一个，我们担心，一步登错，一个石头滚下来，整个山就会天崩地裂、房倒屋塌。她带领我们往上爬，我们攀着石头的棱角，身上出了汗，一个跟不上一个，拉了很远。她爬得很快，走一截就坐在石头上望着我们笑，像是在这乱石山中，突然开出一朵红花，浮起一片彩云来。

我努力跟上去，肚里有些饿。等我爬到山半腰，实在走不动，找见一块平放的石头,就倒了下来,喘息了好一会儿,才能睁开眼:天大黑了,天上已经出了星星。她坐在我的身边,把红枣送到我嘴里说:

"吃点东西就有劲了。谁知道你们这样不行!"

"我们就在这里过一夜吧!"我说,"我的同志们恐怕都不行了。"

"不能。"她说,"就快到顶上了,只有顶上才保险。你看那上面点起灯来的,就是我姑家。"

我望到顶上去。那和天平齐的地方,有一点红红的摇动的光;那光不是她指出,不能同星星分别开。望见这个光,我们都有了勇气,有了力量,它强烈地吸引着我们前进,到它那里去。

姑 家

北斗星转下山去,我们才到了她的姑家。夜深了,这样高的山上,冷风吹着汗湿透的衣服,我们都打着牙噤。钻过了扁豆架、倭瓜棚,她尖声娇气叫醒了姑。老婆子费了好大工夫才穿好衣裳开开门。一开门,就有一股暖气,扑到我们身上来,没等到人家让,我们就挤到屋里去,那小小的屋里,简直站不开我们这一组人。人家刚一让我们上炕,有好几个已经爬上去躺下来了。

"这都是我们的同志。"吴召儿大声对她姑说,"快给他们点火做饭吧!"老婆子拿了一根麻秸,在灯上取着火,就往锅里添水。一边仰着头问:

"下边又'扫荡'了吗?"

"又'扫荡'了。"吴召儿笑着回答,她很高兴她姑能说新名词,"姑!我们给他们熬倭瓜吃吧!"她从炕头抱下一个大的来。

姑笑着说:"好孩子,今年摘下来的顶数这个大,我说过几天叫你姑父给你送去呢!"

"不用送去,我来吃它了!"吴召儿抓过刀来把瓜剖开,"留着这瓜子炒着吃。"

吃过了香的、甜的、热的倭瓜,我们都有了精神,热炕一直热到我们的心里。吴召儿和她姑睡在锅台上,姑侄俩说不完的话。

"你爹给你买的新袄?"姑问。

"他哪里有钱,是我给军队上纳鞋底挣了钱换的。"

"念书了没有?"

"念了,炕上就是我的老师。"

截 击

第二天,我们在这高山顶上休息了一天。我们从小屋里走出来,看了看吴召儿姑家的庄园。这个庄园,在高山的背后,只在太阳刚升上来,这里才能见到光亮,很快就又阴暗下来。东北角上一洼小小的泉水,冒着水花,没有声响;一条小小的溪流绕着山根流,也没有声响,水大部分渗透到沙土里去了。这里种着像炕那样大的一块玉蜀黍,像锅台那样大的一块土豆,周围是扁豆,十几棵倭瓜蔓,就奔着高山爬上去了!在这样高的黑石山上,找块能种庄稼的泥土是这样难,种地的人就小心整齐地用石块把地包镶起来,恐怕雨水把泥土冲下去。奇怪!在这样少见阳光、阴湿寒冷的地方,庄稼长得那样青翠,那样坚实。玉蜀黍很高,扁豆角又厚又大,绿得发黑,像说梅花调用的铁响板。

吴召儿出去了,不久,她抱回一捆湿木棍:

"我一个人送一把拐杖,黑夜里,它就是我们的眼睛!"

她用一把锋利明亮的小刀,给我们修着棍子。这是一种山桃木,包皮是紫红色,好像上了油漆;这木头硬得像铁一样,打在石头上,发出铜的声音。

这半天,我们过得很有趣,差不多忘记了"反扫荡"。

当我们正要做下午饭,一个披着破旧黑山羊长毛皮袄,手里提着一根粗铁棍的老汉进来了;吴召儿赶着他叫声姑父,老汉说:

"昨天,我就看见你们上山来了。"

"你在哪儿看见我们上来呀?"吴召儿笑着问。

"在羊圈里,我喊你来着,你没听见!"老汉望着内侄女笑,"我来给你们报信,山下有了鬼子,听说要搜山呢!"

吴召儿说:"这么高山,鬼子敢上来吗? 我们还有手榴弹呢!"

老汉说:"这几年,这个地方目标大了,鬼子真要上来了,我们就不好走动。"

这样,每天黎明,吴召儿就把我唤醒,一同到那大黑山的顶上去放哨。山顶不好爬,又危险,她先爬到上面,再把我拉上去。

山顶上有一丈见方的一块平石,长年承受天上的雨水,被冲洗得光亮又滑润。我们坐在那平石上,月亮和星星都落到下面去,我们觉得飘忽不定,像活在天空里。从山顶可以看见山西的大川,河北的平原,十几里、几十里的大小村镇全可以看清楚。这一夜下起大雨来,雨下得那样暴,在这样高的山上,我们觉得不是在下雨,倒像是沉落在波浪滔天的海洋里,风狂吹着,那块大平石也像要被风吹走。

吴召儿紧拉着我爬到大石的下面,不知道是人还是野兽在那里铺好了一层软软的白草。我们紧挤着躺在下面,听到四下里山洪暴发的声音,雨水像瀑布一样,从平石上流下,我们像钻进了水帘洞。吴召儿说:

"这是暴雨,一会儿就晴的,你害怕吗?"

"要是我一个人我就怕了,"我说,"你害怕吧?"

"我一点儿也不害怕,我常在山上遇见这样的暴雨,今天更不会害怕。"吴召儿说。

"为什么?"

"领来你们这一群人,身上负着很大的责任呀,我也顾不得怕了。"

她的话,像她那天在识字班里念书一样认真,她的话同雷雨闪电一同响着,响在天空,落在地下,永远记在我的心里。

一清早我们就看见从邓家店起,一路的村庄,都在着火冒烟。我们看见敌人像一条虫,在山脊梁上往这里爬行。一路不断响枪,那是各村伏在山沟里的游击组。吴召儿说:

"今年,敌人不敢走山沟了,怕游击队。可是走山梁,你就算保险了?兔崽子们!"

敌人的目标,显然是在这个山上。他们从吴召儿姑父的羊圈那里翻下,转到大黑山来。我们看见老汉仓皇地用大鞭把一群山羊打得四散奔跑,一个人登着乱石往山坡上逃。吴召儿把身上的手榴弹全拉开弦,跳起来说:

"你去集合人,叫姑父带你们转移,我去截兔崽子们一下。"她在那乱石堆中,跳上跳下奔着敌人的进路跑去。

我喊:

"红棉袄不行啊!"

"我要伪装起来!"吴召儿笑着,一转眼的工夫,她已经把棉袄翻过来。棉袄是白里子,这样一来,她就活像一只逃散的黑头的小白山羊了。一只聪明的、热情的、勇敢的小白山羊啊!

她登在乱石尖上跳跃着前进。那翻在里面的红棉袄,还不断被风吹卷,像从她的身上撒出的一朵朵的火花,落在她的身后。

当我们集合起来,从后山上跑下,来不及脱鞋袜,就跳入山下那条激荡的大河的时候,听到了吴召儿在山前连续投击的手榴弹爆炸的声音。

联　想

　　不知她现在怎样了。我能断定,她的生活和历史会在我们这一代生活里放光的。关于晋察冀,我们在那里生活了快要十年。那些在我们吃不下饭的时候,送来一碗烂酸菜;在我们病重行走不动的时候,替我们背上了行囊;在战斗的深冬的夜晚,给我们打开门,把热炕让给我们的大伯大娘们,我们都是忘记不了的。

一九四九年十一月

琴 和 箫

去年，我回到冀中区腹地的第三天，就托了一个可靠的人到河间青龙桥去打听那两个孩子的消息。过了一个星期，送信人回来说，她姐妹两个在今年春天就参加了分区的剧社，姐姐已经登台演奏过，妹妹也会跳舞。社长很喜欢她们。抚养她们的衰老的外祖父，也带给我一封用旧账篇写的信，谢过我的费心，好像很愉快。在信的末尾他又想起死去的姑爷，久不通音讯的女儿……泪痕还可以辨认。但是那总的感情，我看出来，老人是很振奋的。

这老人也是个音乐爱好者。直到今天他还领导着本村的音乐队。他钟爱自己独生的女儿，和钟爱他那笙笛胡琴一样。他竭力供给女儿上学，并且鼓励她要和一个音乐能手结婚，哪怕是一个穷光蛋，只要十个手指能够拨弄好丝弦，两片嘴唇能吹好竹管。这样我那朋友钱智修就入选了。

接到老人的信，我也长出一口气，这代表我自己，也代表我那死去的朋友。这样他可以瞑目了。而我也像那老人了却一件挂心事一样，甚至不想去看看她们。我想她们既是入了这个园地，就会有人浇灌培养，热情和关照不会比我差。人多，伙伴多，一定比我还要周到。算来，大的孩子已经十三岁，小的是十一岁了。

我同她们的父亲虽然是同乡，但是在抗战刚开始，家乡正在混乱的时候才搅熟了。那时候，我闷在家里得不到什么消息就常到他那里去，一去就谈上半天，不到天晚不回家。在那些时候，我要求几次，他才肯把挂在墙上的旧南胡，拉去布套，为我，在他也许是为他自己，奏几支曲子。在那些时候，女人总是把一个孩子交到我的怀里，从床头上拉出一支黑色的竹箫来吹。我的朋友望着他那双膝间的胡琴筒，女人却凝视着丈夫的脸，眼睛睁得很大，有神采随着音韵飘出来。她那脸虽然很严肃，但我详细观察了，总觉得在她的心里和在那个男人的心里，有一种共同的东西在交流。女人的脸变化很多，但总叫微笑笼罩着。

他们之间，看来已经养成这样一种习惯，女人与其和丈夫诉说什么，是宁可拉过箫来对丈夫吹一支曲子的。丈夫也能在这中国古老的乐器的音节里了解到爱人的要求和心情。这样把生活推演下去。但是，过去的二十八年里，他们的生活如同我的生活一样，是很少有任情奔放的时候。现在，生活才像拔去了水闸的河渠一样，开始激流了。所以，我的友人不愿意再去拉那只能引起旧日苦闷的回忆的胡琴。

不久，他就参加了那风起云涌一样的游击队。女人却留在家里一个时期，因为还有两个孩子，就是现在我说的大菱和二菱。那个女人比起我的朋友来，更沉默些，但关于她的孩子的事，是很爱谈论的。就在那些时候，我去拜访他们，也常从孩子的病说到奶的不够用，说到以后的日子。她很少和我谈音乐上的事，因为我虽然常自称很懂得音乐并且也非常爱音乐，她总不相信。她说一个人爱什么早就应该学习了，早就应该会唱会奏了，不会唱不会奏，那就是不爱。

有一次，我指着怀里的大孩子说：

"你说大菱爱好音乐么？"

"爱！"

“她也不会唱不会演奏啊。”

“好，这么大人和孩子比。”

我也觉得这孩子将来能够继承父母的爱好，也能吹唱。她虽然才八岁，当母亲吹箫的时候，她就很安静，眼里也有像她母亲那样的光辉放射出来了。

那母亲说的，爱好什么就该去做什么。不久，她就同丈夫一同到军队里去了。把孩子送到河间的年老的父亲那里去。大菱爱好音乐不久也证明了，那时已经丧失了南胡的演奏者，孩子们还不能即刻去射击，但也知道爱好复仇的战争了。

敌人进攻我们的县城，我的朋友同他的部队在离县城十五里地的沙滩迎击，受伤殒命。那时正是春天。孩子们的母亲赶回来，把他埋葬了。在我看来，这样一个丈夫对她是不能失去，失去就不能再有，甚至连她也就失去了生活的主持，在心里失去了主张。她把孩子们接来，又到家里整理了一下我的朋友的遗物。她和我商议，把大菱交给我看管，她带着二菱去。因为孩子们要受教育了。临走，她把那个布满灰尘的南胡给我们留下，她和二菱带走了箫。我想箫对她或者有用。至于胡琴只是在第一个夜晚，大菱从梦里醒来，哭着叫妈的时候，我扯去布套，拉了几声，哄她上床去睡。

等到大菱和我熟惯了以后，一天夜晚，或者是什么中秋节日，我给她讲了一个故事，虽然说在教育心理学上，我不应该用这样的撕裂人的心肺的悲哀的故事，去刺那样稚小的孩子的心灵，但我终于讲完了。我努力看进她的眼睛，当看到从那小眼睛里逐渐升起了怨恨的火，我才抱起她到临街的窗前。

“珂叔叔，你把爹的南胡放到哪里了？”

孩子找到了南胡。我帮她定好弦，安放在她那小膝盖上，孩子就也望着那胡琴筒开始演奏了，但那声音简直是泣不成声，我支持不住自己，转过身去，探身窗外，月色多么皎洁，天空多么清冷啊！

冬天,母亲带了二菱来看我们。母亲已经能够镇静,只是当从包裹里拿出一双白色的小鞋给大菱换上的时候,她才哭了。

我叫大菱拉南胡给母亲听。母亲大大惊异地望着我,半天没说出话来。当她又从包裹里拉出那支箫来,交给二菱,那九岁的孩子就慢慢地送到微微突起的嘴边去,我才知道她为什么那样惊异了。但我想,只是这样来叫孩子们纪念父亲吗?

这一次,母亲又把二菱强留给我,说是要到延安去了。箫交在二菱的手里。那时,村庄后面就是一条河。我常带她们到河边去,讲一些事情给她们听。我说人宁可像一棵水里的鸡头米,先刺那无礼的人一手血,也不要像荷花那样顺从,并且拿美丽的花朵来诱人采撷。两个孩子高兴听我讲,我也愿意她们完全愉快。有时甚至感觉,虽然我不到三十岁,在这上面,已经有些唠叨了!

不久,我只得把她们又送到河间去,因为我要到别处去工作。

今年五月,敌人调集了有四五万兵力,说要用“拉网战术”消灭我们。我用了三个夜晚的时间,跳过敌人在滹沱河岸的封锁,沙河的封锁,走过一条条的白色蛇皮一样的汽车路,在炮楼前面蹿过去。我想,叫敌人去拉滹沱河和沙河里的鱼吧,我可是提着驳壳枪在他们身边走过来了。每逢在雨露寒冷的夜间踏上一条汽车路,我就想:敌人像一个愚呆恶毒的蜘蛛,妄想用那个肚子里拉出来的脆弱的残网,绞杀有五年幸福生活的人民和有五年战斗历史的子弟兵吗?我看见敌人那些炮楼在夜色里摇摇欲倾,因为它们没有根底。

我们又在白洋淀里集合了。已经是秋初,稻子比往年分外好,漫天漫野的沉重低垂的稻穗。在田埂上走过,稻穗扫着我的腿,我就像每逢跳到那些交通沟里一样,觉到振奋了。

我重新看见了那无底洞一样的苇地,一丈多高的苇子全吐出获花,到处有苇喳子鸟的噪叫,我们那些把裤脚卷得高高的,不分昼夜在泥泞里转移、战斗的士兵们,静静地机警地在那里面出没,简直没有声响,苇叶划破他们的脸皮,蔓延的草绊住了腿脚,他们轻轻地把它挪开了。

一个夜晚,我和一个专摆渡游击战士的船夫约好,到淀北边一个偏僻的小庄子上去,我顺着羊肠小道摸到了泊船的处所,对好口令、暗号,跳了上去。借助星光和经验,我知道那是一只以前放鱼鹰捉鱼的尖底的小艇,只能坐两三个人。我倒坐在艇的前面,船夫站在后尾上撑起篙来。

船夫默默地拨弄着小艇前进,离了岸到水深处就加快起来。十几天来,在炮火毒气里工作,已经使我十分的神经质,身体的各部分受到一个近似枪炮呼喊的声音,就立时反应动作起来,每一条神经像多日因为焦躁失眠的人一样,简直容纳不了什么刺激,对什么刺激,也立刻会有本能的抵抗。现在坐在船上了,眼前是一片茫茫的水,船划过荷茎菱叶,嚓嚓地响,潮气浸到眼皮上来,却更有些清醒了。我开始想到这也是和大菱二菱旧游之地,现在淀不是闲游处所,我们就要在这里和敌人决战了。我忽然小声问:

"同志,你这是只鹰船吧?"

"是啊!"他的声音更小。

"白天还放鹰吗?"

"看事。有了抗日的事儿,别的全二五眼!"

"鱼还多吗?"

"多个屁,鬼子一来,人间百物全都晦气,鱼鹰,他们看见了全要抢去杀掉,捉鱼儿弄屁!"

他即刻制止了我说话,他用篙尖敲了敲我,连船划水的声音全寂然了。一会,我看见在西边远处,一个火亮一闪,就是一梭机枪。

"我们的队伍。"他低低地讲了一句。

当船将要靠近北岸的时候,他告诉我说:

"就在这个地方,"他用篙触一触一个久已作废的渔人撒网站立的棚台架,"两个女孩子死得好惨。"

他说过,身子很像就站不稳,船也摇摆起来,他继续说:

"同志,我也是五十岁的人了,也伤过几个儿女,可是没比这一次伤了我的老心。她们,就坐着我的船啊。刚上船来,你没见过那股欢喜劲儿,她们大的也不过十三四岁,那小的也就有十岁,还有像你这样一个同志带领她们。一上船那大孩子就说:可不怕了,在这里我们就不怕他们。你知道,那些孩子也是和我们一样,在敌人的炮火里爬过来跳过去啊。那孩子说了就趴在船帮上洗了一个脸,把一个多月小脸上带着的烟火气、汗土,眼上的泥污,全洗了个干净。那带她们的大同志还说不要洗脸,战斗没完啊,那孩子不管,把头发也洗了洗。我没见过那样俊气的孩子,我看见了这样可爱的孩子,我就忘去了我那死去的孩子了。我也高兴,就说洗吧,咱们不怕他们。可是就在这个地方,没提防岸上那片苇地里一小队鬼子跑出来,就用机枪向我们扫射,那大同志把那个小女孩子拉到自己怀里,卧倒下去,他是第一个死的。当我赶紧拨转船想跑,那大女孩子就直栽到水里去了,临死我还看见她那新洗过的俊气的脸。就是我这老没死的倒钻到水里逃了命。"

我听下去,无数我认识的孩子们的脸就一一出现在眼前,我检阅着她们,我也一一检阅自己的心、志气。我在孩子们的脸上,像那老船夫的话,我只看见了一股新鲜的俊气,这俊气就是我的生命的依据。从此,我才知道自己的心、自己的志气,对她们是负着一个什么样誓言的约束,我每天要怎样在这些俊气的面孔前面受到检查。

那老船夫最后一篙把船撑到岸上,临别他又说一句:

"就为了这两个孩子,我也要干到底啊!"

我在岸上停了一刻，看见他急转回船去，箭似的走了。我再看看那久已作废的渔人撒网站立的棚台架，但已经不能辨认，我从那茫茫的一片水里像看见了大菱和二菱。

　　我走向那约定工作的小庄子上去，我甚至忘记了那附在我裸露的腿上像马蝇一样厉害的蚊虻，我不是设想那殉了难的就是大菱姐妹，那也许是她们，也许不是她们，但那对我是一样，对谁也是一样，像那老船夫说的。

　　当然，我想起那些死去的同志和死去的那朋友。但是这些回忆抵不过目前的斗争现实。我想，我不是靠过去的回忆活着，我是靠眼前的现实活着。我们的眼前是敌人又杀死了我的同志们、朋友们的孩子。我们眼前是一个新局面，我们将从这个局面上，扫除掉一切哀痛的回忆了。

　　我，整天就在那一个小庄子上工作，一股力量随时来到我的心里。无数花彩来到我的眼前。晚间休息下来的时候，我遥望着那漫天的芦苇，我知道那是一个大帐幕，力量将从其中升起。忽然，我也想起在一个黄昏，不知道是在山里或是平原，远远看见一片深红的舞台幕布，飘卷在晚风里。人们集齐的时候，那上面第一会出现两个穿绿军装的女孩子，一个人拉南胡，一个人吹箫，演奏给人们听。

一九四二年八月二十五日晨

小 胜 儿

一

冀中有了个骑兵团。这是华北八路军的第一支骑兵,是新鲜队伍,立时成了部队的招牌幌子,不管什么军事检阅、纪念大会,头一项人们最爱看的,就是骑兵表演。

马是那样肥壮,个子毛色又整齐,人又是那样年轻,连那个热情的杨主任,也不过二十一岁。

农民们亲近自己的军队,也爱好马匹。每当骑兵团在早晨或是黄昏的雾露里从村边开过,农民们就放下饭碗,担起水筲,帮助战士饮马。队伍不停下,他们就站在堤头上去观看:

"这马儿是怎么喂的,个个圆膘! 庄稼牲口说什么也比不上。"

"骑黑马的是杨主任,在前面背三件家伙的是小金子!"

"这孩子! 你看他像粘在马上一样。"

小金子十七岁上参加了军队,十九岁给杨主任当了警卫员,骑着一匹从日寇手里夺来的红洋马。

远近村庄都在观看这个骑兵团。这村正恋恋不舍地送走最后一匹，前村又在欢迎小金子的头马了。

今天，队伍不知开到哪里去，走得并不慌忙，很是严肃。从战士脸上的神情和马的脚步看来，也不像有什么情况。

"是出发打仗？还是平常行军？"一个青年农民问他身边一个青年妇女。

"我看是打仗去！"妇女说。

"你怎么看得出来，杨主任告诉你了？"

"我认识小金子。你看着，小金子嘟着嘴，那就是平常行军，他常常舍不得离开房东大娘。脸上挂笑，可又不笑出来，那准是出发打仗。傻孩子！你记住这个就行了。"

二

这个妇女是猜着了。过了两天，这个队伍就打起仗来，打的是那有名的英勇壮烈的一仗。敌人"五一大扫荡"突然开始，骑兵团分散作战，两个连突到路西去，一个连作后卫陷入了敌人的包围，整整打了一天。在五月麦黄的日子，冀中平原上，打得天昏地暗，打得树木脱枝落叶，道沟里鲜血滴滴。杨主任在这一仗里牺牲了，炮弹炸翻的泥土，埋葬了他的马匹。小金子受了伤，用手刨着土掩盖了主任的尸体，带着一支打完子弹的短枪，夜晚突围出来，跑了几步就大口吐了血。

这是后话。现在小金子跑在队伍的前面，轻快地行军。他今天脸上挂笑，是因为在出发的时候，收到了一件心爱的东西。一路上，他不断抽出手来摸摸兜囊，这小小的礼品就藏在那里面。

太阳刚刚升出地面。太阳一升出地面，平原就在同一个时刻，承受了它的光辉。太阳光像流水一样，从麦田、道沟、村庄和树木的身上流过。这一村的雄鸡接着那一村的雄鸡歌唱。这一村的青年自卫队在大场院里跑步,那一村也听到了清脆的口令。

一路上,大麻子刚开的紫色绒球一样的花,打着小金子的马肚皮,阵阵的露水扫湿了他的裤腿。他走得不慌不忙,信马由缰。主任催他:

"小金子同志,放快些吧,天黑的时候,我们要到石佛镇宿营哩!"

"报告主任,"小金子转过身来笑着说,"就这样走法,也用不着天黑!"

"这样热天,你愿意晒着呀?"主任说,"口渴得很哩!"

小金子说:

"过了树林,前面有个瓜园,我去买瓜!我和那个开瓜园的老头有交情,咱们要吃瓜,他不会要钱。可是,现在西瓜还不熟,只能将就着摘个小酥瓜儿吃!"

主任说:

"怎么能白吃老百姓的瓜呢?把水壶给我吧!"

递过水壶去,小金子说:

"到了石佛,我给主任去号一间房,管保凉快,清静,没有臭虫!"

他从兜囊扯出了那件东西,一扬手在马屁股上抽了一下,马就奔跑起来。

主任的小黑马追上去,主任说:

"小金子!那是件什么东西?"

"小马鞭儿!"小金子又在空中一扬。那是一杆短短的,用各色绸布结成的小马鞭,像是儿童的玩具。

"你总是顽皮,哪里弄来的?我们是骑兵,还用马鞭子?"主任笑着。

"骑兵不用马鞭,谁用马鞭?戏台上的大将,还拿着马鞭打仗哩!"小金子说。

"那是唱戏,我们要腾开手来打仗,用不着这个。进村了,快收起来,人家要笑话哩!"主任说。

小金子又看了几看,才把心爱的物件插到兜囊里去,心里有些不高兴。他想人家好心好意给做了,不能在进村的时候施展施展,多么对不住人家? 人家不知道费了多大工夫哩!

主任又问了:

"买的,还是求人做的?"

"是家里捎来的。"

"怎么单捎了这个来?"

"他们准是觉得我当了骑兵,缺少的就是马鞭子,心爱的也是这个。"

"怎么那样花花绿绿?"

"是个女孩子做的,她们喜欢这个颜色!"

"是你的什么人呀?"

"一家邻舍,从小儿一块长大的。"

主任没有往下问,在年岁上,他不过比小金子大两岁。在情感这个天地里,人们会是相同的。过了一刻,他说:

"回家或是路过,谢谢人家吧!"

三

五月里打过仗,小金子受伤回到家里,他饭也吃不下,觉也睡不着。主任和那些马匹,马匹的东奔西散,同志们趴在道沟里战斗牺牲……老在他眼前转,使他坐立不安。黑间白日,他尖着耳朵听着,好像那里又有集合的号音,练兵的口令,主任的命令,马蹄的奔腾;过了一会儿又什么也听不见。他的病一天一天重了。

小金子的爹，今年五十九岁了，只有这一个儿子。给他挖了一个洞，洞口就在小屋里破旧的迎门橱后面。出口在前邻小胜儿家。小胜儿，就是给小金子捎马鞭子的那个姑娘。

小胜儿的爹在山西挑货郎担儿，十几年不回家了。那年小金子的娘死了，没人做活，小金子的爹，心里准备下了一堆好话，把布拿到前邻小胜儿的娘那里。小胜儿的娘一听就说：

"她大伯，你别说这个。咱们虽说不是一姓一家，住得这么近，就像一家似的，你有什么活，尽管拿过来。我过着穷日子，就知道没人的难处，说句浅话，求告你的时候正在后头哩。把布放下吧，我给你裁铰裁铰做上。"

从这以后，两家人就过得很亲密。

小金子从战场回来，小胜儿的娘把他抱在怀里，摸着那扯破的军装说：

"孩子，你们是怎么着，爬着滚着的打来呀，新布就撕成这个样子！小胜儿，快去给你哥哥找衣裳来换！"

小金子说：

"不用换。"

"傻孩子，"小胜儿的娘说，"不换衣裳，也得养养病呀！看你的脸成了什么颜色！快脱下来，叫小胜儿给你缝缝。你看这血，这是你流的……"

"有我流的，也有同志们流的！"小金子说。

母女两个连夜帮着小金子的爹挖洞，劝说着小金子进去养病养伤。

四

敌人在田野拉网"清剿"，村里成了据点，正在清查户口。母女两个整天为小金子担心,焦愁得饭也吃不下去。她们不让小金子出来,每天早晨,小胜儿把饭食送进洞里去,又把便尿端出来。

那天,她用一块手巾把头发包好,两只手抱着饭罐,从洞口慢慢往里爬。爬到洞中间,洞里的小油灯忽地灭了,她小声说:"是我。"把饭罐轻轻放好,从身上掏出洋火,擦了好几根,才把灯点着。洞里一片烟雾,她看见小金子靠在潮湿的泥土上,脸色苍白得怕人,一言不发。她问:

"你怎么了?"

"这样下去,我就死了。"小金子说。

"这有什么办法呀?"小胜儿坐在那像在水里泡过的褥子上,"鬼子像在这里住了老家,不打,他们自己会走吗?"她又说:"我问问你,杨主任牺牲了?"

"牺牲了。我老是想他。"小金子说,"跟了他两三年,年纪又差不多,老是觉着他还活着,一时想该给他打饭,一时想又该给他备马了。可是哪里去找他呀,想想罢了!"

"他的面目我记得很清楚,"小胜儿说,"那天,他跟着你到咱们家来,我觉着比什么都光荣。说话他就牺牲了,他是个南方人吧?"

"离我们有好几千里地,贵州地面哩。你看他学咱这里的话学得多像!"小金子说。

小胜儿说:

"不知道家里知道他的死讯不?知道了,一家人要多难过!自然当兵打仗,说不上那些。"

小金子说:

"先是他同我顶着打,叫同志们转移,后来我受了伤,敌人冲到我面前,他跳出了掩体和敌人拼了死命。打仗的时候,他自己勇敢得没对儿,总叫别人小心。平时体贴别人,自己很艰苦。那天行军,他渴了,我说给他摘个瓜吃,他也不允许。"

"为什么,吃个瓜也不允许?"小胜儿问。

"因为不只他一个人呀。我心里有什么事,他立时就能看出来。也是那天,我玩弄你捎给我的小马鞭儿,他批评了我。"

"那是闹着玩儿的,"小胜儿说,"他为什么批评你哩?"

"他说是花花绿绿,不像个战士样子,我就把马鞭子装起来了。可是,过了一会儿,他又叫我谢谢你。"

"有什么谢头,叫你受了批评还谢哩!"小胜儿笑了一下,"我们别忘了给他报仇就是了! 你快着养壮实了吧!"

五

小胜儿从洞里出来,就和她娘说:

"我们该给小金子买些鸡蛋,称点挂面。"

娘说:

"叫鬼子闹的,今年麦季没收,秋田没种,高粱小米都吃不起,这年头摘摘借借也困难。"

小胜儿说:

"娘,我们赶着织个布卖了去吧!"

娘说:

"整天价逃难,提不上鞋,哪里还能织布? 你安上机子,知道那兔羔子们什么时候闯进来呀?"

"要不我们就变卖点东西? 人家的病要紧哩!"小胜儿说。

"你这孩子!"娘说,"什么人家的病,这不像亲兄弟一样吗? 可是,咱一个穷人家,有什么可变卖的哩,有什么值钱的物件哩?"

小胜儿也仰着脖子想,她说:

"要不,把我那件袄卖了吧!"

"哪件袄？你那件花丝葛袄吗？"娘问着，"哪有还没过事，就变卖陪送的哩？"

小胜儿说：

"整天藏藏躲躲的，反正一时也穿不着，不是埋坏了，就是叫他们抢走了，我看还是拿出去卖了它吧！"

"依我的心思呀，"娘笑着说，"这么兵荒马乱，有个对事的人家，我还想早些打发你出去，省得担惊受怕哩！那件衣裳不能卖，那是我心上的一件衣裳！"

"可是，晚上，他就没得吃，叫他吃红饼子？"小胜儿说，"今儿个是集日，快拿出去卖了吧！"

到底是女儿说服了娘，包起那件衣服，拿到集上去。集市变了，看不见年轻人和正经买卖人，没有了线子市，也没有了花布市。小胜儿的娘抱着棉袄，在十字路口靠着墙站了半天，也没个买主。晌午错了，才过来个汉奸，领着一个浪荡女人，要给她买件衣裳。小胜儿的娘不敢争价，就把那件衣裳卖了。她心疼了一阵，好像卖了女儿身上的肉一样。称了一斤挂面，买了十个鸡蛋，拿回家来，交给小胜儿，就啼哭起来。天还不黑就盖上被子睡觉去了。

小胜儿没有说话，下炕给小金子做饭。现在天快黑了，她手里劈着干柳树枝，眼望着火，火在她脸上身上闪照，光亮发红。她好像看见杨主任的血，看见小金子苍白的脸，看见他的脸慢慢变得又胖又红润。她小心地把饭做熟，早早地把大门上好，就爬到洞口去拉暗铃。一种微小的柔软的声音，在地下响了。不久，小金子就钻了出来。

这一顿饭，小金子吃得很多，两碗挂面四个鸡蛋全吃了，还有点不足心的样子。吃完了饭，一抹嘴说：

"有什么吃什么就行了，干什么又花钱？"

"哪里来的钱呀，孩子，是你妹子把陪送袄卖了，给你养病哩！

卖了，是叫个好人穿呀！叫那么个烂货糟蹋去了，我真心疼！你可别忘了你妹子！"小胜儿的娘在被窝里说。

"我们这是优待八路军，用不着谢，也用不着报答！"小胜儿低着头笑了笑，收拾了碗筷。

小金子躺在炕上。小胜儿用棉被把窗子堵了个严又严，把屋门也上了。她点起一个小油灯，放在墙壁上凿好的一个小洞里，面对着墙做起针线来，不住尖着耳朵听外面的风声。

在冀中平原，有多少妇女孩子在担惊，在田野里听着枪声过夜！她回过头来说：

"我们这还算享福哩，坐在自己家里的炕上——怎么你们睡着了？"

"大娘睡着了，我没睡着。"小金子说，"今天吃得多些，精神也好些，白天在洞里又睡了一会儿，现在怎么也睡不着了。你做什么哩？"

"做我的鞋，"小胜儿低着头说，"整天东逃西跑，鞋也要多费几双。今年军队上的活，做得倒少了。"

"像我整天钻洞，不穿鞋也可以！"小金子说。听着他的声音，小胜儿的鼻子也酸了，她说：

"你受了伤，又有病，这说不上。好好养些日子，等腿上有了力气，能走长路了，就过铁道找队伍去。做上了我的，就该给你铰底子做鞋了！"

小胜儿放下活计，转过身来，她的眼睛在黑影里放光。在这样的夜晚，敌人正在附近村庄放火，在田野、村庄、树林、草垛里搜捕杀害冀中的人民……

一九五○年一月十九日

山 地 回 忆

　　从阜平乡下来了一位农民代表,参观天津的工业展览会。我们是老交情,已经快有十年不见面了。我陪他去参观展览,他对于中纺的织纺,对于那些改良的新农具特别感到兴趣。临走的时候,我一定要送点东西给他,我想买几尺布。

　　为什么我偏偏想起买布来?因为他身上穿的还是那样一种浅蓝的土靛染的粗布裤褂。这种蓝的颜色,不知道该叫什么蓝,可是它使我想起很多事情,想起在阜平穷山恶水之间度过的三年战斗的岁月,使我记起很多人。这种颜色,我就叫它"阜平蓝"或是"山地蓝"吧。

　　他这身衣服的颜色,在天津是很显得突出,也觉得土气。但是在阜平,这样一身衣服,织染既是不容易,穿上也就觉得鲜亮好看了。阜平土地很少,山上都是黑石头,雨水很多很暴,有些泥土就冲到冀中平原上来了——冀中是我的家乡。阜平的农民没有见过大的地块,他们所有的,只是像炕台那样大,或是像锅台那样大的一块土地。在这小小的、不规整的,有时是尖形的、有时是半圆形的、有时是梯形的小块土地上,他们费尽心思,全力经营。他们用石块垒起,用泥土包住,在边沿栽上枣树,在中间种上玉黍。

　　阜平的天气冷,山地不容易见到太阳,那里不种棉花,我刚到那里的时候,老大娘们手里搓着线锤。很多活计用麻代线,连袜底也是用麻纳的。

就是因为袜子,我和这家人认识了,并且成了老交情。那是个冬天,该是一九四一年的冬天,我打游击打到了这个小村庄,情况缓和了,部队决定休息两天。

我每天到河边去洗脸,河里结了冰,我蹲在冰冻的石头上,把冰砸破,浸湿毛巾,等我擦完脸,毛巾也就冻挺了。有一天早晨,刮着冷风,只有一抹阳光,黄黄的落在河对面的山坡上,我又蹲在那块石头上去,砸开那个冰口,正要洗脸,听见在下水流有人喊:

"你看不见我在这里洗菜吗?洗脸到下边洗去!"

这声音是那么严厉,我听了很不高兴。这样冷天,我来砸冰洗脸,反倒妨碍了人。心里一时挂火,就也大声说:

"离着这么远,会弄脏你的菜!"

我站在上风头,狂风吹送着我的愤怒,我听见洗菜的人也恼了,那人说:

"菜是下口的东西呀!你在上流洗脸洗屁股,为什么不脏?"

"你怎么骂人?"我站立起来转过身去,才看见洗菜的是个女孩子,也不过十六七岁。风吹红了她的脸,像带霜的柿叶,水冻肿了她的手,像上冻的红萝卜。她穿的衣服很单薄,就是那种蓝色的破袄裤。

十月严冬的河滩上,敌人往返烧毁过几次的村庄的边沿,在寒风里,她抱着一篮子水沤的杨树叶,这该是早饭的食粮。

不知道为什么,我一时心平气和下来。我说:

"我错了,我不洗了,你在这块石头上来洗吧!"

她冷冷地望着我,过了一会儿才说:

"你刚在那石头上洗了脸,又叫我站上去洗菜!"

我笑着说:

"你看你这人，我在上水洗，你说下水脏，这么一条大河，哪里就能把我脸上的泥土冲到你的菜上去？现在叫你到上水来，我到下水去，你还说不行，那怎么办哩？"

"怎么办，我还得往上走！"

她说着，扭着身子逆着河流往上去了。蹲在一块尖石上，把菜篮浸进水里，把两手插在袄襟底下取暖，望着我笑了。

我哭不得，也笑不得，只好说：

"你真讲卫生呀！"

"我们是真卫生，你们是装卫生！你们尽笑话我们，说我们山沟里的人不讲卫生，住在我们家里，吃了我们的饭，还刷嘴刷牙，我们的菜饭再不干净，难道还会弄脏了你们的嘴？为什么不连肠子肚子都刷刷干净！"说着就笑得弯下腰去。

我觉得好笑。可也看见，在她笑着的时候，她的整齐的牙齿洁白得放光。

"对，你卫生，我们不卫生。"我说。

"那是假话吗？你们一个饭缸子，也盛饭，也盛菜，也洗脸，也洗脚，也喝水，也尿泡，那是讲卫生吗？"她笑着用两手在冷水里刨抓。

"这是物质条件不好，不是我们愿意不卫生。等我们打败了日本，占了北平，我们就可以吃饭有吃饭的家伙，喝水有喝水的家伙了，我们就可以一切齐备了。"

"什么时候，才能打败鬼子？"女孩子望着我，"我们的房，叫他们烧过两三回了！"

"也许三年，也许五年，也许十年八年。可是不管三年五年，十年八年，我们总是要打下去，我们不会悲观的。"我这样对她讲，当时觉得这样讲了以后，心里很高兴了。

"光着脚打下去吗？"女孩子转脸望了我脚上一下，就又低下头去洗菜了。

我一时没弄清是怎么回事，就问：

"你说什么？"

"说什么？"女孩子也装没有听见，"我问你为什么不穿袜子，脚不冷吗？也是卫生吗？"

"咳！"我也笑了，"这是没有法子么，什么卫生！从九月里就反'扫荡'，可是我们八路军，是非到十月底不发袜子的。这时候，正在打仗，哪里去找袜子穿呀？"

"不会买一双？"女孩子低声说。

"哪里去买呀，尽住小村，不过镇店。"我说。

"不会求人做一双？"

"哪里有布呀？就是有布，求谁做去呀？"

"我给你做。"女孩子洗好菜站起来，"我家就住在那个坡子上，"她用手一指，"你要没有布，我家里有点，还够做一双袜子。"

她端着菜走了，我在河边上洗了脸。我看了看我那只穿着一双"踢倒山"的鞋子，冻得发黑的脚，一时觉得我对于面前这山，这水，这沙滩，永远不能分离了。

我洗过脸，回到队上吃了饭，就到女孩子家去。她正在烧火，见了我就说：

"你这人倒实在，叫你来你就来了。"

我既然摸准了她的脾气，只是笑了笑，就走进屋里。屋里蒸气腾腾，等了一会儿，我才看见炕上有一个大娘和一个四十多岁的大伯，围着一盆火坐着。在大娘背后还有一位雪白头发的老大娘。一家人全笑着让我炕上坐。女孩子说：

"明儿别到河里洗脸去了，到我们这里洗吧，多添一瓢水就够了！"

大伯说：

"我们妞儿刚才还笑话你哩！"

白发老大娘瘪着嘴笑着说：

"她不会说话，同志，不要和她一样呀！"

"她很会说话！"我说，"要紧的是她心眼儿好，她看见我光着脚，就心疼我们八路军！"

大娘从炕角里扯出一块白粗布，说：

"这是我们妞儿纺了半年线赚的，给我做了一条棉裤，下剩的说给他爹做双袜子，现在先给你做了穿上吧。"

我连忙说：

"叫大伯穿吧！要不，我就给钱！"

"你又装假了，"女孩子烧着火抬起头来，"你有钱吗？"

大娘说：

"我们这家人，说了就不能改移。过后再叫她纺，给她爹赚袜子穿。早先，我们这里也不会纺线，是今年春天，家里住了一个女同志，教会了她。还说再过来了，还教她织布哩！你家里的人，会纺线吗？"

"会纺！"我说，"我们那里是穿洋布哩，是机器织纺的。大娘，等我们打败日本……"

"占了北平，我们就有洋布穿，就一切齐备！"女孩子接下去，笑了。

可巧，这几天情况没有变动，我们也不转移。每天早晨，我就到女孩子家里去洗脸。第二天去，袜子已经剪裁好，第三天去她已经纳底子了，用的是细细的麻线。她说：

"你们那里是用麻用线？"

"用线。"我摸了摸袜底，"在我们那里，鞋底也没有这么厚！"

"这样结实。"女孩子说，"保你穿三年，能打败日本不？"

"能够。"我说。

第五天，我穿上了新袜子。

和这一家人熟了，就又成了我新的家。这一家人身体都健壮，又好说笑。女孩子的母亲，看起来比女孩子的父亲还要健壮。女孩子的姥姥九十岁了，还那么结实，耳朵也不聋，我们说话的时候，她不插言，只是微微笑着，她说：她很喜欢听人们说闲话。

女孩子的父亲是个生产的好手，现在地里没活了，他正计划贩红枣到曲阳去卖，问我能不能帮他的忙。部队重视民运工作，上级允许我帮老乡去作运输，每天打早起，我同大伯背上一百多斤红枣，顺着河滩，爬山越岭，送到曲阳去。女孩子早起晚睡给我们做饭，饭食很好，一天，大伯说：

"同志，你知道我是沾你的光吗？"

"怎么沾了我的光？"

"往年，我一个人背枣，我们姐儿是不会给我吃这么好的！"

我笑了。女孩子说：

"沾他什么光，他穿了我们的袜子，就该给我们做活了！"

又说："你们跑了快半月，赚了多少钱？"

"你看，她来查账了，"大伯说，"真是，我们也该计算计算了！"他打开放在被摞底下的一个小包袱，"我们这叫包袱账，赚了赔了，反正都在这里面。"

我们一同数了票子，一共赚了五千多块钱，女孩子说：

"够了。"

"够干什么了？"大伯问。

"够给我买张织布机子了！这一趟，你们在曲阳给我买架织布机子回来吧！"

无论姥姥、母亲、父亲和我，都没人反对女孩子这个正义的要求。我们到了曲阳,把枣卖了,就去买了一架机子。大伯不怕多花钱,一定要买一架好的,把全部盈余都用光了。我们分着背了回来,累得浑身流汗。

这一天,这一家人最高兴,也该是女孩子最满意的一天。这像要了几亩地,买回一头牛;这像置好了结婚前的陪送。

以后,女孩子就学习纺织的全套手艺了:纺,拐,浆,落,经,镶,织。

她卸下第一匹布的那天,我出发了。从此以后,我走遍山南塞北,那双袜子,整整穿了三年也没有破绽。一九四五年,我们战胜了日本强盗,我从延安回来,在碛口地方,跳到黄河里去洗了一个澡,一时大意,奔腾的黄水,冲走了我的全部衣物,也冲走了那双袜子。黄河的波浪激荡着我关于敌后几年生活的回忆,激荡着我对于那女孩子的纪念。

开国典礼那天,我同大伯一同到百货公司去买布,送他和大娘一人一身蓝士林布,另外,送给女孩子一身红色的。大伯没见过这样鲜艳的红布,对我说:

"多买上几尺,再买点黄色的。"

"干什么用?"我问。

"这里家家门口挂着新旗,咱那山沟里准还没有哩!你给了我一张国旗的样子,一块带回去,叫妞儿给做一个,开会过年的时候,挂起来!"

他说妞儿已经有两个孩子了,还像小时那样,就是喜欢新鲜东西,说什么也要学会。

一九四九年十二月

白洋淀边一次小斗争

有一天，我送一封信到同口镇去。把信揣在怀里，脱了鞋，卷起裤腿，在那漫天漫地的芦苇里穿过。芦苇正好一人多高，还没有秀穗，我用两手拨开一条小道，脚下的水也有半尺深。

走了半天，才到了淀边，拨开芦苇向水淀里一望，太阳照在水面上，白茫茫一片，一个船影儿也没有。我吹起暗号，吹过之后，西边芦苇里就哗啦啦响着，钻出一只游击小艇来，撑船的还是那个爱说爱笑的老头儿。他一见是我，忙把船靠拢了岸。我跳上去，他说：

"今天早啊。"

我说："道远。"

他使竹篙用力一顶，小艇箭出弦一般，窜到淀里。四外没有一只船，只有我们这只小艇，像大海上漂着一片竹叶，目标很小。就又拉起闲话来。

老头儿爱交朋友，干抗日的活儿很有瘾，充满胜利情绪，他好打比方，证明我们一定胜利，他常说：

"别看那些大事，就只是看这些小事，前几年是怎样，这二年又是怎么样啊！"

过去，他是放鱼鹰捉鱼的，他只养了两只鹰，和他那个干瘦得像柴禾棍一样的儿子，每天从早到晚在淀里捉鱼。刚一听这个职业，好像很有趣味，叫他一说却是很苦的事。那风吹雨洒不用说了，每天从早到晚在那船上号叫，敲打鱼鹰下船就是一种苦事。而且父子两个是全凭那两只鹰来养活的，那是心爱的东西，可是为了多打鱼多卖钱，就得用一种东西紧紧地卡住鱼鹰的嗓子，使它吞不下它费劲捉到的鱼去，这更是使人心酸可又没有办法的事。老头儿是最心疼那两只鹰的，他说，别人就是拿二十只也换不了去；他又说：

"那一对鹰才合作哩，只要一个在水里一露头，叫一声，在船上的一个，立刻就跳进水里，帮它一手，两个抬出一条大鱼来。"

老头儿说，这两只鹰，每年要给他抬上一千斤。鬼子第一次进攻水淀，在淀里抢走了他那两只鱼鹰，带到端村，放在火堆上烧吃了。于是，儿子去参加了水上游击队，老头儿把小艇修理好，做交通员。

老头儿乐观，好说话，可是总好扯到他那两只鹰上，这在老年人，也难怪他。这一天，又扯到这上面，他说：

"要是这二年就好了，要在这个时候，我那两只水鹰一定钻到水里逃走了，不会叫他们捉活的去。"

可是这一回他一扯就又扯到鸡上去，他说：

"你知道前几年，鬼子进村，常常在半夜里，人也不知道起床，鸡也不知道撒窠，叫鬼子捉了去杀了吃了。这二年就不同了，人不在家里睡觉，鸡也不在窠里宿。有一天，在我们镇上，鬼子一清早就进村了，一个人也不见，一只鸡也不见，鬼子和伪军们在街上，东走走西走走，一点食也找不到。后来有一个鬼子在一株槐树上发现一只大红公鸡，他高兴极了，就举枪瞄准。公鸡见他一举枪，就哇的一声飞起来，跳墙过院，一直飞到那村外。那鬼子不死心，一直跟着追，一直追到苇垛场里，那只鸡就钻进了一个大苇垛里。"

没到过水淀的人，不知道那苇垛有多么大，有多么高。一到秋后霜降，几百顷的芦苇收割了，捆成捆，用船运到码头旁边的大场上，垛起来，就像有多少高大的楼房一样，白茫茫一片。这些芦苇在以前运到南方北方，全国的凉棚上的，炕上的，包裹货物的席子，都是这里出产的。

　　老头儿说："那公鸡一跳进苇垛里，那鬼子也跟上去，攀登上去。他忽然跳下来，大声叫着，笑着，往村里跑。一时他的伙伴们从街上跑过来，问他什么事，他叫着，笑着，说他追鸡，追到一个苇垛里，上去一看，里面藏着一个女的，长得很美丽，衣服是红色的。——这样鬼子们就高兴了，他们想这个好欺侮，一下就到手了。五六个鬼子饿了半夜找不到个人，找不到东西吃，早就气坏了，他们正要撒撒气，现在又找到了这样一个好欺侮的对象，他们向前跃进，又嚷又笑，跑到那个苇垛跟前。追鸡的那个鬼子先爬了上去，刚爬到苇垛顶上，刚要直起身来喊叫，那姑娘一伸手就把他推下来。鬼子仰面朝天从三丈高的苇垛上摔下来，别的鬼子还以为他失了脚，上前去救护他。这个时候，那姑娘从苇垛里钻出来，咬紧牙向下面投了一个头号手榴弹，火光起处，炸死了三个鬼子。人们看见那姑娘直直地立在苇垛上，她才十六七岁，穿一件褪色的红布褂，长头发上挂着很多芦花。"

　　我问：

　　"那个追鸡的鬼子炸死了没有？"

　　老头儿说：

　　"手榴弹就摔在他的头顶上，他还不死？剩下来没有死的两三个鬼子爬起来就往回跑，街上的鬼子全开来了，他们冲着苇垛架起了机关枪，扫射，扫射，苇垛着了火，一个连一个，漫天的浓烟，漫天的大火，烧起来了。火从早晨一直烧到天黑，照得远近十几里地方都像白天一般。"

从水面上远远望过去,同口镇的码头就在前面,广场上已经看不见一堆苇垛,风在那里吹起来,卷着柴灰,凄凉得很。我想,这样大火,那姑娘一定牺牲了。

老头儿又扯到那只鸡上,他说:

"你看怪不怪,那样大火,那只大公鸡一看势头不好,它从苇子里钻出来,三飞两飞就飞到远处的苇地里去了。"

我追问:

"那么那个姑娘呢,她死了吗?"

老人说:

"她更没事。她们有三个女人躲在苇垛里,三个鬼子往回跑的时候,她们就从上面跳下来,穿过苇垛向淀里去了。到同口,你愿意认识认识她,我可以给你介绍,她会说的更仔细,我老了,舌头不灵了。"

最后老头说:

"同志,咱这里的人不能叫人欺侮,尤其是女人家,那是情愿死了也不让人的。可是以前没有经验,前几年有多少年轻女人忍着痛投井上吊?这二年就不同了啊!要不我说,假如是在这二年,我那两只水鹰也不会叫兔崽子们捉了活的去!"

一九四五年

相　片

　　正月里我常替抗属写信。那些青年妇女们总是在口袋里带来一个信封两张信纸。如果她们是有孩子的,就拿在孩子的手里。信封信纸使起来并不方便,多半是她们剪鞋样或是糊窗户剩下来的纸,亲手折叠成的。可是她们看的非常珍贵,非叫我使这个写不可。

　　这是因为觉得只有这样,才真正完全地表达了她们的心意。

　　那天,一个远房嫂子来叫我写信给她的丈夫。信封信纸以外,还有一个小小的相片。

　　这是她的照片,可是一张旧的,残破了的照片。照片上的光线那么暗,在一旁还有半个"验讫"字样的戳记。我看了看照片,又望了望她,为什么这样一个活泼好笑的人,照出相来,竟这么呆板阴沉!我说:

　　"这相片照的不像!"

　　她斜坐在炕沿上笑着说:

　　"比我年轻?那是我二十一岁上照的!"

　　"不是年轻,是比你现在还老!"

　　"你是说哭丧着脸?"她嘻嘻地笑了,"那是敌人在的时候照的,心里害怕的不行,哪里还顾的笑!那时候,几千几万的人都照了相,在那些相片里拣不出一个有笑模样的来!"

她这是从敌人的"良民证"上撕下来的相片。敌人败退了,老百姓焚毁了代表一个艰难时代的良民证,为了忌讳,撕下了自己的照片。

"可是,"我好奇地问,"你不会另照一个给他寄去吗?"

"就给他寄这个去!"她郑重地说,"叫他看一看,有敌人在,我们在家里受的什么苦楚,是什么容影! 你看这里!"

她过来指着相片角上的一点白光:"这是敌人的刺刀,我们哆哩哆嗦在那里照相,他们站在后面拿枪刺逼着哩!"

"叫他看看这个!"她退回去,又抬高声音说,"叫他坚决勇敢地打仗,保护着老百姓,打退蒋介石的进攻,那样受苦受难的日子,再也不要来了! 现在自由幸福的生活,永远过下去吧!"

这就是一个青年妇女,在新年正月,给她那在前方炮火里打仗的丈夫的信的主要内容。如果人类的德性能够比较,我觉得只有这种崇高的心意,才能和那为人民的战士的英雄气概相当。

一九四七年二月

采蒲台的苇

我到了白洋淀，第一个印象，是水养活了苇草，人们依靠苇生活。这里到处是苇，人和苇结合的是那么紧。人好像寄生在苇里的鸟儿，整天不停地在苇里穿来穿去。

我渐渐知道，苇也因为性质的软硬、坚固和脆弱，各有各的用途。其中，大白皮和大头栽因为色白、高大，多用来织小花边的炕席；正草因为有骨性，则多用来铺房、填房碱；白毛子只有漂亮的外形，却只能当柴烧；假皮织篮捉鱼用。

我来的早，淀里的凌还没有完全融化。苇子的根还埋在冰冷的泥里，看不见大苇形成的海。我走在淀边上，想象假如是五月，那会是苇的世界。

在村里是一垛垛打下来的苇，它们柔顺地在妇女们的手里翻动。远处的炮声还不断传来，人民的创伤并没有完全平复。关于苇塘，就不只是一种风景，它充满火药的气息，和无数英雄的血液的记忆。如果单纯是苇，如果单纯是好看，那就不成为冀中的名胜。

这里的英雄事迹很多，不能一一记述。每一片苇塘，都有英雄的传说。敌人的炮火，曾经摧残它们，它们无数次被火烧光，人民的血液保持了它们的清白。

最后的苇出在采蒲台。一次，在采蒲台，十几个干部和全村男女被敌人包围。那是冬天，人们被围在冰上，面对着等待收割的大苇塘。

敌人要搜。干部们有的带着枪，认为是最后战斗流血的时候到来了。妇女们却偷偷地把怀里的孩子递过去，告诉他们把枪支插在孩子的裤裆里。搜查的时候，干部又顺手把孩子递给女人……十二个女人不约而同地这样做了。仇恨是一个，爱是一个，智慧是一个。

枪掩护过去了，闯过了一关。这时，一个四十多岁的人，从苇塘打苇回来，被敌人捉住。敌人问他："你是八路？""不是！""你村里有干部？""没有！"敌人砍断他半边脖子，又问："你的八路？"他歪着头，血流在胸膛上，说："不是！""你村的八路大大的！""没有！"

妇女们忍不住，她们一齐沙着嗓子喊："没有！没有！"

敌人杀死他，他倒在冰上。血冻结了，血是坚定的，死是刚强！

"没有！没有！"

这声音将永远响在苇塘附近，永远响在白洋淀人民的耳朵旁边，甚至应该一代代传给我们的子孙。永远记住这两句简短有力的话吧！

一九四七年三月

安新看卖席记

在安新集市上，席市是洋洋大观，从早晨各地席民就背着挑着一大捆一大捆的席赶到集上来，平铺陈列，拥挤异常。安新席以走京、卫、府、关东为大宗，此外走伍仁桥，则供应冀中上地农民使用，为量较小。

现在正赶上河路的"产期"，凌未完全融化，而已经不能行使拖床，在交通上是一年中顶困难的时候，各地行商不能到来，因此这几集的席，出售很成问题。

席民主要依靠席子生活，卖出席，才能买回苇和一集的食粮，对织好的席是急于出售，那种迫切的情形，在别的市场上是很少见的。

不难想象，在过去，一些大席庄，是会利用席民这严重的困难，尽量压低席价，借牟大利，席民不能不忍痛抛售。

现在，以"专业苇席渔，繁荣白洋淀"为目的的我们的公营商店隆昌号，却从各地调款来，尽力支持安新的席业，保证席民的生活，和再生产。并且贱价售出粮食、苇，以增加席民的收入，和保证他们的生活。

过去我不了解，一个商店，怎样为人民服务，但自从看了今天的席市的情形，才知道他们任务的重大，和值得感动的干部的热情。

我在隆昌号的安新席庄宏利号,会见了负责同志,他对我要在席市上停留一天,非常满意。他说:你看看席民的情形吧,有人怪我们为什么把席价抬得这么高,以致亏本,可是你要看见席民的情形,就不能不这样做,我有点"恩赐"观点……

自然,十年战争,我们有了很多新的社会关系和新的感情。但一个席店老板对席民发生这种息息相关的感情,在我却是异常新鲜的事。

我到席市上去了。席民们正在三三两两,议论着今天没有行市,大为发愁。他们不时到宏利的院里探听,今天席店是不是收买?在他们困难的时候,立时就会想到公家商店的帮助,我想这就是宏利席店过去工作的成绩。

他们搬来搬去,总想把自己的席放在第一个能出售的地方,那些妇女们也是这样做。他们等候着席店收买人的出场,简直像观众等待着锣鼓开台,好角出场,自然,那迫切程度,更甚于此。

宏利席店的经理和店员们,则像决定一件政策一样开了简短的会议,虽然他们已经在收席上赔了很大一笔款子,但他们全能理解到这就是工作上的收获,这就是实践了为人民服务的方针。因此,他们决定这一集,还是尽量收买,不低落价钱。在席民——贸易上的对象青黄不接时,热情负责地拉一把,这就是我们商店的特色。

当席店的买手一出场,席民们纷纷拥上包围,另外就有很多人背上自己的席,跟在买手后面,看他在哪地方开始。买手一手提着印号篮子,一手拿着一个活尺,被席民们蜂拥着走到场里来。

开始收买了,由席民们一张张往上举着席,买手过目,并有时用尺子排排尺寸。席民们围得风雨不透,看着那席子的成色,等候开市的价格。买手一边说着价格,就用那大戳子在席角标上了价码和印记,常常比争论着的价钱高出一百元,出售了的席民就赶紧卷起席子到席店去取款。

第一个价钱立时就在席民间传开了:"五千五!"

挨次收买,那些一时走不到的地方,席民们就焦急地等待着。那里等待真是焦急,有的干脆就躺在席子上闭起眼睛来。

买手对席是那样内行,一过眼就看出了席的成色,嘴里不断说着:"苇色不错。""织的草。""一样的苇还有不一样织手哩!"他一过目,就对席提出了确切的批评,因此席民都嘻嘻地笑着,叫他看着划价钱。

席市,在安新不知道出现若干年代了,在北门外就有一个碑亭,记载着织席的沿革。我不知怎么想起,在若干年代,席民到这里卖席,是有无限的辛酸与难言之痛的。

出售的是他的妻子或女儿的手艺,他们虽然急于求售,但对自己的席充满无限情感。我看见他们把席交了,还不断回头望看,才到会计科去支款;自然家里的妻子儿女,所盼望的是一集的食粮,但也不会一时就忘掉她们那席上的细密的花纹吧!

老于此行的同志,也曾向我说明,不要只看这一集,如果是京帮、卫帮的人下来了,"推小车的来了",席民的情形,会大大不同。

但我总以为,在过去,因为席民没有一种固定的组合,赶集抛售,总是很艰难的。他们拥挤着买手去看他们的席,去年我们有一个年老的买手,因为叫他们拖来拖去,拖病了半个月,衣裳扯烂了,那是平常事。

现在我们的公营商店,尽量研究,打通外区和内地的销路,使席子畅销,并帮助他们提高质量,和其他沿海产的席子竞赛。

看到中午,我以为可以回去了,但宏利的负责同志一定要我等到太阳平西。到那时,卖不出席子的席民,会找上门来,一定要你收买,席店虽然款已用光,还得想法叫他们能买苇和粮食回去。

这样，我就觉得，宏利席店就不只是一种商业组织，定会成为席民自己的一种组织。在这个血肉相关的基础上，可以看出安新席民生活、席民组织和安新席业的远景，那远景是幸福而繁荣的。

一九四七年三月

黄 鹂

——病期琐事

这种鸟儿,在我的家乡好像很少见。童年时,我很迷恋过一阵捕捉鸟儿的勾当。但是,无论春末夏初在麦苗地或油菜地里追逐红靛儿,或是天高气爽的秋季,奔跑在柳树下面网罗虎不拉儿的时候,都好像没有见过这种鸟儿。它既不在我那小小的村庄后边高大的白杨树上同鸒鸡儿一同鸣叫,也不在村南边那片神秘的大苇塘里和苇咋儿一块筑窠。

初次见到它,是在阜平县的山村。那是抗日战争期间,在不断的炮火洗礼中,有时清晨起来,在茅屋后面或是山脚下的丛林里,我听到了黄鹂的尖利的富有召唤性和启发性的啼叫。可是,它们飞起来,迅若流星,在密密的树枝树叶里忽隐忽现,常常是在我仰视的眼前一闪而过,金黄的羽毛上映照着阳光,美丽极了,想多看一眼都很困难。

因为职业的关系,对于美的事物的追求,真是有些奇怪,有时简直近于一种狂热。在战争不暇的日子里,这种观察飞禽走兽的闲情逸致,不知对我的身心情感,起着什么性质的影响。

前几年,终于病了。为了疗养,来到了多年向往的青岛。春天,我移居到离海边很近,只隔着一片杨树林洼地的一幢小楼房里。有很长的一段时间,我一个人住在这里,清晨黄昏,我常常到那杨树林里散步。有一天,我发现有两只黄鹂飞来了。

这一次,它们好像喜爱这里的林木深密幽静,也好像是要在这里产卵孵雏,并不匆匆离开,大有在这里安家落户的意思。

每天,天一发亮,我听到它们的叫声,就轻轻打开窗帘,从楼上可以看见它们互相追逐,互相逗闹,有时候看得淋漓尽致,对我来说,这真是饱享眼福了。

观赏黄鹂,竟成了我的一种日课。一听到它们叫唤,心里就很高兴,视线也就转到杨树上,我很担心它们一旦要离此他去。这里是很安静的,甚至有些近于荒凉,它们也许会安心居住下去的。我在树林里徘徊着,仰望着,有时坐在小石凳上谛听着,但总找不到它们的窠巢所在,它们是怎样安排自己的住室和产房的呢?

一天清晨,我又到树林里散步,和我患同一种病症的史同志手里拿着一支猎枪,正在瞄准树上。

“打什么鸟儿?”我赶紧过去问。

“打黄鹂!”老史兴致勃勃地说,“你看看我的枪法。”

这时候,我不想欣赏他的枪技,我但愿他的枪法不准。他瞄了一会儿,黄鹂发觉飞走了。乘此机会,我以老病友的资格,请他不要射击黄鹂,因为我很喜欢这种鸟儿。

我很感激老史同志对友谊的尊重。他立刻答应了我的要求,没有丝毫不平之气。并且说:

“养病么,喜欢什么就多看看,多听听。”

这是真诚的同病相怜。他玩猎枪,也是为了养病,能在兴头上照顾旁人,这种品质不是很难得吗?

有一次,在东海岸的长堤上,一位穿皮大衣戴皮帽的中年人,只是为了讨取身边女朋友的一笑,就开枪射死了一只回翔在天空的海鸥。一群海鸥受惊远飏,被射死的海鸥落在海面上,被怒涛拍击漂卷。胜利品无法取到,那位女人请在海面上操作的海带培养工人帮助打捞,工人们愤怒地掉头划船而去。这给我留下了深刻的印象。回到房子里,无可奈何地写了几句诗,也终于没有完成,因为契诃夫在好几种作品里写到了这种人。我的笔墨又怎能更多地为他们的业绩生色?在他们的房间里,只挂着契诃夫为他们写的褒词就够了。

慨惜的是,我的朋友的高尚情谊,不能得到这两只惊弓之鸟的理解,它们竟一去不返。从此,清晨起来,白杨萧萧,再也听不到那种清脆的叫声。夏天来了,我忙着到浴场去游泳,渐渐把它们忘掉了。

有一天我去逛鸟市。那地方卖鸟儿的很少了,现在生产第一,游闲事物,相应减少,是很自然的。在一处转角地方,有一个卖鸟笼的老头儿,坐在一条板凳上,手里玩弄着一只黄鹂。黄鹂系在一根木棍上,一会儿悬空吊着,一会儿被拉上来。我站住了,我望着黄鹂,忽然觉得它的焦黄的羽毛,它的嘴眼和爪子,都带有一种凄惨的神气。

"你要吗?多好玩儿!"老头儿望望我问了。

"我不要。"我转身走开了。

我想,这种鸟儿是不能饲养的,它不久会被折磨得死去。这种鸟儿,即使在动物园里,也不能从容地生活下去吧,它需要的天地太宽阔了。

从此,有很长一段时间,我不再想起黄鹂。第二年春季,我到了太湖,在江南,我才理解了"杂花生树,群莺乱飞"这两句文章的好处。

是的,这里的湖光山色,密柳长堤;这里的茂林修竹,桑田苇泊;这里的乍雨乍晴的天气,使我看到了黄鹂的全部美丽,这是一种极致。

是的,它们的啼叫,是要伴着春雨、宿露,它们的飞翔,是要伴着朝霞和彩虹的。这里才是它们真正的家乡,安居乐业的所在。

各种事物都有它的极致。虎啸深山,鱼游潭底,驼走大漠,雁排长空,这就是它们的极致。

在一定的环境里,才能发挥这种极致。这就是形色神态和环境的自然结合和相互发挥,这就是景物一体。典型环境中的典型性格,也可以从这个角度来理解吧。这正是在艺术上不容易遇到的一种境界。

一九六二年四月

石 子

——病期琐事

我幼小的时候,就喜欢石子。有时从耕过的田野里,捡到一块椭圆形的小石子,以为是乌鸦从山里衔回跌落到地下的,因此美其名为"老鸹枕头儿"。

那一年在南京,到雨花台买了几块小石子,是赭红色的。

那一年到大连,又在海滨装了一袋白色的回来。

这两次都匆匆忙忙,对于选择石子,可以说是不得要领。

在青岛住了一年有余,因为不喜欢下棋打扑克,不会弹琴跳舞,不能读书作文,惟一的消遣和爱好就是捡石子。时间长了,收藏丰富,有一段时间,居然被病友们目为专家。就连我低头走路,竟也被认为是长期从事搜罗工作养成的习惯,这简直是近于开玩笑了。

然而,人在寂寞无聊之时,爱上或是迷上了什么,那种劲头,也是难以常情理喻的。不但天气晴朗的时候,好在海边溅泥踏水地徘徊寻找,有时刮风下雨,不到海边转转,也好像会有什么损失,就像逛惯了古书店古董铺的人,一天不去,总觉得会交臂失掉了什么宝物一样。钓鱼者的心情,也是如此的。

初到青岛,也只是捡些小巧圆滑杂色的小石子。这些小石子养在水里，五颜六色还有些看头，如果一干，则质地粗糙，颜色也消失，算不得什么稀罕之物了。

后来在第二浴场发现一种质地细腻，色泽如同美玉的小石子，就加意寻找。这种小石子，好像有一定的矿层。在春夏季，海滩积沙厚，没有这种石子。只有在秋冬之季，海水下落，沙积减少，轻涛击岸，才会露出这种蕴藏来。但也很少遇到。当潮水落到一定的地方，沿着水边来回走，看到一点点亮晶晶的苗头，跑过去捡起来，大小不等，有时还残留着一些杂质，像玉之有瑕一样。这种石子一定是包藏在一种岩石之中，经过多年的潮激汐荡，乱石撞击，细沙研磨，才形成现在这种可爱的样式。

有时，如果不注意，如果不把眼光放远一点，它略一显露，潮水再一荡，就又会被细沙所掩盖。当潮水猛涨的时候，站在岸边，抢捡石子，这不只拼着衣服溅上很多海水，甚至还有被海水卷入的危险。

有时，不避风雨，不避寒暑，到距离很远的海滩，去寻找这种石子。但也要潮水和季节适当，才有收获。

我的声誉只是鹊起一时，不久就被一位新来的病友的成绩所掩盖。这位同志，采集石子，是不声不响，不约同伴，近于埋头创作的进行，而且走得远，探得深。很快，他的收藏，就以质地形色兼好著称。石子欣赏家都到他那里去了，我的门庭，顿时冷落下来。在评判时，还要我屈居第二，这当然是无可推辞的。我的兴趣还是很高，每天从海滩回来，口袋里总是沉甸甸的，房间里到处是分门别类的石子。

那时我居住在正阳关路一幢绿色的楼房里。为了安静，我选择了三楼那间孤零零的，虽然矮小一些，但光线很好的房子。在正面窗台上，我摆了一个鱼缸，放满了水，养着我最得意的石子。

在二楼住着一位二十年前我教书时的女学生。她很关心我的养病生活,看见我的房子里堆着很多石子,就劝我养海葵花。她很喜欢这种东西,在她的房间里,饲养着两缸。

一天下午,她借了铁钩水桶,带我到海边退潮后的岩石上,去掏取这种动物。她的手还被附着在石面上的小蛤蜊擦破了。回来,她替我倒出了石子,换上海水,养上海葵花。

"你喜爱这种东西吗?"她坐下来得意地问。

"唔。"

"你的生活太单调了,这对养病是很不好的。我对你讲课印象很深,我总是坐在第一排。你不记得了吧?那时我十七岁。"

晚上,我一个人坐在灯光下,面对着我的学生为我新陈设的景物。我实在不喜欢这种东西,从捉到养,整个过程,都不能使我发生兴味。它的生活史和生活方式,在我的头脑里,体现了过去和现在的强盗和女妖的全部伎俩和全部形象。我写了一首《海葵赋》。

青岛,这是世界上少有的风光绮丽的地方。在过去很长一段时间,祖国美丽富饶的地区,有很多都曾经处在帝国主义的铁蹄蹂躏之下。每逢我站在太平角高大的岩石上,四下眺望,脚下澎湃飞溅的海潮,就会自然地使我联想起这里的悲惨的历史。我的心里总有一种沉痛之感,一种激愤之情。

终于,我把海葵花送给了女弟子,在缸里又养上了石子。这样做的结果,是大大辜负女学生的一番盛情,一番好意了。

离开青岛的时候,我把一些自认为名贵的石子带回家里,尘封日久,不但失去了原有的光彩,就是拿在手里,也不像过去那样滑腻,这是因为上面泛出一种盐质,用水都不容易洗去了。时过境迁,色衰爱弛,我对它们也失去了兴趣,任凭孩子们抛来抛去,想不到当时全心全力寤寐以求的东西,现在却落到了这般光景。

但它们究竟是和我度过了那一段难言的日子,给过我不少的安慰,帮助我把病养得好了一些。古人把药石针砭并称,这说明石子确是养病期中难得的纯朴有益的伴侣。

一九六二年四月

服装的故事

我远不是什么纨袴子弟，但靠着勤劳的母亲纺线织布，粗布棉衣，到时总有的。深感到布匹的艰难，是在抗战时参加革命以后。

一九三九年春天，我从冀中平原到阜平一带山区，那里因为不能种植棉花，布匹很缺。过了夏季，渐渐秋凉，我们什么装备也还没有。我从冀中背来一件夹袍，同来的一位同志多才多艺，他从老乡那里借来一把剪刀，把它裁开，缝成两条夹裤，铺在没有席子的土炕上。这使我第一次感到布匹的难得和可贵。

那时我在新成立的晋察冀通讯社工作。冬季，我被派往雁北地区采访。雁北地区，就是雁门关以北的地区，是冰天雪地，大雁也不往那儿飞的地方。我穿的是一身粗布棉袄裤，我身材高，脚腕和手腕，都有很大部位暴露在外面。每天清早在大山脚下集合，寒风凛冽。有一天在部队出发时，一同采访的一位同志把他从冀中带来的一件日本军队的黄呢大衣，在风地里脱下来，给我穿在身上。我第一次感到了战斗伙伴的关怀和温暖。

一九四一年冬天，我回到冀中，有同志送给我一件狗皮大衣筒子。军队夜间转移，远近狗叫，就会暴露自己。冀中区的群众，几天之内，就把所有的狗都打死了。我把皮子拿回家去，我的爱人，用她织染的黑粗布，给我做了一件短皮袄。因为狗皮太厚，做起来很吃力,有几次把她的手扎伤。我回路西的时候,就珍重地带它过了铁路。

一九四三年冬季,敌人在晋察冀边区"扫荡"了整整三个月。第二年开春,我刚刚从山西的繁峙一带回到阜平,就奉命整装待发去延安。当时,要领单衣,把棉衣换下。因为我去晚了,所有的男衣,已发完,只剩下带大襟的女衣,没有办法,领下来。这种单衣的颜色,是用土靛染的,非常鲜艳,在山地名叫"月白"。因是女衣,在宿舍换衣服时,我犹豫了,这穿在身上像话吗?

忽然有两个女学生进来——我那时在华北联大高中班教书。她们带着剪刀针线,立即把这件女衣的大襟撕下,缝成一个翻领,然后把对襟部位缝好,变成了一件非常时髦的大翻领钻头衬衫。她们看着我穿在身上,然后拍手笑笑走了,也不知道是赞美她们的手艺,还是嘲笑我的形象。

然后,我们就在枣树林里站队出发。

这一队人马,走在去往革命圣地延安的漫长而崎岖的路上,朝霞晚霞映在我们鲜艳的服装上。如果叫现在城市的人看到,一定要认为是奇装异服了。或者只看我的描写,以为我在有意歪曲、丑化八路军的形象。但那时山地群众并不以为怪,因为他们在村里村外常常看到穿这种便衣的工作人员。

路经盂县,正在那里下乡工作的一位同志,在一个要道口上迎接我,给我送行。初春,山地的清晨,草木之上,还有霜雪。显然他已经在那里等了很久,浓黑的鬓发上,也挂有一些白霜。他在我们行进的队伍旁边,和我握手告别,说了很简短的话。

应该补充,在我携带的行李中间,还有他的一件日本军用皮大衣,是他过去随军工作时,获得的战利品。在当时,这是很难得的东西,大衣做得坚实讲究:皮领,雨布面,上身是丝绵,下身是羊皮,袖子是长毛绒。羊皮之上,还带着敌人的血迹。原来坚壁在房东家里，这次出发前，我考虑到延安天气冷，去找我那件皮衣，找不到，就把他的拿起来。

初夏，我们到绥德，休整了五天。我到山沟里洗了个澡。这是条向阳的山沟，小河的流水很温暖，水冲激着沙石，发出清越的声音。我躺在河中间一块平滑的大石板上，温柔的水，从我的头部胸部腿部流过去，细小的沙石常常冲到我的口中。我把女同学们给我做的衬衣，洗好晾在石头上，干了再穿。

我们队长到晋绥军区去联络，回来对我说：吕正操司令员要我到他那里去。一天上午，我就穿着这样一身服装，到了他那庄严的司令部。那件艰难携带了几千里路的大衣，到延安不久，就因为一次山洪暴发，同我所有的衣物，卷到延河里去了。

这次水灾以后，领导上给我发了新的装备，包括一套羊毛棉衣。这种棉衣当然不错，不过有个缺点，穿几天，里面的羊毛就往下坠，上半身成了夹的，下半身则非常臃肿。和我一同到延安去的一位同志，要随王震将军南下，他们发的是絮棉花的棉衣，他告诉我路过桥儿沟的时间，叫我披着我那件羊毛棉衣，在街口等他，当他在那里走过的时候，我们俩"走马换衣"，他把那件难得的真正棉衣换给了我。因为既是南下，越走天气越暖和的。

这年冬季，女同学们又把我的一条棉褥里的棉花取出来，把我的棉裤里的羊毛换进去，于是我又有了一条名副其实的棉裤。她们又给我打了一双羊毛线袜和一条很窄小的围巾，使我温暖愉快地过了这一个冬天。

这时，一位同志新从敌后到了延安，他身上穿的竟是我那件狗皮袄，说是另一位同志先穿了一阵，然后转送给他的。

一九四五年八月，日本投降，我们又从延安出发，我被派作前站，给女同志们赶了很长一段时间的毛驴。那些婴儿们，装在两个荆条筐里，挂在母亲们的两边。小毛驴一走一颠，母亲们的身体一摇一摆,孩子们像燕雏一样,从筐里探出头来,呼喊着,玩闹着,和母亲们爱抚的声音混在一起,震荡着漫长的欢乐的旅途。

　　冬季我们到了张家口,晋察冀的老同志们开会欢迎我们,穿戴都很整齐。一位同志看我还是只有一身粗布棉袄裤,就给我一些钱,叫我到小市去添补一些衣物。后来我回冀中,到了宣化,又从一位同志的床上,扯走一件日本军官的黄呢斗篷,走了整整十四天,到了老家,披着这件奇形怪状的衣服,与久别的家人见了面。这仅仅是记得起来的一些,至于战争年代里房东老大娘、大嫂、姐妹们为我做鞋做袜,缝缝补补,那就更是一时说不完了。

　　我们在和日本帝国主义、蒋帮作战的时候,穿的就是这样。但比起上一代的老红军战士,我们的物质条件就算好得多了。

　　穿着这些单薄的衣服,我们奋勇向前。现在,那些刺骨的寒风,不再吹在我的身上,但仍然吹过我的心头。其中有雁门关外挟着冰雪的风,在冀中平原卷着黄沙的风,有延河两岸虽是严冬也有些温暖的风。我们穿着这些单薄的衣服,在冰冻石滑的山路上攀登,在深雪中滚爬,在激流中强渡。有时夜雾四塞,晨霜压身,但我们方向明确,太阳一出,歌声又起。

一九七七年十一月二十六日改完

童年漫忆

听 说 书

我的故乡的原始住户，据说是山西的移民，我幼小的时候，曾在去过山西的人家，见过那个移民旧址的照片，上面有一株老槐树，这就是我们祖先最早的住处。

我的家乡离山西省是很远的，但在我们那一条街上，就有好几户人家，以长年去山西做小生意，维持一家人的生活，而且一直传下好几辈。他们多是挑货郎担，春节也不回家，因为那正是生意兴隆的季节。他们回到家来，我记得常常是在夏秋忙季。他们到家以后，就到地里干活，总是叫他们的女人，挨户送一些小玩艺或是蚕豆给孩子们，所以我的印象很深。

其中有一个人，我叫他德胜大伯，那时他有四十岁上下。每年回来，如果是夏秋之间农活稍闲的时候，我们一条街上的人，吃过晚饭，坐在碾盘旁边去乘凉。一家大梢门两旁，有两个柳木门墩，德胜大伯常常被人们推请坐在一个门墩上面，给人们讲说评书，另一个门墩上，照例是坐一位年纪大辈数高的人，和他对称。我记得他在这里讲过《七侠五义》等故事，他讲得真好，就像一个专业艺人一样。

他并不识字，这我是记得很清楚的。他常年在外，他家的大娘，因为身材高，我们都叫她"大个儿大妈"。她每天挎着一个大柳条篮子，敲着小铜锣卖烧饼馃子。德胜大伯回来，有时帮她记记账，他把高粱的茎秆，截成笔帽那么长，用绳穿结起来，横挂在炕头的墙壁上，这就叫"账码"，谁赊多少谁还多少，他就站在炕上，用手推拨那些茎秆儿，很有些结绳而治的味道。

他对评书记得很清楚，讲得也很熟练，我想他也不是花钱到娱乐场所听来的。他在山西做生意，长年住在小旅店里，同住的人，干什么的人也有，夜晚没事，也许就请会说评书的人，免费说两段，为长年旅行在外的人们消愁解闷，日子长了，他就记住了全部。

他可能也说过一些山西人的风俗习惯，因为我年岁小，对这些没兴趣，都忘记了。

德胜大伯在做小买卖途中，遇到瘟疫，死在外地的荒村小店里。他留下一个独生子叫铁锤。前几年，我回家乡，见到铁锤，一家人住在高爽的新房里，屋里陈设，在全村也是最讲究的。他心灵手巧，能做木工，并且能在玻璃片上画花鸟儿和山水，大受远近要结婚的青年农民的欢迎。他在公社担任会计，算法精通。

德胜大伯说的是评书，也叫平话，就是只凭演说，不加伴奏。在乡村，麦秋过后，还常有职业性的说书人，来到街头。其实，他们也多半是业余的，或是半职业性的。他们说唱完了以后，有的由经管人给他们敛些新打下的粮食；有的是自己兼做小买卖，比如卖针，在他说唱中间，由一个管事人，在妇女群中，给他卖完那一部分针就是了。这一种人，多是说快书，即不用弦子，只用鼓板。骑着一辆自行车，车后座做鼓架。他们不说整本，只说小段。卖完针，就又到别的村庄去了。

一年秋后，村里来了弟兄三个人，推着一车羊毛，说是会说书，兼有擀毡条的手艺。第一天晚上，就在街头说了起来，老大弹弦，老二说《呼家将》，真正的西河大鼓，韵调很好。村里一些老年的书迷，大为赞赏。第二天就去给他们张罗生意，挨家挨户去动员：擀毡条。

他们在村里住了三四个月，每天夜晚说《呼家将》。冬天天冷，就把书场移到一家茶馆的大房子里。有时老二回老家运羊毛，就由老三代说，但人们对他的评价不高，另外，他也不会说《呼家将》。

眼看就要过年了，呼延庆的擂还没打成。每天晚上预告，明天就可以打擂了，第二天晚上，书中又出了岔子，还是打不成。人们盼呀、盼呀，大人孩子都在盼。村里娶儿聘妇要擀毡条的主，也差不多都擀了，几个老书迷，还在四处动员：

"擀一条吧，冬天铺在炕上多暖和呀！再说，你不擀毡条，呼延庆也打不了擂呀！"

直到腊月二十老几，弟兄三个看着这村里实在也没有生意可做了，才结束了《呼家将》。他们这部长篇，如果整理出版，我想一定也有两块大砖头那么厚吧。

第一个借给我《红楼梦》的人

我第一次读《红楼梦》，是十岁左右还在村里上小学的时候。我先在西头刘家，借到一部《封神演义》，读完了，又到东头刘家借了这部书。东西头刘家都是以屠宰为业，是一姓一家。刘姓在我们村里是仅次于我们姓的大户，其实也不过七八家，因为这是一个很小的村庄。

从我能记忆起,我们村里有书的人家,几乎没有。刘家能有一些书,是因为他们所经营的近似一种商业。农民读书的很少,更不愿花钱去买这些"闲书"。那时,我只能在庙会上看到书,书摊小贩支架上几块木板,摆上一些石印的,花纸或花布套的,字体非常细小,纸张非常粗黑的《三字经》《玉匣记》,唱本、小说。这些书可以说是最普及的廉价本子,但要买一部小说,恐怕也要花费一、两天的食用之需。因此,我的家境虽然富裕一些,也不能随便购买。我那时上学念的课本,有的还是母亲求人抄写的。

东头刘家有兄弟四人,三个在少年时期就被生活所迫,下了关东。其中老二一直没有回过家,生死存亡不知。老三回过一次家,还是不能生活,只在家过了一个年,就又走了,听说他在关东,从事的是一种非常危险的勾当。

家里只留下老大,他娶了一房童养媳妇,算是成了家。他的女人,个儿不高,但长得颇为端正俊俏,又喜欢说笑,人缘很好,家里长年设着一个小牌局,抽些油头,补助家用。男的还是从事屠宰,但已经买不起大牲口,只能剥个山羊什么的。

老四在将近中年时,从关东回来了,但什么也没有带回来。这人长得高高的个子,穿着黑布长衫,走起路来,"蛇摇担晃"。他这种走路的姿势,常常引起家长们对孩子的告诫,说这种走法没有根底,所以他会吃不上饭。

他叫四喜,论乡亲辈,我叫他四喜叔。我对他的印象很好。他从东头到西头,扬长地走在大街上,说句笑话儿,惹得他那些嫂子辈的人,骂他"贼兔子",他就越发高兴起来。他对孩子们尤其和气。有时,坐在他家那旷荡的院子里,拉着板胡,唱一段清扬悦耳的梆子,我们听起来很是入迷。他知道我好看书,就把他的一部《金玉缘》借给了我。

哥哥嫂子,当然对他并不欢迎,在家里,他已经无事可为,每逢集市,他就挟上他那把锋利明亮的切肉刀,去帮人家卖肉。他站在肉车子旁边,那把刀,在他手中熟练而敏捷地摇动着,那煮熟的牛肉、马肉或是驴肉,切出来是那样薄,就像木匠手下的刨花一样,飞起来并且有规律地落在那圆形的厚而又大的肉案边缘,这样,他在给顾客装进烧饼的时候,既出色又非常方便。他是远近知名的"飞刀刘四"。现在是英雄落魄,暂时又有用武之地。在他从事这种工作的时候,你可以看到,他高大的身材,在一层层顾客的包围下,顾盼神飞,谈笑自若。可以想到,如果一个人,能永远在这样一种状态中存在,岂不是很有意义,也很光荣?

等到集市散了,天也渐渐晚了,主人请他到饭铺吃一顿饱饭,还喝了一些酒。他就又挟着他那把刀回家去。集市离我们村只有三里路。在路上,他有些醉了,走起来,摇晃得更厉害了。

对面来了一辆自行车。他忽然对着人家喊:

"下来!"

"下来干什么?"骑自行车的人,认得他。

"把车子给我!"

"给你干什么?"

"不给,我砍了你!"他把刀一扬。

骑车子的人回头就走,绕了一个圈子,到集市上的派出所报了案。

他若无其事地回到家里,也许把路上的事忘记了。当晚睡得很香甜。第二天早晨,就被捉到县城里去。

那时正是冬季,农村很动乱,每天夜里,绑票的枪声,就像大年五更的鞭炮。专员正责成县长加强治安,县长不分青红皂白,就把他枪毙,作为成绩向上级报告了。他家里的人没有去营救,也不去收尸。一个人就这样完结了。

他那部《金玉缘》,当然也就没有了下落。看起来,是生活决定着他的命运，而不是书。而在我的童年时代，是和小小的书本同时，痛苦地看到了严酷的生活本身。

一九七八年春天

吃 粥 有 感

我好喝棒子面粥,几乎长年不断,晚上多煮一些,第二天早晨,还可以吃一顿。秋后,如果再加些菜叶、红薯、胡萝卜什么的,就更好吃了。冬天坐在暖炕上,两手捧碗,缩脖而啜之,确实像郑板桥说的,是人生一大享受。

有人向我介绍,胡萝卜营养价值很高,它所含的维生素,较之名贵的人参,只差一种,而它却比人参多一种胡萝卜素。我想,如果不是人们一向把它当成菜蔬食用,而是炮制成为药物,加以装潢,其功效一定可以与人参旗鼓相当。

是一九四二年的冬天吧,日寇又对晋察冀边区进行"扫荡",我们照例是化整为零,和敌人周旋。我记得我和诗人曼晴是一个小组,一同活动。曼晴的诗朴素自然,我曾写短文介绍过了。他的为人,和他那诗一样,另外多一种对人诚实的热情。那时以热情著称的青年诗人很有几个,陈布洛是最突出的一个,很久见不到他的名字了。

我和曼晴都在边区文协工作,出来打游击,每人只发两枚手榴弹。我们的武器就是笔,和手榴弹一同挂在腰上的还有一瓶蓝墨水。我们都负有给报社写战斗通讯的任务。我们也算老游击战士了,两个人合计了一下,先转到敌人的外围去吧。

天气已经很冷了。山路冻冰，很滑。树上压着厚霜，屋檐上挂着冰柱，山泉小溪都冻结了。好在我们已经发了棉衣，穿在身上了。

一路上，老乡也都转移了。第一夜，我们两人宿在一处背静山坳拦羊的圈里，背靠着破木栅板，并身坐在羊粪上，只能避避夜来寒风，实在睡不着觉的。后来，曼晴就用《羊圈》这个题目，写了一首诗。我知道，就当寒风刺骨、几乎是露宿的情况下，曼晴也没有停止他的诗的构思。

第二天晚上，我们游击到了一个高山坡上的小村庄，村里也没人，门子都开着。我们摸到一家炕上，虽说没有饭吃，却好好睡了一夜。

清早，我刚刚脱下用破军装改制成的裤衩，想捉捉里面的群虱，敌人的飞机就来了。小村庄下面是一条大山沟，河滩里横倒竖卧都是大顽石，我们跑下山，隐蔽在大石下面。飞机沿着山沟上空，来回轰炸。欺侮我们没有高射武器，它飞得那样低，好像擦着小村庄的屋顶和树木。事后传说，敌人从飞机的窗口，抓走了坐在炕上的一个小女孩。我把这一情节，写进一篇题为《冬天，战斗的外围》的通讯，编辑刻舟求剑，给我改得啼笑皆非。

飞机走了以后，太阳已经很高。我在河滩上捉完裤衩里的虱子，肚子已经咕咕地叫了。

两个人勉强爬上山坡，发现了一小片胡萝卜地。因为战事，还没有收获。地已经冻了，我和曼晴用木棍掘取了几个胡萝卜，用手擦擦泥土，蹲在山坡上，大嚼起来。事隔四十年，香美甜脆，还好像遗留在唇齿之间。

今晚喝着胡萝卜棒子面粥，忽然想到此事。即兴写出，想寄给自从一九六六年以来，就没有见过面的曼晴。听说他这些年是很吃了一些苦头的。

一九七八年十二月二十日夜

《红楼梦》杂说

清兵的入关,使中国封建社会的阶级关系,发生新的畸形的变化。民族压迫和阶级压迫交织在一起,相互促进,广大农民所受的剥削和压榨,更加深重了。汉人变成了旗人的奴隶,原来的地主阶级,把所受旗人的剥夺,转嫁给他们的奴隶——农民。"随龙入关"的,数以百万计的控弦之士,连同他们为数众多的家属,不劳而食,拥有庄园、商业、作坊。

统一全国后,上层统治者中间的矛盾斗争,愈演愈烈,父子兄弟之间,倾陷残杀。因此,就愈严等级之分,上下之别,层层统制,互相监视。政治方面的这种风气,由宫廷而官场,由官场而散布于社会,形成观念和风习。

《郎潜纪闻》一书中记载:在这一时期,每年只京城一地,旗人的奴仆,因不堪虐待,自杀身死,申报到刑部的,就数以千计。其隐瞒不报,或贫病而死的,还不知有多少。这一广大的奴隶群,身价之低贱,命运之悲惨,走投之无路,已经可见一斑。

旗人除强占土地、房屋、财产以外,还将大量的奴隶,收入他们的府内。其中包括大量的男女小孩,多数是京畿一带农民的子女。

这些奴隶,也把他们的社会关系,生活习惯,民间语言,民间传说,带进宫廷、官府,如此就大大丰富了像曹雪芹这些人的生活知识和语言仓库。

清代统治者,原来也设想,就保持他们的无文化或低文化状态,并在汉民中也推行这种愚民政策,以弓马的优势,统治中国。但这是不可能的。文化对于人民,如同菽粟,高级的进步的文化,必然要影响低级落后的文化,而促使其进步,必然要像水向低处流,填补其空白区。

雍、乾时期,旗人的文化生活,逐渐丰富起来。皇帝三令五申,也阻止不住它的飞速发展。皇帝愿意他的旗下奴隶,继续练习弓马,准备为朝廷效力(就像贾珍教训子弟那样)。限制他们与汉人文士交接往来,养成舞文弄墨的恶劣习惯。但他们却非要吟诗作赋,写字画画不可。他们不事生产,养尊处优,在中国文化的美丽奇幻的长江大河之中,畅游不息,充军杀头,也控制不住这种趋势。于是在很短的时间里,就出现了那么多的八旗名士。

这一部分人,对于他们面临的现实生活,政治设施,社会现象,有较深的观察能力和理解能力,也具备了一定的表现能力。而曹雪芹无疑是这些人中间的佼佼者。

当然,曹雪芹感受最深的,是他本阶级的飘摇以及他的家庭的突然中落。大家知道,在雍、乾两朝,像曹家这种遭遇,并不是个别少见,而是接踵而来,司空见惯的。雍正皇帝,以抄臣民的家,作为他主要的统治手段,并且直言不讳,得意洋洋,认为是一种杰作。他刻薄寡恩,利用奸民家奴,侦察倾陷大臣,用朱批谕旨,牵制封疆,用圣谕广训,禁锢人民思想,使朝野上下,日处于惊惶恐怖之中。曹家的亲友,就不断发生类似的飞灾横祸。

曹雪芹面对这种现实,他思考、探讨,并企图得到答案:什么是人生?人生为何如此?

他从现实生活中,归结出一个普遍的规律:生活在时刻变化,变化无常,并不断向相反的方面转化。决定人生命运的,不是自己，而是外界的一种力量。这种力量，有时可知，有时不可知。他痛感身不由主，"好""了"相寻，谋求解脱，而又处于无可奈何之中。

在命运的轮转推移中，遭逢不幸，并不限于底下层，也包括那些最上层——高官命妇，公子小姐。曹雪芹的思想是入世的，是热爱人生的，是赞美人生的。他认为世界上有如此众多的可爱的人物和性格，他为他们的不幸，流下了热泪，以至泪尽而逝。

是的，只有完全体验了人生的各种滋味，即经历了生离死别，悲欢离合，兴衰成败，贫富荣辱，才能了解全部人生。否则，只能说是知道人生的一半。曹雪芹是知道全部人生的，这就是"红"书上所谓"过来人"。

历史上"过来人"是那样多，可以说是恒河沙数，为什么历史上的伟大作品，却寥若晨星，很不相称呢？这是因为"过来人"经过一番浩劫之后，容易产生消极思想，心有余悸，不敢正视现实。或逃于庄，或遁于禅，自南北朝以后，尤其如此。而曹雪芹虽亦有些这方面的影子，总的说来，振奋多了，所以极为可贵。

因此，《红楼梦》绝不是出世的书，也不是劝诫的书，也不是暴露的书，也不是作者的自传。它是经历了人生全过程之后，在丰富的生活基础上，产生了现实主义，而严肃的现实主义，产生了完全创新的艺术。

我们可以用陈旧的话说：《红楼梦》是为人生的艺术，它的主题思想，是热望解放人生，解放个性。

一九七九年二月四日重写

书 的 梦

到市场买东西，也不容易。一要身强体壮，二要心胸宽阔。因为种种原因，我足不入市，已经有很多年了。这当然是因为有人帮忙，去购置那些生活用品。夜晚多梦，在梦里却常常进入市场。在喧嚣拥挤的人群中，我无视一切，直奔那卖书的地方。

远远望去，破旧的书床上好像放着几种旧杂志或旧字帖。顾客稀少，主人态度也很和蔼。但到那里定睛一看，却往往令人失望，毫无所得。

按照弗洛伊德的学说，这种梦境，实际上是幼年或青年时代，残存在大脑皮质上的一种印象的再现。

是的，我梦到的常常是农村的集市景象：在小镇的长街上，有很多卖农具的，卖吃食的，其中偶尔有卖旧书的摊贩。或者，在杂乱放在地下的旧货中间，有几本旧书，它们对我最富有诱惑的力量。

这是因为，在童年时代，常常在集市或庙会上，去光顾那些出售小书的摊贩。他们出卖各种石印的小说、唱本。有时，在戏台附近，还会遇到陈列在地下的，可以白白拿走的，宣传耶稣教义的各种圣徒的小传。

在保定上学的时候，天华市场有两家小书铺，出卖一些新书。

在大街上，有一种当时叫作"一折八扣"的廉价书，那是新旧内容的书都有的，印刷当然很劣。

有一回，在紫河套的地摊上，买到一部姚鼐编的《古文辞类纂》，是商务印书馆的铅印大字本，花了一圆大洋。这在我是破天荒的慷慨之举，又买了二尺花布，拿到一家裱画铺去做了一个书套。但保定大街上，就有商务印书馆的分馆，到里面买一部这种新书，所费也不过如此，才知道上了当。

后来又在紫河套买了一本大字的夏曾佑撰写的《中国历史教科书》（就是后来的《中国古代史》），也是商务排印的大字本，共两册。

最后一次逛紫河套，是一九五二年。我路过保定，远千里同志陪我到"马号"吃了一顿童年时爱吃的小馆，又看了"列国"古迹，然后到紫河套。在一家收旧纸的店铺里，远买了一部石印的《李太白集》。这部书，在远去世后，我在他的夫人于雁军同志那里还看见过。

中学毕业以后，我在北平流浪着。后来，在北平市政府当了一名书记。这个书记，是当时公务人员中最低的职位，专事抄写，是一种雇员，随时可以解职的，每月有二十元薪金。在那里，我第一次见到了旧官场、旧衙门的景象。那地方倒很好，后门正好对着北平图书馆。我正在青年，富于幻想，很不习惯这种职业。我常常到图书馆去看书。到北新桥、西单商场、西四牌楼、宣武门外去逛旧书摊。那时买书，是节衣缩食，所购完全是革命的书。我记得买过六期《文学月报》，五期《北斗》杂志，还有其他一些革命文艺期刊，如《奔流》《萌芽》《拓荒者》《世界文化》等。有时就带上这些刊物去"上衙门"。我住在石驸马大街附近，东太平街天仙庵公寓。那里的一位老工友，见我出门，就如此恭维。好在科里都是一些混饭吃、不读书的人，也没人过问。

我们办公的地方,是在一个小偏院的西房。这个屋子里最高的职位,是一名办事员,姓贺。他的办公桌摆在靠窗的地方,而且也只有他的桌子上有块玻璃板。他的对面也是一位办事员,姓李,好像和市长有些瓜葛,人比较文雅。家就住在府右街,他结婚的时候,我随礼去过。

我的办公桌放在西墙的角落里,其实那只是一张破旧的板桌,根本不是办公用的,桌子上也没有任何文具,只堆放着一些杂物。桌子两旁,放了两条破板凳,我对面坐着一位姓方的青年,是破落户子弟。他写得一手好字,只是染上了严重的嗜好,整天坐在那里打盹,睡醒了就和我开句玩笑。

那位贺办事员,好像是南方人,一上班嘴里的话是不断的,他装出领袖群伦的模样,对谁也不冷淡。他见我好看小说,就说他认识张恨水的内弟。

很久我没有事干,也没人分配给我工作。同屋有位姓石的山东人,为人诚实,他告诉我,这种情况并不好,等科长来考勤,对我很不利。他比较老于官场,他说,这是因为朝中无人的缘故。我那时不知此中的利害,还是把书本摆在那里看。

我们这个科是管市民建筑的。市民要修房建房,必须请这里的技术员,去丈量地基,绘制蓝图,看有没有侵占房基线。然后在窗口那里领照。

我们科的一位股长,是一个胖子,穿着蓝绸长衫,和下僚谈话的时候,老是把一只手托在长衫的前襟下面,做撩袍端带的姿态。他当然不会和我说话的。

有一次,我写了一个请假条寄给他。我虽然看过《酬世大观》,在中学也读过陈子展的《应用文》,高中时的国文老师,还常常把他替要人们拟的公文,发给我们当作教材。但我终于在应用时把"等因奉此"的程式用错了。听姓石的说,股长曾拿到我们屋里,朗诵取笑。股长有一个干儿,并不在我们屋里上班,却常常到我们屋里瞎串。这是一个典型的京华恶少,政界小人。他也好把一只手托在长衫下面,不过他的长衫,不是绸的,而是蓝布,并且旧了。有一天,他又拿那件事开我的玩笑,激怒了我,我当场把他痛骂一顿,他就满脸赔笑地走了。

当时我血气方刚,正是一语不合拔剑而起的时候,更何况初入社会,就到了这样一处地方,满腹怨气,无处发作,就对他来了。

我是由志成中学的体育教师介绍到那里工作的。他是当时北方的体育明星,娶了一位宦门小姐。他的外兄是工务局的局长。所以说,我官职虽小,来头还算可以。不到一年,这位局长下台,再加上其他原因,我也就"另候任用"了。

我被免职以后,同事们照例是在东来顺吃一次火锅,然后到娱乐场所玩玩。和我一同免职的,还有一位家在北平附近的人,脸上有些麻子,忘记了他的姓。他是做外勤的,他的为人和他的破旧自行车上的装备,给人一种商人小贩的印象,失业对他是沉重的打击。走在街上,他悄悄地对我说:

"孙兄,你是公子哥儿吧,怎么你一点也不在乎呀!"

我没有回答。我想说:我的精神支柱是书本,他当然是不能领会的。其实,精神支柱也不可靠,我所以不在意,是因为这个职位,实在不值得留恋。另外,我只身一人,这里没有家口,实在不行,我还可以回老家喝粥去。

和同事们告别以后,我又一个人去逛西单商场的书摊。渴望已久的,鲁迅先生翻译的《死魂灵》一书,已经陈列在那里了。用同事们带来的最后一次薪金,购置了这本名著,高高兴兴回到公寓去了。

第二天在清晨,挟着这本书,出西直门,路经海淀,到离北平有五六十里路的黑龙潭,去看望在那里山村小学教书的一个朋友。

他是我的同乡，又是中学同学。这人为人热情，对于比他年纪小的同乡同学，情谊很深。到他那里，正是深秋时节，黄叶飘落，潭水清冷，我不断想起曹雪芹在这一带著书的情景。住了两天，我又回到了北平。

我在朝阳大学同学处住几天，又到中国大学同学处住几天。后来，感到肚子有些饿，就写了一首诗，投寄《大公报》的《小公园》副刊。内容是：我要离开这个大城市，回到农村去了，因为我看到：在这里，是一部分人正在输血给另一部分人！

诗被采用，给了五角钱。

整理了一下，在北平一年所得的新书旧书，不过一柳条箱，就回到农村，去教小学了。

我的书籍，一损失于抗日战争之时，已在别一篇文章中略记，一损失于土地改革之时。

我的家庭成分是富农。按照当时党的政策，凡是有人在外参加革命，在政治上稍有照顾。关于书，是属于经济，还是属于政治，这是不好分的。贫农团以为书是钱买来的，这当然也是属于财产，他们就先后拿去了。其实也不看。当时，我们那里的农民，已普遍从八路军那里学会裁纸卷烟。在乡下，纸张较之布片还难得，他们是拿去卷烟了。

这时，我在饶阳县一个小区参加土改工作。大概是冀中区党委所在之地吧，发了一个通知，要各村贫农团，把斗争果实中的书籍，全部上缴小区，由专人负责清查保存。大概因为我是知识分子吧，我们的小区区长，把这个责任交给了我。

书籍也并不太多，堆在一间屋子的地下，而且多是一些古旧破书，可以用来卷烟的已经不多。我因家庭成分不好，又由于"客里空"问题，正在《冀中导报》受到公开批判，谨小慎微，对这些书籍，丝毫不敢染指，全部上缴县委了。

我的受批判，是因为那一篇《新安游记》。是个黄昏，我从端村到新安城墙附近绕了绕，那里地势很洼，有些雾气，我把大街的方向弄错了。回去仓促写了一篇抗日英雄故事，在《冀中导报》发表了。土改时被作为"客里空"典型。

在家乡工作期间，已经没有购买书籍的机会，携带也不方便。如果能遇到书本的话，只是用打游击的方式，走到哪里，就看到哪里。

但也有时得到书。我在蠡县工作时，有一次在县城大集上，从一个地摊上，买到一本商务印书馆出版的，铅印精装的《西厢记》。我带着看了一程子，后来送给蠡县一位书记了。

《冀中导报》在饶阳大张岗设立了一处造纸厂。他们收买一些旧书，用牲口拉的大碾，轧成纸浆。有一间棚子，堆放着旧书。我那时常到这家纸厂吃住。从棚子里，我捡到一本石印的《王圣教》和一本石印的《书谱》。

在河间工作的时候，每逢集日，在一处小树林里，有推着小车贩卖烂纸书本的。有一次，我从车上买到一部初版的《孽海花》。一直保存着，进城后，送给一位新婚燕尔、出国当参赞的同志了。

一九七九年四月

夜　思

最近为张冠伦同志开追悼会，我只送了一个花圈，没有去。近几年来，凡是为老朋友开追悼会，我都没有参加。知道我的身体、精神情况的死者家属，都能理解原谅，事后，还都带着后生晚辈，来看望我。这种情景，常常使我热泪盈眶。

这次也同样。张冠伦同志的家属又来了，他的儿子和孙子，还有他的妻妹。

一进门，这位白发的老太太就说：

"你还记得我吗？"

"呵，要是走在街上……"我确实一时想不起来，只好嗫嚅着回答。

"常智，你还记得吧？"

"这就记起来了，这就记起来了！"我兴奋起来，热情地招扶她坐下。

她是常智同志的爱人。一九四三年，我在山地华北联大高中班教书时，常智是数学教员。这一年冬天，我们在繁峙高山上，坚持了整整三个月的反"扫荡"。第二年初，刚刚下得山来，就奉命做去延安的准备。

我在出发前一天的晚上，忽然听说常智的媳妇来了，我也赶去

146

看了看。那时她正在青春，又是通过敌占区过来，穿着鲜艳，容貌美丽。我们当时都惋惜，我们当时所住的，山地农民家的柴草棚子，床上连张席子也没有，怎样来留住这样花朵般的客人。女客人恐怕还没吃晚饭，我们也没有开水，只是从老乡那里买了些红枣，来招待她。

第二天，当我们站队出发时，她居然也换上我们新发的那种月白色土布服装，和女学生们站在一起，跟随我们出发了。一路上，她很能耐劳苦，走得很好。她是冀中平原的地主家庭出身吧，从小娇生惯养，这已经很不容易了。

比翼而飞，对常智来说，老婆赶来，一同赴圣地，这该是很幸福的了。但在当时，同事们并不很羡慕他。当时确实顾不上这些，以为是累赘。

这些同事，按照当时社会风习，都已结婚，但因为家庭、孩子的拖累，是不能都带家眷的，虽然大家并不是不思念家乡的。

这样，我们就一同到了延安，她同常智在那里学自然科学。现在常智同她在武汉工作，也谈了谈这些年来经历的坎坷。

至于张冠伦同志，则是我一九四五年抗日战争结束后，回到冀中认识的。当时，杨循同志是《冀中导报》的秘书长，我常常到他那里食宿，因此也认识了他手下的人马。在他领导下，报社有一个供销社，还有一个造纸厂，张冠伦同志是厂长。

纸厂设在饶阳县张岗。张冠伦同志是一位热情、厚道的人，在外表上又像农民又像商人，又像知识分子，三者优点兼而有之，所以很能和我接近。我那时四下游击，也常到他的纸厂住宿吃饭。管理伙食的是张翔同志。

他的纸厂是一个土纸厂，专供《冀中导报》用。在一家大场院里，设有两盘高大的石碾，用骡拉。收来的烂纸旧书，堆放在场院西南方向的一间大厦子里。

我对破书烂纸最有兴趣，每次到那里，我都要蹲在厦子里，刨拣一番。我记得在那里我曾得到一本石印的《王圣教》和一本石印的《书谱》。

解放战争后期，是在河间吧，张冠伦同志当了冀中邮政局的负责人。他告诉我，土改时各县交上的书，堆放在他们的仓库里面。我高兴地去看了看，书倒不少，只是残缺不全。我只拣了几本亚东印的小说，都是半部。

这次来访的张冠伦的儿子，已经四十多岁了，他说：

"在张岗，我上小学，是孙伯伯带去的。"

这可能是在土改期间。那时，我们的工作组驻在张岗，我和小学的校长、教师都很熟。

土改期间，我因为家庭成分，又因为所谓"客里空"问题，在报纸上受过批判，在工作组并不负重要责任，有点像后来的靠边站。土改会议后，我冒着风霜，到了张岗。我先到理发店，把长头发剪了去。理发店胖胖的女老板很是奇怪，不明白我当时剪去这一团烦恼丝的心情。后来我又在集市上，买了一双大草鞋，向房东老大娘要了两块破毡条垫在里面，穿在脚下。每天蹒跚漫步于冰冻泥泞的张岗大街之上，和那里的农民，建立了非常难能可贵的情谊。

农村风俗淳厚，对我并不歧视。同志之间，更没有像后来的所谓划清界限之说。我在张岗的半年时间里，每逢纸厂请客、过集日吃好的，张冠伦同志，总是把我叫去解馋。

现在想来，那时的同志关系，也不过如此。我觉得这样也就可以了，留下的印象是很深的，值得追念的。进城以后，相互之间的印象，就淡漠了。"文化大革命"期间，我们的命运大致相同。他后来死去了。

看到有这么多好同志死去，不知为何，我忽然感慨起来：在那些年月，我没有贴出一张揭发检举老战友的大字报，这要感谢造反派对我的宽容。他们也明白：我足不出户，从我这里确实挖不出什么新的材料。我也不想使自己舒服一些，去向造反派投递那种卖友求荣的小报告，也不曾向我曾经认识的当时非常煊赫的权威、新贵，请求他们的援助与哀怜。我觉得那都是可耻的，没有用处的。

我忍受自己在劫的种种苦难，只是按部就班地写我自己的检查，写得也很少很慢。现在，有些文艺评论家，赞美我在文字上惜墨如金。在当时却不是这样，因为我每天只交一张字大行稀的交代材料，屡遭管理人的大声责骂，并扯着那一页稿纸，当场示众。后来干脆把我单独隔离，面前放一马蹄表，计时索字。

古人说，一死一生，乃见交情。其实，这是不够的。又说，使生者死，死者复生，大家相见，能无愧于心，能不脸红就好了。朋友之道，此似近之。我对朋友，能做到这一点吗？我相信，我的大多数朋友，对我是这样做了。

我曾告诉我的孩子们：

"你们看见了，我因为身体不好，不能去参加朋友们的追悼会，等我死后，人家不来，你们也不要难过。朋友之交，不在形式。"

新近，和《文艺报》的记者谈了一次话，很快就收到一封青年读者来信，责难我不愿回忆和不愿意写"文化大革命"的事，是一种推诿。文章是难以写得周全的，果真是如此吗？我的身体、精神的条件，这位远地的青年，是不能完全了解的。我也想到，对于事物，认识相同，因为年纪和当时处境的差异，有些感受和想法，也不会完全相似的。很多老年人，受害最深，但很少接触这一重大主题，我是能够理解的。我也理解，接触这一主题最多的青年同志们的良好用心。

但是,年老者逐渐凋谢,年少者有待成熟,这一历史事件在文学史上的完整而准确的反映,恐怕还需要一段时间吧?

一九八〇年一月三十日夜有所思,凌晨起床写讫

读萧红作品记

　　大概是前两个月吧,一位相识者去东北参加纪念萧红的会,回到北京,曾给我来信,要我谈谈萧红作品的魅力所在,探索一下她在文学创作中的"奥秘",这确实不是我的学力所能完卷的。不过,我总记着这件事。近日稍闲,从一位同志那里借来一册《萧红文选》,一边读着,一边记下自己的感触。

　　此书后面附有鲁迅写的《生死场序》和茅盾写的《呼兰河传序》,对于萧红,评价最为得当。特别是鲁迅的文章,虽然很短,虽然乍看来是谈些与题无关的话,其实句句都是萧红作品的真实注脚。不只一语道破她在创作上的特点、优长及缺短,而且着重点染了萧红作品产生的时代。一针见血,十分沉痛。文艺评论写到这样深刻的程序,可叹观止。

　　对于萧红的作品,鲁迅是这样说的:这自然不过是略图,叙事和写景,胜于人物的描写,然而北方人民对于生活的坚强,对于死的挣扎,却往往已经力透纸背;女性作者的细致的观察和越轨的笔致,又增加了不少明丽和新鲜。精神是健全的,就是深恶文艺和功利有关的人,如果看起来,他不幸的很,他也难免不能毫无所得。

　　茅盾对萧红的作品,是这样说的:而且我们不也可以说:要点不在《呼兰河传》不像是一部严格意义的小说,而在它于这"不像"

之外,还有些别的东西——一些比"像"一部小说更为"诱人"些的东西,它是一篇叙事诗,一幅多彩的风土画,一串凄婉的歌谣。

我是主张述而不作的,关于萧红,我还能有什么话说呢?

人们常把萧红和鲁迅联系起来,这是对的。鲁迅对于她,有过很大的帮助。但不能像现在有人理解的:"没有鲁迅就没有萧红。"先有良马而后有伯乐。萧红是带着《生死场》原稿去见鲁迅的。鲁迅为她的书写了序,说明她是一匹良马。

鲁迅对她的帮助并非从这一篇序言开始,我们应该探索萧红创作之源。鲁迅以自身开辟的文学道路,包括创作和译作,教育了萧红,这对她才是最大的帮助。

我现在读着萧红的作品,就常常看到和想到,她吸取的一直是鲁门的乳汁。其中有鲁迅散文的特色,鲁迅所介绍的国外小说,特别是苏联十月革命时代的聂维洛夫、绥甫琳娜等人短篇小说的特色。

但更重要的是她走在鲁迅开辟的现实主义道路上。她对时代是有浓烈的情感的,她对周围现实的观察是深刻的,体贴入微的,她对国家民族,是有强烈的责任感的。但她不作空洞的政治呼喊,不制造虚假的生活模型。她所写的,都是她乡土的故事。文学创作虚假编造,虽出自革命的动机,尚不能久存,况并非为了大众,贪图私利者所为乎。

萧红的创作生活,开始于一九三三年,而其对文学发生兴趣,则从一九二九年开始。此时,苏联文学中左的倾向正受批判。同路人文学,开始介绍到中国来。鲁迅、曹靖华、瞿秋白等人翻译的《竖琴》和《一天的工作》两书,其中同路人作品占很大比重。同路人作家同情十月革命,有创作经验,注意技巧,继承俄国现实主义传统。他们描写革命的现实,首先通过对现实生活的描述。较之当时一些党员作家,只注意政治内容,把文艺当作单纯的宣传手段者,感人更深,对革命也更有益。在我国,一九三〇年以后,经过鲁迅和太阳社的论战,文艺创作也渐渐走上踏实的、注意反映现实生活的道路。不久,鲁迅等人创办译文杂志,进一步又介绍了普希金以下国外现实主义的古典著作,大大开拓了中国文学青年的视野,并有了营养丰富的食品。萧红的作品明显地受到同路人作家的影响,她一开始,就表现了深刻反映现实的才能。当然,她的道路,也可能有因为不太关心政治,缺少革命生活的实践和锻炼,在失去与广大人民共同吐纳的机会以后,就感到了孤寂,加深了忧郁,反映在作品中,甚至影响了她的生命。

"五四"以来,中国的女作家,在文坛之上,一呈身形,而立即被广大青年群起膜拜于裙下者,厥有三人:冰心、丁玲、萧红。当然,这与其说是追慕女作家,不如说是追慕进步思想,追慕革命。冰心崛起京华,乃"五四"启蒙运动的产物;丁玲崛起湖南,乃第一次国内革命战争的产物;萧红崛起哈尔滨,乃东北沦陷、民族危难深重时期的产物。时代变革之时,总是要产生它的歌手的。多难兴邦,济济多士。伟大的时代,在暴风雨中,产生海燕之歌,产生伟大的作家。太平盛世,多靡靡之音。这是文学历史上的常见现象。但像"文化大革命"这样人为的、祸国殃民的所谓"革命",是不会也不能陶铸出它自己的"作家"来的,有之,则将是批判的现实主义作品。

现在是八十年代,我读着萧红写于三十年代之初的作品。她所写的生活,她的行文的语法,多少有些陌生了。但它究竟使我回忆起冰天雪地、八年抗战,使我想起了多少仁人志士前仆后继的牺牲,使我记起《大刀进行曲》的雄壮歌声。但在我的周围,四邻八家的青年们,正在用录音机大声地、翻来覆去地,无止无休地,播送着三十年代为革命青年所不齿的《桃花红》《毛毛雨》。就是听到重播的革命歌曲,也不复是当年的气派。才知道任何文艺作品,离开了那个时代,没有共同的感情,就只能领略其毛皮而已。以上种种,真使我废卷叹息,不胜今昔之感了。

中国封建历史悠久,女作家寥若晨星,而对于她们的作品,特别是有关她们的身世,评论界多不实之词。有庸俗的作家,就有庸俗的批评家。但对于像萧红这样革命而严肃的现实主义作家,那种习惯于把捧作家和捧戏子同等看待的无聊之辈,是不敢轻易佛头着粪的。

萧红可爱之处,在于写作态度赤诚,不作自欺欺人之谈。其作品的魅力,也可以说止于此了。评论家最好也作如是想,要正心诚意。有些评论家,几十年来,常常要求作家创造"新的人",但想来想去,究竟不明白他们所要求的新人,是何等样人?而他们所称许的作品中的新人,又常常不见于中国的现实生活,却见于外国人的几十年前的小说。如此人物,可得称为新人乎?

萧红小说中的人物,现在看起来,当然不能说是新人,但这些人物,尤其是令人信服的现实基础,真实的形象,曾经存在于中国历史画幅之上,今天还使人有新鲜之感。她所创造的人物,就比那些莫须有的新人,更有价值了。

真正的善恶之分,是没有历史局限的。人亦如此。忘我无私,勤劳勇敢,自是我们民族的美德所在。具此特点,为今天的事业工作,则为新人。难道还有什么离开历史,离开固有道德,专等作家凭空撰写的新人吗?

远处屋顶上有一个风标,不断转移。那是随风向转移。星斗在夜间看来,也在转移。然有时转移者非星斗,乃观者本身。有些评论之论点多变,见利而趋,可作如是观。

中国女作家少,历史观之,死于压迫者寡,败于吹捧者多。初有好土壤而后无佳气候,花草是不容易成活壮大的。自身不能严格要求,孤标自赏,生态也容易不良。一代英秀如萧红,细考其身世下场,亦不胜惆怅之感。

萧红最好的作品,取材于童年的生活印象,在这些作品里,不断写到鸡犬牛羊,蚊蝇蝴蝶,草堆柴垛,以加深对当地生活的渲染。这也是三十年代,翻译过来的苏联小说中常见的手法。萧红受中国传统小说影响不大,她的作品,一开始就带有俄罗斯现实主义文学的味道,加上她的细腻笔触,真实的情感,形成自己的文字格调。初读有些生涩,但因其内在力大,还是很能吸引人。她有时变化词的用法,常常使用叠句,都使人有新鲜感。她初期的作品,虽显幼稚,但成功之处也就在天真。她写人物,不论贫富美丑,不落公式,着重写他们的原始态性,但每篇的主题,是有革命的倾向的。不想成为作家,注入全部情感,投入全部力量的处女之作,较之为写作而写作,以写作为名利之具,常常具有一种不能同日而语的天然的美质。这一点,确是文字生涯中的一种奥秘。

脚踏实地,为时代添一砖一瓦,与人民同呼吸共甘苦,有见解有理想,有所体验,然后才能谈到创作。假若冒充时代的英雄豪杰,窃取外国人的一鳞半甲,今日装程朱,明日扮娼盗,以迎合时好,猎取声名,如此为人,尚且不可,如此创作,就更不可取了。严霜时,菽粟残伤;春暖时,蔓草滋长。文章的命运,是有很大的天时地利的不同的。

一九八一年八月三十日改讫

乡里旧闻

梦中海迷还乡路，
愈知晚途念桑梓。

——书衣文录

度 春 荒

我的家乡，邻近一条大河，树木很少，经常旱涝不收。在我幼年时，每年春季，粮食很缺，普通人家都要吃野菜树叶。春天，最早出土的，是一种名叫老鸹锦的野菜，孩子们带着一把小刀，提着小篮，成群结队到野外去，寻觅剜取像铜钱大小的这种野菜的幼苗。

这种野菜，回家用开水一泼，搀上糠面蒸食，很有韧性。

与此同时出土的是苣苣菜，就是那种有很白嫩的根，带一点苦味的野菜。但是这种菜，不能当粮食吃。

以后，田野里的生机多了，野菜的品种，也就多了。有黄须菜，有扫帚苗，都可以吃。春天的麦苗，也可以救急，这是要到人家地里去偷来。

到树叶发芽，孩子们就脱光了脚，在手心吐些唾沫，上到树上去。榆叶和榆钱，是最好的菜。柳芽也很好。在大荒之年，我吃过杨花。就是大叶杨春天抽出的那种穗子一样的花。这种东西,是不得已而吃之,并且很费事,要用水浸好几遍,再上锅蒸,味道是很难闻的。

在春天,田野里跑着无数的孩子们,是为饥饿驱使,也为新的生机驱使,他们漫天漫野地跑着,寻视着,欢笑并打闹,追赶和竞争。

春风吹来,大地苏醒,河水解冻,万物孳生,土地是松软的,把孩子们的脚埋进去,他们仍然欢乐地跑着,并不感到跋涉。

清晨,还有露水,还有霜雪,小手冻得通红,但不久,太阳出来,就感到很暖和,男孩子们都脱去了上衣。

为衣食奔波,而不大感到愁苦的,只有童年。

我的童年,虽然也常有兵荒马乱,究竟还没有遇见大灾荒,像我后来从历史书上知道的那样。这一带地方,在历史上,特别是新旧五代史上记载,人民的遭遇是异常悲惨的。因为战争,因为异族的侵略,因为灾荒,一连很多年,在书本上写着:人相食;析骨而焚;易子而食。

战争是大灾荒、大瘟疫的根源。饥饿可以使人疯狂,可以使人死亡,可以使人恢复兽性。曾国藩的日记里,有一页记的是太平天国战争时,安徽一带的人肉价目表。我们的民族,经历了比噩梦还可怕的年月!

日本帝国主义的侵略,以战养战,三光政策,是很野蛮很残酷的。但是因为共产党记取历史经验,重视农业生产,村里虽然有那么多青年人出去抗日,每年粮食的收成,还是能得到保证。党在这一时期,在农村实行合理负担的政策。地主富农,占有大部分土地,虽然对这种政策,心里有些不满,他们还是积极经营的。抗日期间,我曾住在一家地主家里,他家的大儿子对我说:"你们在前方努力抗日,我们在后方努力碾米。"

在八年抗日战争中，我们成功地避免了"大兵之后，必有凶年"的可怕遭遇，保证了抗日战争的胜利。

一九七九年十二月

凤 池 叔

凤池叔就住我家的前邻。在我幼年时，他盖了三间新的砖房。他有一个叔父，名叫老亭。在本地有名的联庄会和英法联军交战时，他伤了一只眼，从前线退了下来，小队英国兵追了下来，使全村遭了一场浩劫，有一名没有来得及逃走的妇女，被鬼子轮奸致死。这位妇女，死后留下了不太好的名声，村中的妇女们说：她本来可以跑出去，可是她想发洋人的财，结果送了命。其实，并不一定是如此的。

老亭受了伤，也没有留下什么英雄的称号，只是从此名字上加了一个字，人们都叫他瞎老亭。

瞎老亭有一处宅院，和凤池叔紧挨着，还有三间土坯北房。他为人很是孤独，从来也不和人们来往。我们住得这样近，我也不记得在幼年时，到他院里玩耍过，更不用说到他的屋子里去了。我对他那三间住房，没有丝毫的印象。

但是，每逢从他那低矮颓破的土院墙旁边走过时，总能看到，他那不小的院子里，原是很吸引儿童们的注意的。他的院里，有几棵红枣树，种着几畦瓜菜，有几只鸡跑着，其中那只大红公鸡，特别雄壮而美丽，不住声趾高气扬地啼叫。

瞎老亭总是一个人坐在他的北屋门口。他呆呆地直直地坐着，坏了的一只眼睛紧紧闭着，面容愁惨，好像总在回忆什么不愉快的事。这种形态，儿童们一见，总是有点害怕的，不敢去接近他。

我特别记得，他的身旁，有一盆夹竹桃，据说这是他最爱惜的东西。这是稀有植物，整个村庄，就他这院里有一棵，也正因为有这一棵，使我很早就认识了这种花树。

村里的人，也很少有人到他那里去。只有他前邻的一个寡妇，常到他那里，并且半公开的，在夜间和他做伴。

这位老年寡妇，毫不隐讳地对妇女们说：

"神仙还救苦救难哩，我就是这样，才和他好的。"

瞎老亭死了以后，凤池叔以亲侄子的资格，继承了他的财产。拆了那三间土坯北房，又添上些钱，在自己的房基上，盖了三间新的砖房。那时，他的母亲还活着。

凤池叔是独生子，他的父亲是怎样一个人，我完全不记得，可能死得很早。凤池叔长得身材高大，仪表非凡，他总是穿着整整齐齐的长袍，步履庄严地走着。我时常想，如果他的运气好，在军队上混事，一定可以带一旅人或一师人。如果是个演员，扮相一定不亚于武生泰斗杨小楼那样威武。

可是他的命运不济。他一直在外村当长工。行行出状元，他是远近知名的长工：不只力气大，农活精，赶车尤其拿手。他赶几套的骡马，总是有条不紊，他从来也不像那些粗劣的驭手，随便鸣鞭、吆喝，以至虐待折磨牲畜。他总是若无其事地把鞭子抱在袖筒里，慢条斯理地抽着烟，不动声色，就完成了驾驭的任务。这一点，是很得地主们的赏识的。

但是，他在哪一家也呆不长久，最多二年。这并不是说他犯有那种毛病：一年勤，二年懒，三年就把当家的管。主要是他太傲慢，从不低声下气。另外，车马不讲究他不干，哪一个牲口不出色，不依他换掉，他也不干。另外，活当然干得出色，但也只是大秋大麦之时，其余时间，他好参与赌博，交结妇女。

因此，他常常失业家居。有一年冬天，他在家里闲着，年景又

不好,村里的人都知道他没有吃的了,有些本院的长辈,出于怜悯问他:

"凤池,你吃过饭了吗?"

"吃了!"他大声地回答。

"吃的什么?"

"吃的饺子!"

他从来也不向别人乞求一口饭,并绝对不露出挨饥受饿的样子,也从不偷盗,穿着也从不减退。

到过他的房间的人,知道他是家徒四壁,什么东西也卖光了的。

不知从哪里来了一个女的,藏在他的屋里,最初谁也不知道。一天夜间,这个妇女的本夫带领一些乡人,找到这里,破门而入。凤池叔从炕上跃起,用顶门大棍,把那个本夫,打了个头破血流,一群人慑于威势,大败而归,沿途留下不少血迹。那个妇女也呆不住,从此不知下落。

凤池叔不久就卖掉了他那三间北房。土改时,贫民团又把这房分给了他。在他死以前,他又把它卖掉了,才为自己出了一个体面的、虽属光棍但谁都乐于帮忙的殡,了此一生。

一九七九年十二月

干 巴

在这个小小的村庄里,干巴要算是最穷最苦的人了。他的老婆,前几年,因为产后没吃的死去了,留下了一个小孩。最初,人们都说是个女孩,并说她命硬,一下生就把母亲克死了。过了两三年,干巴对人们说,他的孩子不是女孩,是个男孩,并给他起了个名字,叫小变儿。

干巴好不容易按照男孩子把他养大,这孩子也渐渐能帮助父亲做些事情了。他长得矮弱瘦小,可也能背上一个小筐,到野地里去拾些柴禾和庄稼了。其实,他应该和女孩子们一块去玩耍、工作。他在各方面,都更像一个女孩子。但是,干巴一定叫他到男孩子群里去。男孩子是很淘气的,他们常常跟小变儿起哄,欺侮他:

"来,小变儿,叫我们看看,又变了没有?"

有时就把这孩子逗哭了。这样,他的性情、脾气,在很小的时候,就发生了变态:孤僻,易怒。他总是一个人去玩,到其他孩子不乐意去的地方拾柴、捡庄稼。

这个村庄,每年夏天,好发大水,水撒了,村边一些沟里、坑里,水还满满的。每天中午,孩子们好聚到那里凫水,那是非常高兴和热闹的场面。

每逢小变儿走近那些沟坑,在其中游泳的孩子们,就喊:

"小变儿,脱了裤子下水吧!来,你不敢脱裤子!"

小变儿就默默地离开了那里。但天气实在热,他也实在愿意到水里去洗洗玩玩。有一天,人们都回家吃午饭了,他走到很少有人去的村东窑坑那里,看看四处没人,脱了衣服跳进去。这个坑的水很深,一下就没了顶,他喊叫了两声,没有人听见,这个孩子就淹死了。

这样,干巴就剩下孤身一人,没有了儿子。

他现在什么也没有了,他没有田地,也可以说没有房屋,他那间小屋,是很难叫作房屋的。他怎样生活?他有什么职业呢?

冬天,他就卖豆腐,在农村,这几乎可以不要什么本钱。秋天,他到地里拾些黑豆、黄豆,即使他在地头地脑偷一些,人们都知道他寒苦,也都睁一个眼,闭一个眼,不忍去说他。

他把这些豆子,做成豆腐,每天早晨挑到街上,敲着梆子,顾客都是拿豆子来换，很快就卖光了。自己吃些豆腐渣，这个冬天，也就过去了。

在村里，他还从事一种副业，也可以说是业余的工作。那时代，农村的小孩子，死亡率很高。有的人家，连生五六个，一个也养不活。不用说那些大病症，比如说天花、麻疹、伤寒，可以死人；就是这些病症，比如抽风、盲肠炎、痢疾、百日咳，小孩子得上了，也难逃个活命。

母亲们看着孩子死去了，掉下两点眼泪，就去找干巴，叫他帮忙把孩子埋了去。干巴赶紧放下活计，背上铁铲，来到这家，用一片破炕席或一个破席锅盖，把孩子裹好，夹在腋下，安慰母亲一句：

"他婶子，不要难过。我把他埋得深深的，你放心吧！"

就走到村外去了。

其实，在那些年月，母亲们对死去一个不成年的孩子，也不很伤心，视若平常。因为她们在生活上遇到的苦难太多，孩子们累得她们也够受了。

事情完毕，她们就给干巴送些粮食或破烂衣服去，酬谢他的帮忙。

这种工作，一直到干巴离开人间，成了他的专利。

一九七九年十二月

木匠的女儿

这个小村庄的主要街道，应该说是那条东西街，其实也不到半里长。街的两头，房舍比较整齐，人家过得比较富裕，接连几户都是大梢门。

进善家的梢门里，分为东西两户，原是兄弟分家，看来过去的日子,是相当势派的,现在却都有些没落了。进善的哥哥,幼年时念了几年书,学得文不成武不就,种庄稼不行,只是练就一笔好字,村里有什么文书上的事,都是求他。也没有多少用武之地,不过红事喜帖,白事丧榜之类。进善幼年就赶上日子走下坡路,因此学了木匠,在农村,这一行业也算是高等的,仅次于读书经商。

他是在束鹿旧城学的徒。那里的木匠铺,是远近几个县都知名的,专做嫁妆活。凡是地主家聘姑娘,都先派人丈量男家居室,陪送木器家具。只有内间的叫作半套,里外两间都有的叫作全套。原料都是杨木,外加大漆。

学成以后,进善结了婚,就回家过日子来了。附近村庄人家有些零星木活,比如修整梁木、打做门窗、成全棺材,就请他去做,除去工钱,饭食都是好的,每顿有两盘菜,中午一顿还有酒喝。闲时还种几亩田地,不误农活。

可是,当他有了一儿一女以后,他的老婆因为过于劳累,得肺病死去了。当时两个孩子还小,请他家的大娘带着,过不了几年,这位大娘也得了肺病,死去了。进善就得自己带着两个孩子,这样一来,原来很是精神利索的进善,就一下变得愁眉不展,外出做活也不方便,日子也就越来越困难了。

女儿是头大的,名叫小杏。当她还不到十岁,就帮着父亲做事了,十四五岁的时候,已经出息得像个大人。长得很俊俏,眉眼特别秀丽,有时在梢门口大街上一站,身边不管有多少和她年岁相仿的女孩儿们,她的身条容色,都是特别引人注目的。

贫苦无依的生活,在旧社会,只能给女孩子带来不幸。越长得好,其不幸的可能就越多。她们那幼小的心灵,先是向命运之神应战,但多数终归屈服于它。在绝望之余,她从一面小破镜中,看到了自己的容色,她现在能够仰仗的只有自己的青春。

她希望能找到一门好些的婆家,但等她十七岁结了婚,不只丈夫不能叫她满意,那位刁钻古怪的婆婆,也实在不能令人忍受。她上过一次吊,被人救了下来,就长年住在父亲家里。

虽然这是一个不到一百户的小村庄,但它也是一个社会。它有贫穷富贵,有尊荣耻辱,有士农工商,有兴亡成败。

进善常去给富裕人家做活,因此结识了那些人家的游手好闲的子弟。其中有一家在村北头开油坊的少掌柜,他常到进善家来,有时在夜晚带一瓶子酒和一只烧鸡,两个人喝着酒,他撕一些鸡肉叫小杏吃。不久,就和小杏好起来。赶集上庙,两个人约好在背静地方相会,少掌柜给她买个烧饼裹肉,或是买两双袜子送给她。虽说是少女的纯洁,虽说是廉价的爱情,这里面也有倾心相与,也有引诱抗拒,也有风花雪月,也有海誓山盟。

女人一旦得到依靠男人的体验,胆子就越来越大,羞耻就越来越少。就越想去依靠那钱多的,势力大的,这叫作一步步往上依靠,灵魂一步步往下堕落。

她家对门有一位在县里当教育局长的,她和他靠上了,局长回家,就住在她家里。

一九三七年,这一带的国民党政府逃往南方,局长也跟着走了。成立了抗日县政府,组织了抗日游击队。抗日县长常到这村里来,有时就在进善家吃饭住宿。日子长了,和这一家人都熟识了,小杏又和这位县长靠上,她的弟弟给县长当了通讯员,背上了盒子枪。

一九三八年冬天,日本人占据了县城。屯集在河南省的国民党军队张荫梧部,正在实行"曲线救国",配合日军,企图消灭八路军。那位局长,跟随张荫梧多年了,有一天,又突然回到了村里。他回到村庄不多几天,县城的日军和伪军,"扫荡"了这个村庄,把全村的男女老少集合到大街上,在街头一棵槐树上,烧死了抗日村长。日本人在各家搜索时,在进善的女儿房中,搜出一件农村少有的雨衣，就吊打小杏，小杏说出是那位局长穿的，日本人就不再追究，回县城去了。日本人走时，是在黄昏，人们惶惶不安地刚吃过晚饭，就听见街上又响起枪来。随后，在村东野外的高沙岗上，传来了局长呼救的声音。好像他被绑了票，要乡亲们快凑钱搭救他。深夜，那声音非常凄厉。这时，街上有几个人影，打着灯笼，挨家挨户借钱，家家都早已插门闭户了。交了钱，并没得买下局长的命，他被枪毙在高岗之上。

有人说，日本这次"扫荡"，是他勾引来的，他的死刑是"老八"执行的。他一回村，游击组就向上级报告了。可是，如果他不是迷恋小杏，早走一天，可能就没事……

日本人四处安插据点，在离这个村庄三里地的子文镇，盖了一个炮楼，形势一天比一天紧张，我们的主力西撤了。汉奸活跃起来，抗日政权转入地下，抗日县长，只能在夜间转移。抗日干部被捕的很多，有的叛变了。有人在夜里到小杏家，找县长，并向他劝降。这位不到二十岁的县长，本来是个纨绔子弟，经不起考验，但他不愿明目张胆地投降日本，通过亲戚朋友，到敌占区北平躲身子去了。

小杏的弟弟，经过一些坏人的引诱怂恿，带着县长的两支枪，投降了附近的炮楼，当了一名伪军。他是个小孩子，每天在炮楼下站岗，附近三乡五里，都认识他，他却坏下去得很快，敲诈勒索，以至奸污妇女。他那好吃懒做的大伯，也仗着侄儿的势力，在村中不安分起来。在一九四三年以后，根据地形势稍有转机时，八路军夜晚把他掏了出来，枪毙示众。

小杏在二十九岁上，经历了这些生活感情上的走马灯似的动乱、打击，得了她母亲那样致命的疾病，不久就死了。她是这个小小村庄的一代风流人物。在烽烟炮火的激荡中，她几乎还没有来得及觉醒，她的花容月貌，就悄然消失，不会有人再想到她。

进善也很快就老了。但他是个乐天派，并没有倒下去。一九四五年，抗日战争胜利，县里要为死难的抗日军民兴建一座纪念塔，在四乡搜罗能工巧匠。虽然他是汉奸家属，但本人并无罪行。村里推荐了他，他很高兴地接受了雕刻塔上飞檐门窗的任务。这些都是木工细活，附近各县，能有这种手艺的人，已经很稀少了。塔建成以后，前来游览的人，无不对他的工艺啧啧称赞。

工作之暇，他也去看了看石匠们，他们正在叮叮当当，在大石碑上，镌刻那些抗日烈士的不朽芳名。

回到家来，他孤独一人，不久就得了病，但人们还常见他挂着一根木棍出来，和人们说话。不久，村里进行土地改革，他过去相好的那些人，都被划成地主或富农，他也不好再去找他们。又过了两年，才死去了。

一九八〇年九月二十一日晨

老　刁

老刁，河北深县人。他从小在外祖父家长大，外祖父家是安平县。他在保定育德中学读书时，就把安平人引为同乡。我比他低两年级，他对幼小同乡，尤其热情。他有一条腿不大得劲，长得又苍老，那时人们就都叫他老刁。

他在育德中学的师范班毕业以后，曾到安新冯村，教过一年书，后来到北平西郊的黑龙潭小学教书。那时我正在北平失业，曾抱着一本新出版的《死魂灵》，到他那里住了两天。

有一年暑假，我们为了找职业都住在保定母校的招待楼里，那是一座碉堡式的小楼。有一天，他同另一位同学出去，回来时，非常张皇，说是看见某某同学被人捕去了。那时捕去的学生，都是共产党。

过了几年，爆发了抗日战争。一九三九年春天，我同陈肇同志，要过路西去，在安平县西南地区，遇到了他。当听说他是安平县的"特委"时，我很惊异。我以为他还在北平西郊教书，他怎么一下子弄到这么显赫的头衔。那时我还不是党员，当然不便细问。因为过路就是山地，我同老陈把我们骑来的自行车交给他，他给了我们一人五元钱，可见他当时经济上的困难。

那一次，我只记得他说了一句：

"游击队正在审人打人，我在那里坐不住。"

敌人占了县城，我想可能审讯的是汉奸嫌疑犯吧。

一九四一年，我从山地回到冀中。第二年春季，我又要过路西去，在七地委的招待所，见到了他。当时他好像很不得意，在我的住处坐了一会儿就走了。这也使我很惊异，怎么他一下又变得这么消沉？

一九四六年夏天，抗日战争早已结束，我住在河间临街的一间大梢门洞里。有一天下午，我正在街上闲立着，从西面来了一辆大车，后面跟着一个人，脚一拐一拐的，一看正是老刁。我把他拦请到我的床位上，请他休息一下。记得他对我说，要找一个人，给他写个历史证明材料。他问我知道不知道安志诚先生的地址，安先生原是我们中学时的图书馆管理员。我说，我也不知道他的住处，他就又赶路去了，我好像也忘记问他，是要到哪里去。看样子，他在一直受审查吗？

又一次我回家，他也从深县老家来看我，我正想要和他谈谈，正赶上我母亲那天叫磨扇压了手，一家不安，他匆匆吃过午饭就告辞了。我往南送他二三里路，他的情绪似乎比上两次好了一些。他说县里可能分配他工作。后来听说，他在县公安局三股工作，我不知道公安局的分工细则，后来也一直没有见过他。没过两年，就听说他去世了。也不过四十来岁吧。

我的老伴对我说过，抗日战争时期，我不在家，有一天老刁到村里来了，到我家看了看，并对村干部们说，应该对我的家庭，有些照顾。他带着一个年轻女秘书，老刁在炕上休息，头枕在女秘书的大腿上。老伴说完笑了笑。一九四八年，我到深县县委宣传部工作。县里开会时，我曾托区干部对老刁的家庭，照看一下。我还曾路过他的村庄，到他家里去过一趟。院子里空荡荡的，好像并没有找到什么人。

事隔多年，我也行将就木，觉得老刁是个同学又是朋友，常常想起他来，但对他参加革命的前前后后，总是不大清楚，像一个谜一样。

一九八〇年九月二十一日晚

菜　虎

东头有一个老汉，个儿不高，膀乍腰圆，卖菜为生。人们都叫他菜虎，真名字倒被人忘记了。这个虎字，并没有什么恶意，不过是说他以菜为衣食之道罢了。他从小就干这一行，头一天推车到滹沱河北种菜园的村庄趸菜，第二天一早，又推上车子到南边的集市上去卖。因为南边都是旱地种大田，青菜很缺。

那时用的都是独木轮高脊手推车，车两旁捆上菜，青枝绿叶，远远望去，就像一个活的菜畦。

一车水菜分量很重，天暖季节他总是脱掉上衣，露着油黑的身子，把襻带套在肩上。遇见沙土道路或是上坡，他两条腿叉开，弓着身子，用全力往前推，立时就是一身汗水。但如果前面是硬整的平路，他推得就很轻松愉快了，空行的人没法赶过他去。也不知道他怎么弄的,那车子发出连续的有节奏的悠扬悦耳的声音,——吱扭——吱扭——吱扭扭——吱扭扭。他的臀部也左右有节奏地摆动着。这种手推车的歌,在我幼年的记忆中,留下了深刻的印象。这是田野里的音乐,是道路上的歌,是充满希望的歌。有时这种声音,从几里地以外就能听到。他的老伴,坐在家里,这种声音从离村很远的路上传来。有人说,菜虎一过河,离家还有八里路,他的老伴就能听见他推车的声音,下炕给他做饭,等他到家,饭也就熟了。在黄昏炊烟四起的时候,人们一听到这声音,就说:"菜虎回来了。"

有一年七月,滹沱河决口,这一带发了一场空前的洪水,庄稼全都完了,就是半生半熟的高粱,也都冲倒在地里,被泥水浸泡着。直到九、十月间,已经下过霜,地里的水还没有撤完,什么晚庄稼也种不上,种冬麦都有困难。这一年的秋天,颗粒不收,人们开始吃村边树上的残叶,剥下榆树的皮,到泥里水里捞泥高粱穗来充饥,有很多小孩到撤过水的地方去挖地梨,还挖一种泥块,叫作"胶泥沉儿",是比胶泥硬,颜色较白的小东西,放在嘴里吃。这原是营养植物的,现在用来营养人。

人们很快就干黄干瘦了,年老有病的不断死亡,也买不到棺木,都用席子裹起来,找干地方暂时埋葬。

那年我七岁,刚上小学,小学也因为水灾放假了,我也整天和孩子们到野地里去捞小鱼小虾,捕捉蚂蚱、蝉和它的原虫,寻找野菜,寻找所有绿色的、可以吃的东西。常在一起的,就有菜虎家的一个小闺女,叫作盼儿的。因为她母亲有痨病,长年喘嗽,这个小姑娘长得很瘦小,可是她很能干活,手脚利索,眼快;在这种生活竞争的场所,她常常大显身手,得到较多较大的收获,这样就会有争夺,比如一个蚂蚱、一棵野菜,是谁先看见的。

孩子们不懂事,有时问她:

"你爹叫菜虎,你们家还没有菜吃?还挖野菜?"

她手脚不停地挖着土地,回答:

"你看这道儿,能走人吗?更不用说推车了,到哪里去趸菜呀?一家人都快饿死了!"

孩子们听了,一下子就感到确实饿极了,都一屁股坐在泥地上,不说话了。

忽然在远处高坡上,出现了几个外国人,有男有女,男的穿着中国式的长袍马褂,留着大胡子,女的穿着裙子,披着金黄色的长发。

"鬼子来了。"孩子们站起来。

作为庚子年这一带义和团抗击洋人失败的报偿,外国人在往南八里地的义里村,建立了一座教堂,但这个村庄没有一家在教。现在这些洋人是来视察水灾的。他们走了以后,不久在义里村就设立了一座粥厂。村里就有不少人到那里去喝粥了。

又过了不久,传说菜虎一家在了教。又有一天,母亲回到家来对我说:

"菜虎家把闺女送给了教堂,立时换上了洋布衣裳,也不愁饿死了。"

我当时听了很难过,问母亲:

"还能回来吗?"

"人家说,就要带到天津去呢,长大了也可以回家。"母亲回答。

可是直到我离开家乡,也没见这个小姑娘回来过。我也不知道外国人一共收了多少小姑娘,但我们这个村庄确实就只有她一个人。

菜虎和他多病的老伴早死了。

现在农村已经看不到菜虎用的那种小车,当然也就听不到它那种特有的悠扬悦耳的声音了。现在的手推车都换成了胶皮轱辘,推动起来,是没有多少声音的。

一九八〇年九月二十九日晨

光 棍

幼年时,就听说大城市多产青皮、混混儿,斗狠不怕死,在茫茫人海中成为谋取生活的一种道路。但进城后,因为革命声势,此辈已销声敛迹,不能见其在大庭广众之中,行施其伎俩。十年动乱之期,流氓行为普及里巷,然已经"发迹变态",似乎与前所谓混混儿者,性质已有悬殊。

其实,就是在乡下,也有这种人物的。十里之乡,必有仁义,也必有歹徒。乡下的混混儿,名叫光棍。一般地,这类人幼小失去父母,家境贫寒,但长大了,有些聪明,不甘心受苦。他们先从赌博开始,从本村赌到外村,再赌到集市庙会。他们能在大戏台下,万人围聚之中,吆三喝四,从容不迫,旁若无人,有多大的输赢,也面不改色。当在赌场略略站住脚步,就能与官面上勾结,也可能当上一名巡警或是衙役。从此就可以包办赌局,或窝藏娼妓。这是顺利的一途。其在赌场失败者,则可以下关东,走上海,甚至报名当兵,在外乡流落若干年,再回到乡下来。

我的一个远房堂兄,幼年随人到了上海,做织布徒工。失业后,没有饭吃,他趸了几个西瓜到街上去卖,和人争执起来,他手起刀落,把人家头皮砍破,被关押了一个月。出来后,在上海青洪帮内,也就有了小小的名气。但他究竟是一个农民,家里还有一点点恒产,不到中年就回家种地,也娶妻生子,在村里很是安分。这是偶一尝试,又返回正道的一例,自然和他的祖祖辈辈的"门风"

有关。

在大街当中，有一个光棍名叫老索，他中年时官至县城的巡警，不久废职家居，养了一笼画眉。这种鸟儿，在乡下常常和光棍作伴，可能它那种霸气劲儿，正是主人行动的陪衬。

老索并不鱼肉乡里，也没人去招惹他。光棍一般地并不在本村为非作歹，因为欺压乡邻，将被人瞧不起，已经够不上光棍的称号。但是，到外村去闯光棍，也不是那么容易。相隔一里地的小村庄，有一个姓曹的光棍，老索和他有些输赢账。有一天，老索喝醉了，拿了一把捅猪的长刀，找到姓曹的门上。声言："你不还账，我就捅了你。"姓曹的听说，立时把上衣一脱，拍着肚脐说："来，照这个地方。"老索往后退了一步，说："要不然，你就捅了我。"姓曹的二话不说，夺过他的刀来就要下手。老索转身往自己村里跑，姓曹的一直追到他家门口。乡亲拦住，才算完事。从这一次，老索的光棍，就算"栽了"。

他雄心不死，他把希望寄托在下一代，他生了三个儿子，起名虎、豹、熊。姓曹的光棍穷得娶不上妻子，老索希望他的儿子能重新建立他失去的威名。

三儿子很早就得天花死去了，少了一个熊。大儿子到了二十岁，娶了一门童养媳，二儿子长大了，和嫂子不清不楚。有一天，弟兄两个打起架来，哥哥拿着一根粗大杠，弟弟用一把小鱼刀，把哥哥刺死在街上。在乡下，一时传言，豹吃了虎。村里怕事，仓促出了殡，民不告，官不究，弟弟到关东去躲了二年，赶上抗日战争，才回到村来。他真正成了一条光棍。那时村里正在成立农会，声势很大，村两头闹派性，他站在西头一派，有一天，在大街之上，把新任的农会主任，撞倒在地。在当时，这一举动，完全可以说成是长地富的威风，但一查他的三代，都是贫农，就对他无可奈何。我们有很长时期，是以阶级斗争代替法律的。他和嫂嫂同居，一直到得病死去。他嫂子现在还活着，有一年我回家，清晨路过她家的小院，看见她开门出来，风姿虽不及当年，并不见有什么愁苦。

这也是一种门风，老索有一个堂房兄弟名叫五湖。我幼年时，他在街上开小面铺，兼卖开水。他用竹簪把头发盘在头顶上，就像道士一样。他养着一匹小毛驴，就像大个山羊那么高，但鞍镫铃铛齐全，打扮得很是漂亮。我到外地求学，曾多次向他借驴骑用。

面铺的后边屋子里，住着他的寡嫂。那是一位从来也不到屋子外面的女人，她的房间里，一点光线也没有。她信佛，挂着红布围裙的迎门桌上，长年香火不断。这可能是避人耳目，也可能是忏悔吧。

据老年人说，当年五湖也是因为这个女人把哥哥打死的，也是到关东躲了几年，小毛驴就是从那里骑回来的。五湖并不像是光棍，他一本正经，神态岸然，倒像经过修真养性的人。乡人尝谓：如果当时有人告状，五湖受到法律制裁，就不会再有虎豹间的悲剧。

一九八〇年十月五日

外 祖 母 家

外祖母家是彪冢村，在滹沱河北岸，离我们家有十四五里路。当我初上小学，夜晚温书时，母亲给我讲过这样一个故事：母亲姐妹四人，还有两个弟弟，母亲是最大的。外祖父和外祖母，只种着三亩当来的地，一家八口人，全仗着织卖土布生活。外祖母、母亲、二姨，能上机子的，轮流上机子织布。三姨、四姨，能帮着经、纺的，就帮着经、纺。人歇马不歇，那张停放在外屋的木机子，昼夜不闲着，这个人下来吃饭，那个人就上去织。外祖父除种地外，每个集日（郎仁镇）背上布去卖，然后换回线子或是棉花，赚的钱就买粮食。

母亲说，她是老大，她常在夜间织，机子上挂一盏小油灯，每每织到鸡叫。她家东邻有个念书的，准备考秀才，每天夜里，大声念书，声闻四邻。母亲说，也不知道他念的是什么书，只听着隔几句，就"也"一声，拉的尾巴很长，也是一念就念到鸡叫。可是这个人念了多少年，也没有考中。正像外祖父一家，织了多少年布，还是穷一样。

母亲给我讲这个故事，当时我虽然不明白，其目的是为了什么，但给我留下很深的印象，一生也没有忘记。是鼓励我用功吗？好像也没有再往下说；是回忆她出嫁前的艰难辛苦的生活经历吧。

这架老织布机，我幼年还见过，烟熏火燎，通身变成黑色的了。

外祖父的去世，我不记得。外祖母去世的时候，我记得大舅父已经下了关东。二舅父十几岁上就和我叔父赶车拉脚。后来遇上一年水灾，叔父又对父亲说了一些闲话，我父亲把牲口卖了，二舅父回到家里，没法生活。他原在村里和一个妇女相好，女的见从他手里拿不到零用钱，就又和别人好去了。二舅父想不开，正当年轻，竟悬梁自尽。

大舅父在关东混了二十多年，快五十岁才回到家来。他还算是本分的，省吃俭用，带回一点钱，买了几亩地，娶了一个后婚，生了一个儿子。

大舅父在关外学会打猎，回到老家，他打了一条鸟枪，春冬两闲，好到野地里打兔子。他枪法很准，有时串游到我们村庄附近，常常从他那用破布口袋缝成的挂包里，掏出一只兔子，交给姐姐。母亲赶紧给他去做些吃食，他就又走了。

他后来得了抽风病。有一天出外打猎，病发了，倒在大道上，路过的人，偷走了他的枪支。他醒过来，又急又气，从此竟一病不起。

我记得二姨母最会讲故事，有一年她住在我家，母亲去看外祖母，夜里我哭闹，她给我讲故事，一直讲到母亲回来。她的丈夫，也下了关东，十几年后，才叫她带着表兄找上去。后来一家人，在那里落了户。现在已经是人口繁衍了。

一九八二年五月三十日

瞎　周

我幼小的时候，我家住在这个村庄的北头。门前一条南北大车道，从我家北墙角转个弯，再往前去就是野外了。斜对门的一家，就是瞎周家。

那时，瞎周的父亲还活着，我们叫他和尚爷。虽叫和尚，他的头上却留着一个"毛刷"，这是表示，虽说剪去了发辫，但对前清，还是不能忘怀的。他每天拿一个小板凳，坐在门口，默默地抽着烟，显得很寂寞。

他家的房舍，还算整齐，有三间砖北房，两间砖东房，一间砖过道，黑漆大门。西边是用土墙围起来的一块菜园，地方很不小。园子旁边，树木很多。其中有一棵臭椿树，这种树木虽说并不名贵，但对孩子们吸引力很大。每年春天，它先挂牌子，摘下来像花朵一样，树身上还长一种黑白斑点的小甲虫，名叫"椿象"，捉到手里，很好玩。

听母亲讲，和尚爷，原有两个儿子，长子早年去世了。次子就是瞎周。他原先并不瞎，娶了媳妇以后，因为婆媳不和，和他父亲分了家，一气之下，走了关东。临行之前，在庭院中，大喊声言：

"那里到处是金子，我去发财回来，天天吃一个肉丸的、顺嘴

175

流油的饺子，叫你们看看。"

谁知出师不利，到关东不上半年，学打猎，叫火枪伤了右眼，结果两只眼睛都瞎了。同乡们凑了些路费，又找了一个人把他送回来。这样来回一折腾，不只没有发了财，还欠了不少债，把仅有的三亩地，卖出去二亩。村里人都当作笑话来说，并且添油加醋，说哪里是打猎，打猎还会伤了自己的眼？是当了红胡子，叫人家对面打瞎的。这是他在家不行孝的报应，是生分畜类孩子们的样子！

为了生活，他每天坐在只铺着一张席子的炕上，在裸露的大腿膝盖上，搓麻绳。这种麻绳很短很细，是穿铜钱用的，就叫钱串儿。每到集日，瞎周拄上一根棍子，拿了搓好的麻绳，到集市上去卖了，再买回原麻和粮食。

他不像原先那样活泼了。他的两条眉毛，紧紧锁在一起，脑门上有一条直直立起的粗筋暴露着。他的嘴唇，有时咧开，有时紧紧闭着。有时脸上的表情像是在笑，更多的时候像是要哭。

他很少和人谈话，别人遇到他，也很少和他打招呼。

他的老婆，每天守着他，在炕的另一头纺线。他们生了一个男孩。岁数和我相仿。

我小时到他们屋里去过，那屋子里因为不常撩门帘，总有那么一种近于狐臭的难闻的味道。有个大些的孩子告诉我，说是如果在歇晌的时候，到他家窗前去偷听，可以听到他两口子"办事"。但谁也不敢去偷听，怕遇到和尚爷。

瞎周的女人，给我留下的印象，有些像鲁迅小说里所写的豆腐西施。她在那里站着和人说话，总是不安定，前走两步，又后退两步。所说的话，就是小孩子也听得出来，没有丝毫的诚意。她对人没有同情，只会幸灾乐祸。

和尚爷去世以前，瞎周忽然紧张了起来，他为这一桩大事，心神不安。父亲的产业,由他继承,是没有异议或纷争的。只是有一个细节,议论不定。在我们那里,出殡之时,孝子从家里哭着出来,要一手打幡,一手提着一块瓦,这块瓦要在灵前摔碎,摔得越碎越好。不然就会有许多说讲。管事的人们,担心他眼瞎,怕瓦摔不到灵前放的那块石头上,那会大杀风景,不吉利,甚至会引起哄笑。有人建议,这打幡摔瓦的事,就叫他的儿子去做。

瞎周断然拒绝了,他说有他在,这不是孩子办的事。这是他的职责,他的孝心,一定会感动上天,他一定能把瓦摔得粉碎。至于孩子,等他死了,再摔瓦也不晚。

他大概默默地做了很多次练习和准备工作,到出殡那天,果然,他一摔中的,瓦片摔得粉碎。看热闹的人们,几几乎忍不住要拍手叫好。瞎周心里的洋洋得意,也按捺不住,形之于外了。

他什么时候死去的,我因为离开家乡,就不记得了。他的女人现在也老了,也糊涂了。她好贪图小利,又常常利令智昏。有一次,她从地里拾庄稼回来,走到家门口,遇见一个人,抱着一只鸡,对她说:

"大娘,你买鸡吗?"

"俺不买。"

"便宜呀,随便你给点钱。"

她买了下来,把鸡抱到家,放到鸡群里面,又撒了一把米。

等到儿子回来,她高兴地说:

"你看,我买了一只便宜鸡。真不错,它和咱们的鸡,还这样合群儿。"

儿子过来一看说:

"为什么不合群?这原来就是咱家的鸡么!你遇见的是一个小偷。"

她的儿子,抗日刚开始,也干了几天游击队,后来一改编成八路军,就跑回来了。他在集市上偷了人家的钱,被送到外地去劳改了好几年。她的孙子,是个安分的青年农民,现在日子过得很好。

一九八二年五月三十一日上午续写毕

楞 起 叔

楞起叔小时,因没人看管,从大车上头朝下栽下来,又不及时医治——那时乡下也没法医治,成了驼背。

他是我二爷的长子。听母亲说,二爷是个不务正业的人,好喝酒,喝醉了就搬个板凳,坐在院里拉板胡,自拉自唱。

他家的宅院,和我家只隔着一道墙。从我记事时,楞起叔就给我一个好印象——他的脾气好,从不训斥我们。不只不训斥,还想方设法哄着我们玩儿。他会捕鸟,会编鸟笼子,会编蝈蝈葫芦,会结网,会摸鱼。他包管割坟草的差事,每年秋末冬初,坟地里的草衰白了,田地里的庄稼早就收割完了,蝈蝈都逃到那混杂着荆棘的坟草里,平常捉也没法捉,只有等到割草清坟之日,才能暴露出来。这时的蝈蝈很名贵,养好了,能养到明年正月间。

他还会弹三弦。我幼小的时候,好听大鼓书,有时也自编自唱,敲击着破升子底,当作鼓,两块破犁铧片当作板。楞起叔给我伴奏,就在他家院子里演唱起来。这是家庭娱乐,热心的听众只有三祖父一个人。

因为身体有缺陷,他从小就不能掏大力气,但田地里的锄耪收割,他还是做得很出色。他也好喝酒,二爷留下几亩地,慢慢他都卖了。春冬两闲，他就给赶庙会卖豆腐脑的人家，帮忙烙饼。

这种饭馆，多是联合营业。在庙会上搭一个长洞形的席棚。棚口，右边一辆肉车，左边一个烧饼炉。稍进就是豆腐脑大铜锅。棚子中间，并排放着一些方桌、板凳，这是客座。

楞起叔工作的地方，是在棚底。他在那里安排一个锅灶，烙大饼。因为身残，他在灶旁边挖好一个二尺多深的圆坑，像军事掩体，他站在里面工作，这样可以免得老是弯腰。

帮人家做饭，他并挣不了什么钱，除去吃喝，就是看戏方便。这也只是看夜戏，夜间就没人吃饭来了。他懂得各种戏文，也爱唱。

因为长年赶庙会，他交往了各式各样的人。后来，他又"在了理"，听说是一个会道门。有一年，这一带遭了大水，水撤了以后，地变碱了，道旁墙根，都泛起一层白霜。他联合几个外地人，在他家院子里安锅烧小盐。那时烧小盐是犯私的，他在村里人缘好，村里人又都朴实，没人给他报告。就在这年冬季，河北一个村庄的地主家，在儿子新婚之夜，叫人砸了明火。报到县里，盗贼竟是住在楞起叔家烧盐的人们。他们逃走了，县里来人把楞起叔两口子捉进牢狱。

在牢狱一年，他受尽了苦刑，冬天，还差点没有把脚冻掉。其实，他什么也没有得到，事前事后也不知情。县里把他放了出来，养了很久，才能劳动。他的妻子，不久就去世了。

他还是好喝酒，好赶集。一喝喝到日平西，人们才散场。然后，他拿着他那条铁棍，跟跟跄跄地往家走。如果是热天，在路上遇到一棵树，或是大麻子棵，他就倒在下面睡到天黑。逢年过节，要账的盈门，他只好躲出去。

他脾气好，又乐观，村里有人叫他老软儿，也有人叫他孙不愁。

他有一个儿子,抗日时期参了军。全国解放以后,楞起叔的生活是很好的。他死在邢台地震那一年,也享了长寿。

一九八二年五月三十一日下午

根雨叔

根雨叔和我们,算是近支。他家住在村西北角一条小胡同里,这条胡同的一头,可以通到村外。他的父亲弟兄两个,分别住在几间土甓北房里,院子用黄土墙围着,院里有几棵枣树,几棵榆树。根雨叔的伯父,秋麦常给人家帮工,是个老老实实的庄稼人,好像一辈子也没有结过婚。他浑身黝黑,又干瘦,好像古庙里的木雕神像,被烟火熏透了似的。根雨叔的父亲,村里人都说他脾气不好,我们也很少和他接近。听说他的心狠,因为穷,在根雨还很小的时候,就把他的妻子,弄到河北边,卖掉了。

民国六年,我们那一带,遭了大水灾,附近的天主教堂,开办了粥厂,还想出一种以工代赈的家庭副业,叫人们维持生活。清朝灭亡以后,男人们都把辫子剪掉了,把这种头发接结起来,织成网子,卖给外国妇女作发罩,很能赚钱。教会把持了这个买卖,一时附近的农村,几几乎家家都织起网罩来。所用工具很简单,操作也很方便,用一块小竹片作“制板”,再削一支竹梭,上好头发,街头巷尾,年轻妇女们,都在从事这一特殊的生产。

男人们管头发和交货。根雨叔有十几岁了,却和姑娘们坐在一起织网罩,给人一种男不男女不女的感觉。

人家都把辫子剪下来卖钱了,他却逆潮流而动,留起辫子来。他的头发又黑又密,很快就长长了。他每天精心梳理,顾影自怜,真的可以和那些大辫子姑娘们媲美了。

每天清早,他担着两只水筲,到村北很远的地方去挑水。一路上,他"咦——咦"地唱着,那是昆曲《藏舟》里的女角唱段。

不知为什么,织网罩很快又不时兴了。热热闹闹的场面,忽然收了场,人们又得寻找新的生活出路了。

村里开了一家面坊,根雨叔就又去给人家磨面了。磨坊里安着一座脚打罗,在那时,比起手打罗,这算是先进的工具。根雨叔从早到晚在磨坊里工作,非常勤奋和欢快。他是对劳动充满热情的人,他在这充满秽气,挂满蛛网,几乎经不起风吹雨打,摇摇欲坠的破棚子里,一会儿给拉磨的小毛驴扫屎填尿,一会儿拨磨扫磨,然后身靠南墙,站在罗床踏板上:

踢踢跶,踢踢跶,踢跶踢跶踢踢跶……筛起面来。

他的大辫子摇动着,他的整个身子摇动着,他的浑身上下都落满了面粉。他踏出的这种节奏,有时变化着,有时重复着,伴着飞扬洒落的面粉,伴着拉磨小毛驴的打嚏喷、撒尿声,伴着根雨叔自得其乐的歌唱,飘到街上来,飘到野外去。

面坊不久又停业了,他又给本村人家去打短工,当长工。三十岁的时候,他娶了一房媳妇,接连生了两个儿子。他的父亲嫌儿子不孝顺,忽然上吊死了。媳妇不久也因为吃不饱,得了疯病,整天蜷缩在炕角落里。根雨叔把大孩子送给了亲戚,媳妇也忽然不见了。人们传说,根雨叔把她领到远地方扔掉了。

从此,就再也看不见他笑,更听不到他唱了。土地改革时,他得到五亩田地,精神好了一阵子,二儿子也长大成人,娶了媳妇。但他不久就又沉默了。常和儿子吵架。冬天下雪的早晨,他也会和衣睡倒在村北禾场里。终于有一天夜里,也学了他父亲的样子,死去了,薄棺浅葬。一年发大水,他的棺木冲到下水八里外一个村庄,有人来报信,他的儿子好像也没有去收拾。

村民们说:一辈跟一辈,辈辈不错制儿。延续了两代人的悲剧,现在可以结束了吧?

一九八二年六月二日

玉 华 婶

　　玉华婶的娘家,离我们村只有十几里地,那里是三县交界的地方,在旧社会叫作"三不管地带",惯出盗案。据说玉华婶的父亲,就是一个有名的大盗,犯案以后,已经正法。她的母亲,长得非常丑陋,在村里却绰号"大出头"。我们那里的方言,凡是货郎小贩,出售货物,总是把最出色的一件,悬挂在货车上,叫作出头。比如卖馒头的,就挑一个又白又大的,用秫秸秆插起来,立在车子的前面。

　　俗话说,破窑里可能烧出好瓷器,她生了一个非常出色的女儿,就是说烧出了一件"窑变",使全村惊异,远近闻名。

　　这位小姑娘,十三四岁的时候,在街头一站,已经使那些名门闺秀黯然失色。到十六七岁的时候,出脱得更是出众,说绝世佳人,有些夸张,人人见了喜欢,却是事实。

　　正在这个年华,她的父亲落了这样一个结果,对她来说,当然是非常的不幸。她的母亲,好吃懒做,只会斗牌,赌注就放在身边女儿身上了。

　　县里的衙役,镇上的巡警,村里的流氓,都在这个姑娘身上打主意。

　　我家南邻是春瑞叔家。他的父亲,是个潦倒人,跑了半辈子宝局,下了趟关东,什么也没挣下,只好在家里开个小牌局。春瑞叔从小时,被送到外村,给人家放羊。每天背上点水,带块干粮,光着两只脚,在漫天野地里,追着喊着。天大黑了,才能回来,睡在羊圈里。现在三十上下了，还没有成亲。

他有一个姐姐，嫁在那个村庄，和大出头是近邻。看见这个小姑娘，长得这样好，眼下命运又不济，就想给自己的弟弟说说。她的口才很好，亲自上门，找小姑娘直接谈。今天不行，明天再去，不上十天半月，这门亲事，居然说成了。

为了怕坏人捣乱，没敢宣扬出去。娶亲那天，也没有坐花轿，没有动鼓乐，只是说串亲，坐上一辆牛车，就到了我们村里。又在别人家借了一间屋子，作为洞房。好在春瑞叔的父亲，是地方上的一个赌棍，有些头面，没有发生什么事情。

不久，把她母亲也接了来，在我们村落了户。从此，一老一少，一美一丑，就成了我们新的街坊邻居了。

像玉华婶这样的人物，论人才、口才、心计，在历史上，如果遇到机会，她可以成为赵飞燕，也可以成为武则天。但落到这个穷乡僻壤，也不过是织织纺纺，下地劳动。春瑞叔又没有多少地，于是玉华婶就同公爹，支持着家里那个小牌局。有时也下地拾柴挑菜，赶集做一些小买卖。她人缘很好，不管男女老少，都说得来，人们有什么话，也愿意和她去说。她家里是个闲话场。她很能交际，能陪男人喝酒、吸烟、打麻将。

我们年轻人都很爱她，敬她，也有些怕她，不敢惹她。有一年暑假，一天中午，我正在场院里树阴下看书，看见玉华婶从家里跑了出来。后面是她母亲哭叫着。再后面是春瑞叔，手里拿着一根顶门杠。玉华婶一声不响，跑进我家场院，就奔新打的洋井。井口直径足有五尺，她把腿一伸，出溜进去。我大喊救人，当人们捞她的时候，看到她用头和脚尖紧紧顶着井的两边，身子浮在水皮上，一口水也没喝。这种跳井，简直还比不上现在的跳水运动员，实在好笑。

但从此，春瑞叔也就不敢再发庄稼火，很怕她。因为跳井，即寻死觅活,究竟是人命关天的大事,非同小可。

去年,我回了一趟老家。玉华婶也老了。她有三房儿媳,都分着过。春瑞叔八十来岁了,但走起路来,还很快,这是年轻时放羊,给他带来的好处。

三房儿媳,都不听玉华婶的话,还和她对骂。春瑞叔也不替她说话。玉华婶一世英名,看来真要毁于一旦了。

她哭哭啼啼,向我诉苦。最后她对我说:

"大侄子,你走京串卫,识文断字,我问你一件事,什么叫打金枝?"

"《打金枝》是一出戏名,河北梆子就有的,你没有看过吗?"我说。

"没有。村里唱戏的时候,我忙着照应牌局,没时间去看。"玉华婶笑了,"这是我那三儿媳妇的爹对我说的。他说:你就没有看过打金枝吗? 我不知道这是一句什么话,又不好去问外人,单等你回来。"

"那不是一句坏话。"我说,"那可能是劝你不要管儿子媳妇间的闲事。"

随后,我把《打金枝》这出戏的剧情,给她介绍了一下。这一介绍,玉华婶火了,她大声骂道:

"就凭他们家,才三天半不要饭吃了,能出一根金枝? 我看是狗屎,擦屁股棍儿! 他成了皇帝,他要成了皇帝,我就是玉皇!"

我怕叫她的儿媳听见,又惹是非,赶紧往外努努嘴,托辞着出来了。玉华婶也知趣,就不再喊叫了。

一九八三年九月二日晨改讫

疤增叔

因为他生过天花，我们叫他疤增叔。堂叔一辈，还有一个名叫增的，这样也好区别。

过去，我们村的贫苦农民，青年时，心气很高，不甘于穷乡僻壤这种饥一顿饱一顿的生活，想远走高飞。老一辈的是下关东，去上半辈子回来，还是受苦，壮心也没有了。后来，是跑上海，学织布。学徒三年，回来时，总是穿一件花丝格棉袍，村里人称他们为上海老客。

疤增叔是我们村去上海的第一个人。最初，他也真的挣了一点钱，汇到家里，盖了三间新北屋，娶了一房很标致的媳妇。人人羡慕，后来经他引进，去上海的人，就有好几个。

疤增叔其貌不扬，幼小时又非常淘气，据老一辈说，他每天拉屎，都要到树杈上去。为人甚为精明，口才也好，见识又广。有一年寒假完了，我要回保定上学，他和我结伴，先到保定，再到天津，然后坐船到上海，这样花路费少一些。第一天，我们宿在安国县我父亲的店铺里。商店习惯，来了客人，总有一个二掌柜陪着说话。我在地下听着，疤增叔谈上海商业行情，头头是道，真像一个买卖人，不禁为之吃惊。

到了保定，我陪他去买到天津的汽车票，不坐火车坐汽车，也是为的省钱。买了明天的汽车票，疤增叔一定叫汽车行给写个字据：如果不按时间开车，要加倍赔偿损失。那时的汽车行，最好坑人骗钱，这又是他出门多的经验，使我非常佩服。

究竟他在上海干什么，村里也传说不一。有的说他给一家纺织厂当跑外，有的说他自己有几张机子，是个小老板。后来，经他引进到上海去的一个本家侄子回来，才透露了一点实情，说他有时贩卖白面（毒品），装在牙粉袋里，过关口时，就叫这个侄子带上。

不久，他从上海带回一个小老婆，河南人，大概是跑到上海去觅生活的，没有办法跟了他。也有人说，疤增叔的二哥，还在打光棍，托他给找个人，他给找了，又自己霸占了，二哥并因此生闷气而死亡。

又有一年，他从河南赶回几头瘦牛来，有人说他把白面藏在牛的身上，牛是白搭。究竟怎样藏法，谁也不知道。

后来，他就没挣回过什么，一年比一年潦倒，就不常出门，在家里做些小买卖。有时还卖虾酱，掺上很多高粱糁子。

家里娶的老伴，已经亡故。在上海弄回的女人，给他生了一个儿子，中间一度离异，母子回了河南，后来又找回来，现在已长大成人，出去工作了。

原来的房子，被大水冲塌，用旧砖垒了一间屋子，老两口就住在里面，谁也不收拾，又脏又乱。

一年春节，人们夜里在他家赌钱。局散了以后，老两口吵了起来，老伴把他往门外一推，他倒在地下就死了。

一九八三年九月三日

秋 喜 叔

秋喜叔的父亲，是个棚匠。家里有一捆一捆的苇席，一团一团的麻绳，一根大弯针，每逢庙会唱戏，他就被约去搭棚。

这老人好喝酒，有了生意，他就大喝。而每喝必醉，醉了以后，他从工作的地方，摇摇晃晃地走回来，进村就大骂，一直骂进家里。有时不进家，就倒在街上骂，等到老伴把他扶到家里，躺在炕上，才算完事。人们说，他是装的，借酒骂人，但从来没有人去拾这个碴儿，和他打架。

他很晚的时候，才生下秋喜叔。秋喜叔并无兄弟姐妹，从小还算是娇生惯养的，也上了几年小学。

十几岁的时候，秋喜叔跟着一个本家哥哥去了上海，学织布。不愿意干了，又没钱回不了家，就当了兵，从南方转到北方。那时我在保定上中学，有一天，他送来一条棉被，叫我放假时给他带回家里。棉被里里外外都是虱子，这可能是他在上海学徒三年的惟一剩项。第二天，又来了两个军人找我，手里拿着皮带，气势汹汹，听他们的口气，好像是秋喜叔要逃跑，所以先把被子拿出来。他们要我到火车站他们的连部去对证。那时这种穿二尺半的丘八大爷们，是不好对付的，我没有跟他们走。好在这是学校，他们也无奈我何。

后来，秋喜叔终于跑回家去，结了婚，生了儿子。抗日战争时，家里困难，他参加了八路军，不久又跑回来。

秋喜叔的个性很强，在农村，他并不愿意一锄一镰去种地，也不愿推车担担去做小买卖。但他也不赌博，也不偷盗。在村里，他年纪不大，辈分很高，整天道貌岸然，和谁也说不来，对什么事也看不惯。躲在家里，练习国画。土改时，他从我家拿去一个大砚台，我回家时，他送了一幅他画的"四破"，叫我赏鉴。

他的父亲早已去世，他这样坐吃山空，日子一天不如一天。家里地里的活儿，全靠他的老伴。那是一位任劳任怨，讲究三从四德的农村劳动妇女，整天蓬头垢面，钻在地里砍草拾庄稼。

秋喜叔也好喝酒，但是从来不醉。也好骂街，但比起他的父亲来，就有节制多了。

秋天，村北有些积水，他自制一根钓竿，从早到晚，坐在那里垂钓。其实谁也知道，那里面并没有鱼。

他的儿子长大了，地里的活也干得不错，娶了个媳妇，也很能劳动,眼看日子会慢慢好起来。谁知这儿子也好喝酒,脾气很劣,为了一点小事,砍了媳妇一刀,被法院判了十五年徒刑,押到外地去了。

从此,秋喜叔就一病不起,整天躺在炕上,望着挂满蛛网的屋顶,一句话也不说。谁也说不上他得的是什么病,三年以后才死去了。

一九八三年九月二日下午

大　根

岳父只有两个女儿,和我结婚的,是他的次女。到了五十岁,他与妻子商议,从本县河北一贫家,购置一妾,用洋三百元。当领取时,由长工用粪筐背着银元,上覆柴草,岳父在后面跟着。到了女家,其父当场点数银元,并一一当当敲击,以视有无假洋。数毕,将女儿领出,毫无悲痛之意。岳父恨其无情,从此不许此妾归省。有人传言,当初相看时,所见者为其姐,身高漂亮,此女则瘦小干枯,貌亦不扬。村人都说:岳父失去眼窝,上了媒人的当。

婚后,人很能干,不久即得一子,取名大根,大做满月,全家欢庆。第二胎,为一女孩,产时值夜晚,仓促间,岳父被墙角一斧伤了手掌,染破伤风,遂致不起。不久妾亦猝死,祸起突然,家亦中落。只留岳母带领两个孩子,我妻回忆:每当寒冬夜晚,岳母一手持灯,两个小孩拉着她的衣襟,像扑灯蛾似的,在那空荡荡的大屋子出出进进,实在悲惨。

大根稍大以后,就常在我家。那时,正是抗日时期,他们家离据点近,每天黎明,这个七八岁的孩子,牵着他喂养的一只山羊,就从他们村里出来到我们村,黄昏时再回去。

那时我在外面抗日。每逢逃难，我的老父带着一家老小，再加上大根和他那只山羊，慌慌张张，往河北一带逃去。在路上遇到本村一个卖烧饼果子的，父亲总是说："把你那柜子给我，我都要了！"这样既可保证一家人不致挨饿，又可以作为掩护。

平时，大根跟着我家长工，学些农活。十几岁上，他就努筋拔力，耕种他家剩下的那几亩土地了。岳母早早给他娶了一个比他大几岁，很漂亮又很能干的媳妇，来帮他过日子。不久，岳母也就去世了。小小年纪，十几年间，经历了三次大丧事。

大根很像他父亲，虽然没念什么书，却聪明有计算，能说，乐于给人帮忙和排解纠纷，在村里人缘很好。土改时，有人想算他家的旧账，但事实上已经很穷，也就过去了。

他在村里，先参加了村剧团，演《小女婿》中的田喜，他本人倒是个地地道道的小女婿。

二十岁时，他已经有两个儿子，加上他妹妹，五口之家，实在够他巴结的。他先和人家合伙，在集市上卖饺子，得利有限。那些年，赌风很盛，他自己倒不赌，因为他精明，手头利索，有人请他代替推牌九，叫作枪手。有一次在我们村里推，他弄鬼，被人家看出来，几乎下不来台，念他是这村的亲戚，放他走了。随之，在这一行，他也就吃不开了。

他好像还贩卖过私货，因为有一年，他到我家，问他二姐有没有过去留下的珍珠，他二姐说没有。

后来又当了牲口经纪。他自己也养骡驹子，他说从小就喜欢这玩意儿。

"文革"前，他二姐有病，他常到我家帮忙照顾，他二姐去世，这些年就很少来了。

去年秋后，他来了一趟，也是六十来岁的人了，精神不减当年，相见之下，感慨万端。

他有四个儿子，都已成家，每家五间新砖房，他和老伴，也是五间。有八个孙子孙女，都已经上学。大儿子是大乡的书记，其余三个，也都在乡里参加了工作。家里除养一头大骡子，还有一台拖拉机。责任田，是他带着儿媳孙子们去种，经他传艺，地比谁家种得都好。一出动就是一大帮，过往行人，还以为是个没有解散的生产队。

多年不来，我请他吃饭。

"你还赶集吗？还给人家说合牲口吗？"席间，我这样问。

"还去。"他说，"现在这一行要考试登记，我都合格。"

"说好一头牲口，能有多大好处？"

"有规定。"他笑了笑，终于语焉不详。

"你还赌钱吗？"

"早就不干了。"他严肃地说，"人老了，得给孩子们留个名誉，儿子当书记，万一出了事，不好看。"

我说："好好干吧！现在提倡发家致富，你是有本事的人，遇到这样的社会，可以大展宏图。"

他叫我给他写一幅字，裱好了给他捎去。他说："我也不贴灶王爷了，屋里挂一张字画吧。"

过去，他来我家，走时我没有送过他。这次，我把他送到大门外，郑重告别。因为我老了，以后见面的机会，不会再多了。

一九八六年八月十四日

刁　叔

刁叔，是写过的疤增叔的二哥。大哥叫瑞，多年跑山西，做小买卖，为人有些流氓气，也没有挣下什么，还把梅毒传染给妻子，妻女失明，儿子塌鼻破嗓，他自己不久也死了。

和我交往最多的，是刁叔。他比我大二十岁，但不把我当作孩子，好像我是他的一个知己朋友。其实，我那时对他，什么也不了解。

他家离我家很近，住在南北街路西。砖门洞里，挂着两块贞节匾，大概是他祖母的事迹吧。那时他家里，只有他和疤增婶子，他一个人住在西屋。

他没有正式上过学，但"习"过字。过去，村中无力上学，又有志读书的农民，冬闲时凑在一起，请一位能写会算的人，来教他们，就叫习字。

他为人沉静刚毅，身材高大强健。家里土地很少，没有多少活儿，闲着的时候多。但很少见到他，像别的贫苦农民一样，背着柴筐粪筐下地，也没有见过他，给别人家打短工。他也很少和别人闲坐说笑，就喜欢看一些书报。

那时乡下，没有多少书，只有我是个书呆子。他就和我交上了朋友。他向我借书，总是亲自登门，讷讷启口，好像是向我借取金钱。

我并不知道他喜欢看什么书，我正看什么，就常常借给他什么。有一次，我记得借给他的是《浮生六记》。他很快就看完了，送回时，还是亲自登门，双手捧着交给我。书，完好无损。把书借给这种人，比现在借书出去，放心多了。

我不知道他能看懂这种书不能，也没问过他读后有什么感想。我只是尽乡亲之谊，邻里之间，互通有无。

他是一个光棍。旧日农村，如果家境不太好，老大结婚还有可能，老二就很难了。他家老三，所以能娶上媳妇，是因为跑了上海，发了点小财。这在另一篇文章中，已经提过了。

我现在想：他看书，恐怕是为了解闷，也就是消遣吧。目前有人主张,文学的最大功能,最高价值,就是供人消遣。这种主张,很是时髦。其实,在几十年前,刁叔的读书,就证实了这一点,我也很早就明白这层道理了。看来并算不得什么新理论,新学说。

刁叔家的对门,是秃小叔。秃小叔一只眼,是个富农,又是一家之主,好赌。他的赌,不是逢年过节,农村里那种小赌。是到设在戏台下面,或是外村的大宝局去赌。他为人,有些胆小,那时地面也确实不大太平,路劫、绑票的很多。每当他去赴宝局之时,他总是约上刁叔,给他助威仗胆。

那种大宝局的场合、气氛,如果没有亲临过,是难以想象的。开局总是在夜间,做宝的人,隐居帐后;看宝的人,端坐帐前。一片白布,作为宝案,设于破炕席之上,幺、二、三、四四个方位,都压满了银元。赌徒们炕上炕下,或站或立,屋里屋外,都挤满了人。人人面红耳赤,心惊肉跳;烟雾迷蒙,汗臭难闻。胜败既分,有的甚至屁滚尿流,捶胸顿足。

“免三!”一局出来了,看宝的人把宝案放在白布上,大声喊叫。免三,就是看到人们压三的最多,宝盒里不要出三。一个赌徒,抓过宝盒,屏气定心,慢慢开动着。当看准那个刻有红月牙的宝心指向何方时,把宝盒一亮,此局已定,场上有哭有笑。

秃小叔虽然一只眼,但正好用来看宝盒,看宝盒,好人有时也要眯起一只眼。他身后,站着刁叔。刁叔是他的赌场参谋,常常因他的运筹得当,而得到胜利。天明了,两个人才懒洋洋地走回村来。

这对刁叔来说,也是一种消遣。他有一个“木猫”,冬天放在院子里,有时会逮住一只黄鼬。有一回,有一只猫钻进去了,他也没有放过。一天下午,他在街上看见我,低声说:

“晚上到我那里去,我们吃猫肉。”

晚上,我真的去了,共尝了猫肉。我一生只吃过这一次猫肉。

也不知道是家猫,还是野猫。那天晚上,他和我谈了些什么,完全忘记了。

听叔辈们说,他的水式还很好,会摸鱼,可惜我都没有亲眼见过。

刁叔年纪不大,就逝世了。那时我不在家,不知道他得的是什么病。在前一篇文章里,谈到他的死因,也不过是传言,不一定可信。我现在推测,他一定死于感情郁结。他好胜心强,长期打光棍,又不甘于偷鸡摸狗,钻洞跳墙。性格孤独,从不向人诉说苦闷。当时的农民,要改善自己的处境,也实在没有出路。这样就积成不治之症。

一九八六年八月十五日

老 焕 叔

前几年,细读了沙汀同志所写,一九三八年秋季随一二〇师到冀中的回忆录。内记:一天夜晚,师部住进一个名叫辽城的小村庄(我的故乡)。何其芳同志去参加了和村干部的会见,回来告诉他,村里出面讲话的,是一个迷迷怔怔的人。我立刻想到,这个人一定是老焕叔。

但老焕叔并不是村干部。当时的支部书记、农会主任、村长,都是年轻农民,也没有一个人迷迷怔怔。我想是因为,当时敌人已经占据安平县城,国民党的部队,也在冀南一带活动,冀中局面复杂。当一二〇师以正规部队的军容,进入村庄,服装、口音,和村民们日常见惯的土八路,又不一样。仓皇间,村干部不愿露面,又把老焕叔请了出来,支应一番。

老焕叔小名旦子,幼年随父亲(我们叫他胖胖爷)到山西做小买卖。后来在太原当了几年巡警和衙役。回到村里，游手好闲，和一个卖豆腐人家的女儿靠着，整天和村里的一些地主子弟浪当人喝酒赌博。他是第一个把麻将牌带进这个小村庄，并传播这种技艺的人。

读过了沙汀的回忆文章，我本来就想写写他，但总是想不起那个卖豆腐的人的名字。老家的年轻人来了，问他们，都说不知道。直到日前来了两位老年人，才弄清楚。

这个人叫新珠，号老体，是个邋邋遢遢的庄稼人。他的老婆，因为服装不整，人称"大裤腰"，说话很和气。他们只生一个女孩，名叫俊女儿。其实长得并不俊，很黑，身体很健壮。不知怎样，很早就和老焕叔靠上了，结婚以后，也不到婆家去，好像还生了一个男孩。老焕叔就长年住在她家，白天聚赌，抽些油头，补助她的家用。这种事，村民不以为怪，老焕婶是个顺从妇女，也不管他，靠着在上海学织布的孩子生活。

老焕叔的罗曼史，也就是这一些。

近读求恕斋丛书，唐晏所作庚子西行记事：乡野之民，不只怕贼，也怕官。听说官要来了，也会逃跑。我的村庄，地处偏僻，每逢兵荒马乱之时，总需要一个见过世面，能说会道的人，出来应付，老焕叔就是这种人选。

他长得高大魁梧，仪表堂堂。也并非真的迷迷怔怔，只是说话时，常常眯缝着眼睛，或是看着地下，有点大智若愚的样儿。

我长期在外，童年过后，就很少见到他了。进城以后，我回过一次老家，是在大病初愈之后，想去舒散一下身心。我坐在一辆旧吉普车上，途经保定，这是我上中学的地方；安国，是父亲经商，我上高级小学的地方。都算是旧地重游，但没有多走多看，也就没有引起什么感想。

下午到家。按照乡下规矩，我在村头下车，从村边小道，绕回叔父家去。吉普车从大街开进去。

村边有几个农民在打场，我和他们打招呼。其中一位年长的，问一同干活的年轻人：

"你们认识他吗？"

年轻人不答话。他就说：

"我认识他。"

当我走进村里，街上已经站满了人。大人孩子，熙熙攘攘，其盛况，虽说不上万人空巷，场面确是令人感动的。无怪古人对胜利后还乡，那么重视，虽贤者也不能免了。但我明白，自己并没有做官，穿的也不是锦绣。可能是村庄小，人们第一次看见吉普车，感到新鲜。过去回家时，并没有遇到过这样的场面。

走进叔父家，院里也满是人。老焕叔在叔父的陪同下，从屋里走了出来。他拄着一根棍子，满脸病容，大声喊叫我的小名，紧紧攥着我的手。人们都仰望着他，听他和我说话。

然后，我又把他扶进屋里，坐在那把惟一的木椅上。

我因为想到，自身有病，亲人亡逝，故园荒凉，心情并不好。他见我说话不多，坐了一会儿就走了。

他扶病来看我，一是长辈对幼辈的亲情，二是又遇到一次出头露面的机会。不久，他就故去了。他的一生，虽说有些不务正业，却也没做过什么对不起乡亲们的坏事。所以还是受到人们的尊重，是村里的一个人物。

一九八七年十月五日

附记：如写村史，老焕叔自当有传。其主要事迹，为从城市引进麻将牌一事。然此不足构成大过失，即使农村无麻将，仍有宝盒及骨牌、纸牌也。本村南头，有名曹老万者，幼年不耐农村贫苦，去安国药店学徒。学徒不成,乃流为当地混混儿。安国每年春冬,有药市庙会,商贾云集。老万初在南关后街聚赌,以其悍鸷,被无赖辈奉为头目。后又窝娼,并霸一河南女子回家,得一子。相传妓女不孕,此女盖新从农村,被拐骗出来者。为人勤劳敏快,颇安于室。附近有钱人家,生子恐不育者,争相认为干娘。传说,小儿如认在此等人名下,神鬼即不来追索。此女亦有求必应,不以为忤。然老万中年以后,精神失常,四处狂走,不能言语,只呵呵作声,向人乞讨。余读医书,得知此病,乃因梅毒菌进入人脑所致。则曹氏从城市引进梅毒,其于农村之污染,后果更不堪言矣。

古人云:不耕之民,易与为非,难与为善。这句话,还是可以思考的。

次日又记

196

报纸的故事

一九三五年的春季，我失业家居。在外面读书看报惯了，忽然想订一份报纸看看。这在当时确实近于一种幻想，因为我的村庄，非常小又非常偏僻，文化教育也很落后。例如村里虽然有一所小学校，历来就没有想到订一份报纸。村公所就更谈不上了。而且，我想要订的还不是一种小报，是想要订一份大报，当时有名的《大公报》。这种报纸，我们的县城，是否有人订阅，我不敢断言，但我敢说，我们这个区，即子文镇上是没人订阅过的。

我在北京住过，在保定学习过，都是看的《大公报》。现在我失业了，住在一个小村庄，我还想看这份报纸。我认为这是一份严肃的报纸，是一些有学问的，有事业心的，有责任感的人，编辑的报纸。至于当时也是北方出版的报纸，例如《益世报》《庸报》，都是不学无术的失意政客们办的，我是不屑一顾的。

我认为《大公报》上的文章好，它的社论是有名的，我在中学时，老师经常选来给我们当课文讲。通讯也好，有长江等人写的地方通讯，还有赵望云的风俗画。最吸引我的还是它的副刊，它有一个文艺副刊，是沈从文编辑的，经常登载青年作家的小说和散文。还有小公园，还有艺术副刊。

说实在的，我是想在失业之时，给《大公报》投投稿，而投了稿

197

子去，又看不到报纸，这是使人苦恼的。因此，我异想天开地想订一份《大公报》。

我首先，把这个意图和我结婚不久的妻子说了说。以下是我们的对话实录：

"我想订份报纸。"

"订那个干什么？"

"我在家里闲着很闷，想看看报。"

"你去订吧。"

"我没有钱。"

"要多少钱？"

"订一月，要三块钱。"

"啊！"

"你能不能借给我三块钱？"

"你花钱应该向咱爹去要，我哪里来的钱？"

谈话就这样中断了。这很难说是愉快，还是不愉快，但是我不能再往下说了。因为我的自尊心，确实受了一点损伤。是啊，我失业在家里呆着，这证明书就是已经白念了。白念了，就安心在家里种地过日子吧，还要订报。特别是最后这一句："我哪里来的钱？"这对于作为男子汉大丈夫的我，确实是千钧之重的责难之词！

其实，我知道她还是有些钱的，作个最保守的估计，她可能有十五元钱。当然她这十五元钱，也是来之不易的。是在我们结婚的大喜之日，她的"拜钱"。每个长辈，赏给她一元钱，或者几毛钱，她都要拜三拜，叩三叩。你计算一下，十五元钱，她一共要起来跪下，跪下起来多少次啊。

她把这些钱，包在一个红布小包里，放在立柜顶上的陪嫁大箱里，箱子落了锁。每年春节闲暇的时候，她就取出来，在手里数一数，然后再包好放进去。

在妻子面前碰了钉子，我只好硬着头皮去向父亲要，父亲沉吟了一下说：

"订一份《小实报》不行吗？"

我对书籍、报章，欣赏的起点很高，向来是取法乎上的。《小实报》是北平出版的一种低级市民小报，属于我不屑一顾之类。我没有说话，就退出来了。

父亲还是爱子心切，晚上看见我，就说：

"愿意订就订一个月看看吧，集晌多粜一斗麦子也就是了。长了可订不起。"

在镇上集日那天，父亲给了我三块钱，我转手交给邮政代办所，汇到天津去。同时还寄去两篇稿子。我原以为报纸也像取信一样，要走三里路来自取的，过了不久，居然有一个专人，骑着自行车来给我送报了，这三块钱花得真是气派。他每隔三天，就骑着车子，从县城来到这个小村，然后又通过弯弯曲曲的，两旁都是黄土围墙的小胡同，送到我家那个堆满柴草农具的小院，把报纸交到我的手里。上下打量我两眼，就转身骑上车走了。

我坐在柴草上，读着报纸。先读社论，然后是通讯、地方版、国际版、副刊，甚至广告、行情，都一字不漏地读过以后，才珍重地把报纸叠好，放到屋里去。

我的妻子，好像是因为没有借给我钱，有些过意不去，对于报纸一事，从来也不闻不问。只有一次，带着略有嘲弄的神情，问道：

"有了吗？"

"有了什么？"

"你写的那个。"

"还没有。"我说。其实我知道，她从心里是断定不会有的。

直到一个月的报纸看完，我的稿子也没有登出来，证实了她的想法。

这一年夏天雨水大，我们住的屋子，结婚时裱糊过的顶棚、壁纸，都脱落了。别人家，都是到集上去买旧报纸，重新糊一下。那时日本侵略中国，无微不至，他们的旧报，如《朝日新闻》《读卖新闻》，都倾销到这偏僻的乡村来了。妻子和我商议，我们是不是也把屋子糊一下，就用我那些报纸，她说：

　　"你已经看过好多遍了，老看还有什么意思？这样我们就可以省下块数来钱，你订报的钱，也算没有白花。"

　　我听她讲的很有道理，我们就开始裱糊房屋了，因为这是我们的幸福的窝巢呀。妻刷浆糊我糊墙。我把报纸按日期排列起来，把有社论和副刊的一面，糊在外面，把广告部分糊在顶棚上。

　　这样，在天气晴朗，或是下雨刮风不能出门的日子里，我就可以脱去鞋子，上到炕上，或仰或卧，或立或坐，重新阅读我的所喜爱的文章了。

一九八二年二月

亡 人 逸 事

一

　　旧式婚姻,过去叫作"天作之合",是非常偶然的。据亡妻言,她十九岁那年,夏季一个下雨天,她父亲在临街的梢门洞里闲坐,从东面来了两个妇女,是说媒为业的,被雨淋湿了衣服。她父亲认识其中的一个,就让她们到梢门下避避雨再走,随便问道:

　　"给谁家说亲去来?"

　　"东头崔家。"

　　"给哪村说的?"

　　"东辽城。崔家的姑娘不大般配,恐怕成不了。"

　　"男方是怎么个人家?"

　　媒人简单介绍了一下,就笑着问:

　　"你家二姑娘怎样? 不愿意寻吧?"

　　"怎么不愿意。你们就去给说说吧,我也打听打听。"她父亲回答得很爽快。

　　就这样,经过媒人来回跑了几趟,亲事竟然说成了。结婚以后,她跟我学认字,我们的洞房喜联横批,就是"天作之合"四个字。她点头笑着说：

"真不假，什么事都是天定的。假如不是下雨，我就到不了你家里来！"

二

虽然是封建婚姻，第一次见面却是在结婚之前，定婚后，她们村里唱大戏，我正好放假在家里。她们村有我的一个远房姑姑，特意来叫我去看戏，说是可以相相媳妇。开戏的那天，我去了，姑姑在戏台下等我。她拉着我的手，走到一条长板凳跟前。板凳上，并排站着三个大姑娘，都穿得花枝招展，留着大辫子。姑姑叫着我的名字，说：

"你就在这里看吧，散了戏，我来叫你家去吃饭。"

姑姑的话还没有说完，我看见站在板凳中间的那个姑娘，用力盯了我一眼，从板凳上跳下来，走到照棚外面，钻进了一辆轿车。那时姑娘们出来看戏，虽在本村，也是套车送到台下，然后再搬着带来的板凳，到照棚下面看戏的。

结婚以后，姑姑总是拿这件事和她开玩笑，她也总是说姑姑会出坏道儿。

她礼教观念很重。结婚已经好多年，有一次我路过她家，想叫她跟我一同回家去，她严肃地说：

"你明天叫车来接我吧，我才走。"我只好一个人走了。

三

她在娘家，因为是小闺女，娇惯一些，从小只会做些针线活；没有下场下地劳动过。到了我们家，我母亲好下地劳动，尤其好打早起,麦秋两季,听见鸡叫,就叫起她来做饭。又没个钟表,有时饭做熟了,天还不亮。她颇以为苦。回到娘家,曾向她父亲哭诉。她父亲问:

"婆婆叫你早起,她也起来吗?"

"她比我起得更早。还说心痛我,让我多睡了会儿哩!"

"那你还哭什么呢?"

我母亲知道她没有力气,常对她说:

"人的力气是使出来的,要伸懒筋。"

有一天,母亲带她到场院去摘北瓜,摘了满满一大筐。母亲问她:

"试试,看你背得动吗?"

她弯下腰,挎好筐系猛一立,因为北瓜太重,把她弄了个后仰,沾了满身土,北瓜也滚了满地。她站起来哭了。母亲倒笑了,自己把北瓜一个个拣起来,背到家里去了。

我们那村庄,自古以来兴织布,她不会。后来孩子多了,穿衣困难,她就下决心学。从纺线到织布,都学会了。我从外面回来,看到她两个大拇指,都因为推机杼,顶得变了形,又粗、又短,指甲也短了。

后来,因为闹日本,家境越来越不好,我又不在家,她带着孩子们下场下地。到了集日,自己去卖线卖布。有时和大女儿轮换着背上二斗高粱,走三里路,到集上去粜卖。从来没有对我叫过苦。

几个孩子,也都是她在战争的年月里,一手拉扯成人长大的。农村少医药,我们十二岁的长子,竟以盲肠炎不治死亡。每逢孩子发烧,她总是整夜抱着,来回在炕上走。在她生前,我曾对孩子们说:

"我对你们,没负什么责任。母亲把你们弄大,可不容易,你们应该记着。"

四

一位老朋友、老邻居，近几年来，屡次建议我写写"大嫂"。因为他觉得她待我太好，帮助太大了。老朋友说：

"她在生活上，对你的照顾，自不待言。在文字工作上的帮助，我看也不小。可以看出，你曾多次借用她的形象，写进你的小说。至于语言，你自己承认，她是你的第二源泉。当然，她瞑目之时，冰连地结，人事皆非，言念必不及此，别人也不会作此要求。但目前情况不同，文章一事，除重大题材外，也允许记些私事。你年事已高，如果仓促有所不讳，你不觉得是个遗憾吗？"

我唯唯，但一直拖延着没有写。这是因为，虽然我们结婚很早，但正像古人常说的：相聚之日少，分离之日多；欢乐之时少，相对愁叹之时多耳。我们的青春，在战争年代中抛掷了。以后，家庭及我，又多遭变故，直至最后她的死亡。我衰年多病，实在不愿再去回顾这些。但目前也出现一些异象：过去，青春两地，一别数年，求一梦而不可得。今老年孤处，四壁生寒，却几乎每晚梦见她，想摆脱也做不到。按照迷信的说法，这可能是地下相会之期，已经不远了。因此，选择一些不太使人感伤的断片，记述如上。已散见于其他文字中者，不再重复。就是这样的文字，我也写不下去了。

我们结婚四十年，我有许多事情，对不起她，可以说她没有一件事情是对不起我的。在夫妻的情分上，我做得很差。正因为如此，她对我们之间的恩爱，记忆很深。我在北平当小职员时，曾经买过两丈花布，直接寄至她家。临终之前，她还向我提起这一件小事，问道：

"你那时为什么把布寄到我娘家去啊？"

我说：

"为的是叫你做衣服方便呀!"

她闭上眼睛,久病的脸上,展现了一丝幸福的笑容。

一九八二年二月

芸 斋 琐 谈

谈 妒

"文人相轻",是曹丕说的话。曹丕是皇帝、作家、文艺评论家,又是当时文坛的实际领导人,他的话自然是有很大的权威性。他并且说,这种现象是"自古而然",可见文人之间的相轻,几几乎是一种不可动摇的规律了。

但是,虽然他有这么一说,在他以前以后,还是出了那么多伟大的作家和作品,终于使我国有了一本厚厚的琳琅满目的文学史。就在他的当时,建安文学也已经巍然形成了一座艺术的高峰。

这说明什么呢?只能说明文人之相轻,只是相轻而已,并不妨碍更不能消灭文学的发展。文人和文章,总是不免有可轻的地方,互相攻磨,也很难说就是嫉妒。记得一位大作家,在回忆录中,记述了托尔斯泰对青年作家的所谓妒,并不当作恶德,而是作为美谈和逸事来记述的。

妒、嫉,都是女字旁,在造字的圣人看来,在女性身上,这种性质,是于兹为烈了。中国小说,写闺阁的妒嫉的很不少,《金瓶梅》写得最淋漓尽致,可以说是生命攸关、你死我活。其实这只能表示当时妇女生存之难，并非只有女人才是这样。

据弗洛伊德学派分析，嫉妒是一种心理状态，是人人都具有的，从儿童那里也可以看到的。这当然是一种缺陷心理，是由于羡慕一种较高的生活，想获得一种较好的地位，或是想得到一种较贵重的东西产生的。自己不能得到心理的补偿，发现身边的人，或站在同等位置的人先得到了，就会产生嫉妒。

按照达尔文的生物学说以及遗传学说，这种心理，本来是不足奇怪，也无可厚非的。这是生物界长期在优胜劣败、物竞天择这一规律下生存演变，自然形成的，不分圣贤愚劣，人人都有份的一种本能。

它并不像有些理学家所说的，只有别人才会有，他那里没有。试想：性的嫉妒，可以说是一种典型的"妒"，如果这种天生的正人君子，涉足了桃色事件，而且做了失败者，他会没有一点妒心，无动于衷吗？那倒是成了心理的大缺陷了。有的理论家把嫉妒归咎于"小农经济"，把意识形态甚至心理现象简单地和物质基础联系起来，好像很科学。其实，"大农经济"，资本主义经济，也没有把这种心理消灭。

蒲松龄是伟大的。他在一篇小说里，借一个非常可爱的少女的口说："幸灾乐祸，人之常情，可以原谅。"幸灾乐祸也是一种嫉妒。

当然，这并不是一种可贵的心理，也不是不能克服的。人类社会的教育设施、道德准则，都是为了克服人的固有的缺陷，包括心理的缺陷，才建立起来并逐渐完善的。

嫉妒心理的一个特征是：它的强弱与引之发生的物象的距离，成为正比。就是说，一个人发生妒心，常常是由于只看到了近处，比如家庭之间、闺阁之内、邻居朋友之间，地位相同，或是处境相同，一旦别人较之上升，他就发生了嫉妒。

如果,他增加了文化知识,把眼界放开了,或是他经历了更多的社会磨炼,他的妒心,就会得到相应的减少与克服。

　　人类社会的道德准则,对这种心理,是排斥的,是认为不光彩的。这样有时也会使这种心理,变得更阴暗,发展为阴狠毒辣,驱使人去犯罪,造成不幸的事件。如果当事人的地位高,把这种心理加上伪装,其造成的不幸局面,就会更大,影响的人,也就会更多。

　　由嫉妒造成的大变乱,在中国历史上,是不乏例证的。远的不说,即如"文化大革命","四人帮"的所作所为,其中就有很大的嫉妒心理在作祟。他们把这种心理,加上冠冕堂皇的伪装,称之为"革命",并且用一切办法,把社会分成无数的等级、差别,结果造成社会的大动乱。

　　革命的动力,是经济和政治主导的、要求的,并非仅凭嫉妒心理,泄一时之忿,可以完成的。以这种缺陷心理为主导,为动力,是不能支持长久的,一定要失败的。

　　最不容易分辨清楚的是:少数人的野心,不逞之徒的非分之想,流氓混混儿的趁火打劫,和广大群众受压迫,所表现的不平和反抗。

　　项羽看见秦始皇,大言曰:"彼可取而代也。"猛一听,其中好像有嫉妒的成分。另一位英雄所喊的:"帝王将相,宁有种乎?"乍一看也好像是一个人的愤愤不平,其实他们的声音是和时代,和那一时代的广大群众的心相连的,所以他们能取得一时的成功。

一九八一年十二月二十八日

谈　才

　　六十年代之末,天才二字,绝迹于报章。那是因为从政治上考虑,自然与文学艺术无关。

近年来,这两个字提到的就多了,什么事一多起来,也就有许多地方不大可信,也就与文学艺术关系不大了。例如神童之说、特异功能之说等等,有的是把科学赶到迷信的领地里去,有的却是把迷信硬拉进科学的家里来。

我在年幼时,对天才也是很羡慕的。天才是一朵花,是一种果实,一旦成熟,是很吸引人的注意的。及至老年,我的态度就有了些变化。我开始明白:无论是花朵或果实,它总是要有根的,根下总要有土壤的。没有根和土壤的花和果,总是靠不住的吧。因此我在读作家艺术家的传记时,总是特别留心他们还没有成为天才之前的那一个阶段,就是他们奋发用功的阶段,悬梁刺股的阶段;他们追求探索,四顾茫然的阶段;然后才是他们坦途行进,收获日丰的所谓天才阶段。

现在已经没有人空谈曹雪芹的天才了,因为历史告诉人们,曹除去经历了一劫人生,还在黄叶山村,对文稿披阅了十载,删改了五次。也没有人空谈《水浒传》作者的天才了,因为历史也告诉人们,这一作者除去其他方面的修养准备,还曾经把一百零八名人物绘成图样,张之四壁,终日观摩思考,才得写出了不同性格的英雄。也没有人空谈王国维的天才了,因为他那种孜孜以求,有根有据,博大精深的治学方法,也为人所熟知了。海明威负过那么多次致命的伤,中了那么多的弹片,他才写得出他那种有关生死的小说。

所以我主张,在读天才的作品之前,最好先读读他们的可靠的传记。说可靠的传记,就是真实的传记,并非一味鼓吹天才的那种所谓传记。

天才主要是有根,而根必植在土壤之中。对文学艺术来说,这种土壤,就是生活,与人民有关的,与国家民族有关的生活。从这里生长起来,可能成为天才,也可能成不了天才,但终会成为有用之材。如果没有这个根柢，只是从前人或国外的文字成品上，模仿一些，改装一些，其中虽也不乏一些技巧，但终不能成为天才的。

谈　名

名之为害，我国古人已经谈得很多，有的竟说成是"殉名"，就是因名致死，可见是很可怕的了。

但是，远名之士少，近名之士还是多。因为在一般情况下，名和利又常常联系在一起，与生活或者说是生计有关，这也就很难说了。

习惯上，文艺工作中的名利问题，好像就更突出。

余生也晚，旧社会上海滩上文坛的事情，知道得少。我发表东西，是在抗日战争时期和解放战争时期。这两个时期，在敌后根据地，的的确确没有稿费一说。战士打仗，每天只是三钱油三钱盐，文人拿笔写点稿子，哪里还能给你什么稿费？虽然没有利，但不能说没有名，东西发表了，总是会带来一点好处的。不过，冷静地回忆起来，所谓"争名夺利"中的两个动词，在那个时代，是要少一些，或者清淡一些。

进城以后，不分贤与不肖，就都有了这个问题，或多或少。每个人也都有不少经验教训，事情昭然，这里也就不详谈了。

文人好名，这是个普遍现象，我也不例外，曾屡次声明过。有一点点虚名，受过不少实害，也曾为之发过不少牢骚。对文与名的关系，或者名与利的关系，究竟就知道得那么详细？体会得那么透彻吗？也不尽然。

就感觉所得，有的人是急于求名，想在文学事业上求得发展。大多数是青年，他们有的在待业，有的虽有职业，而不甘于平凡工作的劳苦，有的考大学未被录取，有的是残疾。他们把文学事业想得很简单，以为请一个名师，读几本小说，订一份杂志，就可以了。我有时也接到这些青年人的来信，其中有不少是很朴实诚笃的人，他们确是把文章成名看做是一种生活理想，一种摆脱困难处境的出路。我读了他们的信，常常感到心里很沉重，甚至很难过。但如果我直言不讳，说这种想法太天真，太简单，又恐怕扫他们的兴，增加他们的痛苦。

也有一种幸运儿，可以称之为"浪得名"的人。这在五十年代末至七十年代末，几十年间，是常见的，是接二连三出现的。或以虚报产量，或以假造典型，或造谣言，或交白卷，或写改头换面的文章，一夜之间，就可以登名报纸，扬名宇内。自然，这种浪来之名，也容易浪去，大家记忆犹新，也就不再多说了。

还有一种，就是韩愈说的"动辄得咎，名亦随之"的名。在韩愈，他是总结经验，并非有意投机求名。后来之士，却以为这也是得名的一个好办法。事先揣摩意旨，观察气候，写一篇小说或报告，发人所不敢言者。其实他这样做，也是先看准现在是政治清明，讲求民主，风险不大之时。如果在阶级斗争不断扩大化的年代，弄不好，会戴帽充军，他也就不一定有这般勇气了。

总之，文人之好名——其实也不只文人，是很难说也难免的，不可厚非的。只要求出之以正，靠努力得来就好了。江青不许人谈名利，不过是企图把天下的名利集结在她一人的身上。文优而仕，在我们国家，是个传统，也算是仕途正路。虽然如什么文联、协会之类的官，古代并没有，今天来说，也不上仕版，算不得什么官，但在人们眼里，还是和名有些关联，和生活有些关联。因此，有人先求文章通显，然后转入宦途，也就不奇怪了。

戴东原曰：仆数十年来……其得于学者，不以人蔽己，不以己自蔽。不为一时之名，亦不期后世之名。凡求名之弊有二，非掊击前人以自表襮；即依傍昔儒，以附骥尾。二者不同，而鄙吝之心同。

是以君子务在闻道也。

他的话，未免有点高谈阔论吧！但道理还是有的。

一九八二年四月二十五日晨

谈 谀

字典：逢迎之言曰谀，谓言人之善不实也。

谀，是一向当作不好的表现的。其实，在生活之中，是很难免的。我不知道，有没有一生之中，从来也没有谀过人的人。我回想了一下，自己是有过的。主要是对小孩、病人、老年人。

关于谀小孩，还有个过程。我们乡下，有个古俗，孩子缺的人家，生下女孩，常起名"丑"。孩子长大了，常常是很漂亮的。人们在逗弄这个小孩时，也常常叫"丑闺女，丑闺女"，她的父母，并不以为怪。

进入城市以后，长年居住在大杂院之中，邻居生了一个女孩，抱了出来叫我看。我仍然按照乡下的习惯，摸着小孩的脸蛋说："丑闺女，丑闺女"，孩子的母亲非常不高兴，脸色难看极了，引起我的警惕。后来见到同院的人，抱出小孩来，我就总是说："漂亮，这孩子真漂亮！"漂亮不漂亮，是美学问题，含义高深，因人而异，说对说错，向来是没有定论的。但如果涉及胖瘦问题，即近于物质基础的问题，就要实事求是一些，不能过谀了。有一次，有一位妈妈，抱一个孩子叫我看，我当时心思没在那上面，就随口说："这孩子多胖，多好玩！"孩子妈妈又不高兴了，抱着孩子扭身走去。我留神一看，才发现孩子瘦成了一把骨。又是一次经验教训。

对于病人，我见了总好说："好多了，脸色不错。"有的病人听了，也不一定高兴，当然也不好表示不高兴，因为我并无恶意。对老年人，常常是对那些好写诗的老年人，我总说他的诗写得好，至于为了什么，我在这里就不详细交代了。

但我自信，对青年人，我很少谀。过去如此，现在仍然如此。既非谀，就是直言（其实也常常拐弯抹角，吞吞吐吐）。因此，就有人说我是好"教训"人。当今之世，吹捧为上，"教训"二字，可是要常常得罪人，并有时要招来祸害的。

不过，我可以安慰自己的，是自己也并不大愿意听别人对我的谀，尤其是青年人对我的谀。听到这些，我常常感到惭愧不安，并深深为说这种话的人惋惜。

至于极个别的，谀他人（多是老一辈）的用心，是为了叫他人投桃报李，也回敬自己一个谀，而当别人还没有来得及这样去做，就急急转过身去，不高兴，口出不逊，以表示自己敢于革命，想从另一途径求得名声的青年，我对他，就不只是惋惜了。

附记：我平日写文章，只能作一题。听说别人能于同时进行几种创作，颇以为奇。今晨于写作"谈名"之时，居然与此篇交插并进，系空前之举。盖此二题，有相通之处，本可合成一篇之故也。

谈　谅

古代哲人、伟大的教育家孔子，在教人交友时特别强调一个"谅"字。

孔子的教学法，很少照本宣科，他总是把他的人生经验作为活的教材，去告诉他的弟子们，交友之道，就是其一。

是否可以这样说呢，人类社会之所以能维持下来，不断进步，除去革命斗争之外，有时也是互相谅解的结果。

谅，就是在判断一个人的失误时，能联系当时当地的客观条件,加以分析。

三十年代初,日本的左翼文学,曾经风起云涌般的发展,但很快就遭到政府镇压,那些左翼作家,又风一般向右转,当时称做"转向"。有人对此有所讥嘲。鲁迅先生说:这些人忽然转向,当然不对,但那里——即日本——的迫害,也实在残酷,是我们在这里难以想象的。他的话,既有原则性,也有分析,并把仇恨引到法西斯制度上去。

十年动乱,"四人帮"的法西斯行为,其手段之残忍,用心之卑鄙,残害规模之大,持续时间之长,是中外历史没有前例的,使不少优秀的,正当有为之年的,甚至是聪明乐观的文艺工作者自裁了。事后,有人为之悲悼,也有人对之责难,认为是"软弱",甚至骂之为"浑"为"叛","世界观有问题"。这就很容易使人们想起,有些造反派把某人迫害致死后,还指着尸体骂他是自绝于人民,死不改悔等等,同样是令人难以索解的奇异心理。如果死者起身睁眼问道:"你又是怎样活过来的呢?十年中间,你的言行都那么合乎真理正义吗?"这当然就同样有失于谅道了。

死去的是因为活不下去,于是死去了。活着的,是因为不愿意死,就活下来了。这本来都很简单。

王国维的死,有人说是因为病,有人说是因为钱(他人侵吞了他的稿费),有人说是被革命所吓倒,有人说是殉葬清朝。

最近我读到了他的一部分书札。在治学时,他是那样客观冷静,虚怀若谷,左顾右盼,不遗毫发。但当有人"侵犯"了一点点皇室利益,他竟变得那样气急败坏,语无伦次,强词夺理,激动万分。他不过是一个逊位皇帝的"南书房行走",他不重视在中外学术界的权威地位,竟念念不忘他那几件破如意,一件上朝用的旧披肩,我确实为之大为惊异了。这样的性格,真给他一个官儿,他能做得好吗?现实可能的,他能做的,他不安心去做,而去追求迷恋他所不能的，近于镜花水月的事业，并以死赴之。这是什么道理呢？但终于想，一个人的死，常常是时代的悲剧。这一悲剧的终场，前人难以想到，后人也难以索解。他本人也是不太明白的，他只是感到没有出路，非常痛苦，于是就跳进了昆明湖。长期积累的，耳习目染的封建帝制余毒，在他的心灵中，形成了一个致命的大病灶。心理的病加上生理的病，促使他死亡。

他的学术是无与伦比的。我上中学的时候，就买了一本商务印的带有圈点的《宋元剧曲史》，对他非常崇拜。现在手下又有他的《流沙坠简》《观堂集林》等书，虽然看不大懂，但总想从中看出一点他治学的方法，求知的道路。对他的糊里糊涂的死亡，也就有所谅解，不忍心责难了。

还有罗振玉，他是善终的。溥仪说他在大连开古董铺，卖假古董。这可能是事实。这人也确是个学者，专门做坟墓里的工作。且不说他在甲骨文上的研究贡献，就是抄录那么多古碑，印那么多字帖，对后人的文化生活，提供了多少方便呀！了解他的时代环境，处世为人，同时也了解他的独特的治学之路，这也算是对人的一种谅解吧。他印的书，价虽昂，都是货真价实，精美绝伦的珍品。

谅，虽然可以称做一种美德，但不能否认斗争。孔子在谈到谅时，是与直和多闻相提并论的。直就是批评，规劝，甚至斗争。多闻则是指的学识。有学有识，才有比较，才有权衡，才能判断：何者可谅，何者不可谅。一味去谅，那不仅无补于世道，而且会被看成呆子，彻底倒霉无疑了。

一九八二年五月十五日

谈　慎

人到晚年，记忆力就靠不住了。自恃记性好，就会出错。记得鲁迅先生，在晚年和人论战时，就曾经因把《颜氏家训》上学鲜卑语的典故记反了，引起过一些麻烦。我常想，以先生之博闻强记，尚且有时如此，我辈庸碌，就更应该随时注意。我目前写作，有时提笔忘字，身边有一本过去商务印的学生字典给我帮了不少忙。用词用典，心里没有把握时，就查查《辞海》，很怕晚年在文字上出错，此生追悔不及。

这也算是一种谨慎吧。在文事之途上，层峦叠嶂，千变万化，只是自己谨慎还不够，别人也会给你插一横杠。所以还要勤，一时一刻也不能疏忽。近年来，我确实有些疏懒了，不断出些事故，因此，想把自己的书斋，颜曰"老荒"。

新写的文章，我还是按照过去的习惯，左看右看，两遍三遍地修改。过去的作品这几年也走了运，有人把它们东编西编，名目繁多，重复杂遝不断重印。不知为什么，我很没兴趣去读。我认为是炒冷饭，读起来没有味道。这样做，在出版法上也不合适，可也没有坚决制止，采取了任人去编的态度。校对时，也常常委托别人代劳。文字一事，非同别个，必须躬亲。你不对自己的书负责，别人是无能为力，或者爱莫能助的。

最近有个出版社印了我的一本小说选集，说是自选，我是让编辑代选的。她叫我写序，我请她摘用我和吴泰昌的一次谈话，作为代序。清样寄来，正值我身体不好，事情又多，以为既是摘录旧文章，不会有什么错，就请别人代看一下寄回付印了。后来书印成了，就在这个关节上出了意想不到的毛病。原文是我和吴泰昌的谈话，编辑摘录时，为了形成一篇文章，把吴泰昌说的话，都变成了我的话。什么在我的创作道路上,一开始就燃烧着人道主义的火炬呀。什么形成了一个大家公认的有影响的流派呀。什么中长篇小说,普遍受到好评呀。别人的客气话,一变而成了自我吹嘘。这不能怪编辑,如果我自己能把清样仔细看一遍,这种错误本来是可以避免的。此不慎者一。

近年来,有些同志到舍下来谈后,回去还常常写一篇文字发表,其中不少佳作,使我受到益处。也有用报告文学手法写的,添枝加叶,添油加醋。对此,直接间接,我也发表过一些看法。最近又读到一篇,已经不只是报告文学,而是近似小说了。作者来到我家,谈了不多几句话,坐了不到一刻钟,当时有旁人在座,可以做证。但在他的访问记里,我竟变成了一个讲演家,大道理滔滔不绝地出自我的口中,他都加上了引号,这就使我不禁为之大吃一惊了。

当然,他并不是恶意,引号里的那些话,也都是好话,都是非常正确的话,并对当前的形势,有积极意义。千百年后,也不会有人从中找出毛病来的。可惜我当时并没有说这种话,是作者为了他的主题,才要说的,是为了他那里的工作,才要说的。往不好处说,这叫"造作语言",往好处说,这是代我"立言"。什么是访问记的写法,什么是小说的写法,可能他分辨不清吧。

如果我事先知道他要写这篇文章,要来看看就好了,就不会出这种事了。此不慎者二。

我是不好和别人谈话的,一是因为性格,二是因为疾病,三是因为经验。目前,我的房间客座前面,压着一张纸条,上面就有一句:谈话时间不宜过长。

写文章,自己可以考虑,可以推敲,可以修改,尚且难免出错。言多语失,还可以传错、领会错,后来解释、补充、纠正也来不及。有些人是善于寻章摘句,捕风捉影的。他到处寻寻觅觅,捡拾别人的话柄,作为他发表评论的资本。他评论东西南北的事物,有拓清天下之志。但就在他管辖的那个地方,就在他的肘下,却常常发生一些使天下为之震惊的奇文奇事。

这种人虽然还在标榜自己一贯正确,一贯坚决,其实在创作上,不过长期处在一种模仿阶段,在理论上,更谈不上有什么一贯的主张。今日宗杨,明日师墨,高兴时,鹦鹉学舌,不高兴,反咬一口。根子还是左右逢迎,看风使舵。

和这种人对坐,最好闭口。不然,就"离远一点"。

《水浒传》上描写:汴梁城里,有很多"闲散官儿"。为官而闲在,幼年读时,颇以为怪。现在不怪了。这些人,没有什么实权,也没有多少事干,但又闲不住。整天价在三瓦两舍,寻欢取乐,也在诗词歌赋上,互相挑剔,寻事生非。他们的所作所为,虽不一定能影响整个社会的安定团结,但"文苑"之长期难以平静无事,恐怕这也是一个原因吧?此应慎者三。

一九八二年五月二十八日晨再改一次

谈 忘

记得抗日期间,在山里工作的时候,与一位同志闲谈,不知谈论的是何题何事,他说:"人能忘,和能记,是人的两大本能。人不能记,固然不能生存;如不能忘,也是活不下去的。"

当时,我正在青年,从事争战,不知他说这种话,是什么意思,从心里不以为然。心想:他可能是有什么不幸吧,有什么不愉快的事,压在他的心头吧。不然,他为什么强调一个忘字呢?

随着年龄的增长,随着经验的增加,随着喜怒哀乐,七情六欲的交织于心,有时就想起他这句话来,并开始有些赞成了。

鲁迅的名文：《为了忘却的记念》，不就是要人忘记吗？但又一转念：他虽说是叫人忘记，人们读了他的文章，不是越发记得清楚深刻了吗？思想就又有些糊涂起来了。

有些人，动不动就批评别人有"糊涂思想"。我很羡慕这种不知道是天生来，还是吃了什么灵丹妙药，一生到头，保持着清水明镜一般头脑，保持着正确、透明的思想的人。想去向他求教，又恐怕遭到斥责、棒喝，就又中止了。

说实话，青年时，我也是富于幻想，富于追求，富于回忆的。我可以坐在道边，坐在树下，坐在山头，坐在河边，追思往事，醉心于甜蜜之境，忘记时间，忘记冷暖，忘记阴晴。

但是，这些年来，或者把时间明确一下，即十年动乱以后，我不愿再回忆往事，而在忘字上下功夫了。

每逢那些年，那些事，那些人，在我的记忆中出现时，我就会心浮气动，六神失据，忽忽不知所归，去南反而向北。我想：此非养身立命之道也。身历其境时，没有死去，以求解脱。活过来了，反以回忆伤生废业，非智者之所当为。要学会善忘。

渐渐有些效果，不只在思想意识上，在日常生活上，也达观得多了。比如街道之上，垃圾阻塞，则改路而行之；庭院之内，流氓滋事，则关门以避之。至于更细小的事，比如食品卫生不好，吃饭时米里有砂子，菜里有虫子，则合眉闭眼，囫囵而吞之。这在疾恶如仇并有些洁癖的青年时代，是绝对做不到的，目前是"修养"到家了。

当然，这种近似麻木不仁的处世哲学，是不能向他人推行的。我这样做，也不过是为了排除一些干扰，集中一点精力，利用余生，做一些自己认为有用的工作。

记忆对人生来说，还是最主要的，是积极向上的力量。记忆就是在前进的时候，时常回过头去看看，总结一下经验。

从我在革命根据地工作，学习作文时，就学会了一个口诀：经、教、优、缺、模。经、教就是经验教训。无论写通讯，写报告，写总结，经验教训，总是要写上一笔的。在很长一段时间里，我们因为能及时总结经验，取得教训，使工作避免了很多错误。但也有那么一段时间，就谈不上什么总结经验教训了，一变而成了任意而为或一意孤行，酿成了一场浩劫。

中国人最重经验教训。虽然有时只是挂在口头上。格言有：前事不忘，后事之师。前车之覆，后车之鉴。书籍有《唐鉴》《通鉴》……所以说，不能一味的忘。

一九八二年七月十四日

谈　迁

不谙世情谓之迁，多见于书呆子的行事中。

鲁迅先生记述：他尝告诉柔石，社会并不像柔石想的那么单纯，有的人是可以做出可怕的事情来的，甚至可以做血的生意。然而柔石好像不相信，他常常睁大眼睛问道：可能吗？会有这种事情吗？

这就叫做迁。凡迁，就是遇见的险恶少，仍以赤子之心待人。鲁迅告诉柔石的是一九二七年的事。现在，时值三伏大热，我记下几件一九六七年冬天的琐事，一则消暑，二则为后来人广见闻增加阅历。

一、我到干校之前，已经在大院后楼关押了几个月。在后楼时，一位兼做看管的女同志，因为我体弱多病，在小铺给我买了一包油茶面。我吃了几次，剩了一点点，不忍抛弃，随身带到干校去。一天清理书包，我把它倒进茶杯里，用开水冲着吃了。当时，我以为同屋都是难友，又是多年同事，这口油茶又是从关押室带来的，所以毫无忌讳，吃得很坦然。当时也没有人说话。第二天清早，群众专政室忽然调我们全棚到野外跑步，回到室内，已经大事搜查过，目标是：高级食品。可惜我的书包里，是连一块糖也搜不出来了。

二、刚到干校时，大棚还没修好，我分到离厨房近的一间小棚。有一天，我睡下的比较早，有一个原来很要好，平日并对我很尊重的同事，进来说：

"我把这镰刀和绳子，放在你床铺下面。"

当时，我以为他去劳动，回来得晚了，急着去吃饭，把东西先放在我这里。就说：

"好吧。"

第二天早起，照例专政室的头头要集合我们训话。这位头头，是一个典型的天津青皮、流氓、无赖。素日以心毒手狠著称。他常常无事生非，找碴挑错，不知道谁倒霉。这一天，他先是批判我，我正在低头听着的时候，忽然那位同事说：

"刚才，我从他床铺下，找到一把镰刀和一条绳子。"

我非常愤怒，不知是从哪里飞来的勇气，大声喝道：

"那是你昨天晚上放下的！"

他没有说话。专政室的头头威风地冲我前进一步，但马上又退回去了。

在那时，镰刀和绳子，在我手里，都会看做凶器的，不是企图自杀，就是妄想暴动，如不当场揭发，其后果是很危险的，不堪设想的。所以说，多么迂的人，一得到事实的教训，就会变得聪明了。当时排队者不下数十人，其中不少人，对我的非凡气概为之一惊，称快一时。

三、有一棚友，因为平常打惯了太极拳，一天清早起来劳动之前,在院子里又比划了两下。有人就报告了专政室,随之进行批判。题目是:"锻炼狗体,准备暴动!"

四、此事发生在别的牛棚,是听别人讲的,附录于此。棚长长夏无事,搬一把椅子,坐在棚口小杨树下,看牛鬼蛇神们劳动。忽然叫过一个知识分子来,命令说:

"你拔拔这棵杨树!"

这个人拔了拔说:

"我拔不动!"

棚长冷笑着对全体牛鬼蛇神说:

"怎么样?你们该服了吧,蚍蜉撼树谈何易!"

这可以说是对"迂"人开的一次玩笑。但经过这场血的洗礼,我敢断言,大多数的迂夫子,是要变得聪明一些了。

一九八二年七月十五日清晨

暑期已届,大院只有此时安静

谈　书

古人读书,全靠借阅或抄写,借阅有时日限制,抄写必费纸墨精神。所以对于书籍,非常珍贵,偶有所得,视为宝藏。正因为得来不易,读起书来,才又有悬梁刺股、囊萤映雪等等刻苦的事迹或传说。

书籍成为商品,是印刷术发明并稍有发展以后的事。保存下来的南宋印刷的书籍,书前或书后,都有专卖书籍的店铺名称牌记,这是书籍营业的开端。

什么东西,一旦成为商品,有时虽然定价也很高,但相对地说,它的价值就降低了。因为得来的机会,是大大的增多了。印刷术越进步,出版的数量越多,书籍的价格越低落。

这是经济法则。

但不管书的定价多么便宜,究竟还是商品,有一定的读者对象,有一定的用场。到了明朝,开始有些地方官吏,把书籍作为礼物,进京时把它送给与他有关的上司或老师,当时叫做"书帕"。这种本子多系官衙刻版,钦定著作,印刷校对,都不精整,并不为真正学者所看重。但在官场,礼品重于读书,所以那些上司,还是乐于接受,列架收储,炫耀自己饱学,并对从远地带书来送的"门生",加以青睐,有时还嘉奖几句:

"看来你这几年,在地方做官,案牍之余,还是没有忘记读书啊!政绩一定也很可观了。可喜,可贺!"

你想,送书的人,既不担纳贿之名,致干法纪,又听到老师或上司的这种语言,能不手舞足蹈而进一步飘飘然吗?书帕中如果有自己的著作,经过老师广为延誉,还可能得奖。

但这究竟是送礼,并不是白捡。小时赶庙会,摆在小贩木架上的书买不起,却遇到一个农民模样的人,背来一口袋小书,散一些在戏台前面地方,任人翻阅,并且白送。这确曾使我喜出望外,并有些莫名其妙了。天下还有不要钱的书?

蹲在地上,小心翼翼地挑了两本,都是福音,纸张印刷,都很好,远非小贩卖的石印小书可比。但来白捡的人士,好像也寥寥无几。后来才知道,这是天主教的宣传品。

参加革命工作以后,很长时间是供给制,除去鞋帽衣物以外,因为是战争环境,不记得发放过什么书籍。

发书最多也最频繁,是十年动乱后期,"批儒批孔"之时。这一段时间,发材料,成为机关干部日常生活中不可分割的一部分。见面的时候,总是问:"你们那里有什么新的材料,给我来一点好吗?"

几乎每天，"发材料"要占去上班时间的大半。大家争先恐后，争多恐少，捆载回家，堆在床下，成为一种生活"乐趣"。过上一段时间，又作为废品，卖给小贩，小本每斤一角二分，大本每斤一角八分。收这种废品的小贩，每日每时，沿街呼喊，不绝于路。

我不知道，有没有收藏家或图书馆，专门收集那些年的所谓"材料"，如果列一目录，那将是很可观的，也是很有意义的。而且有些"材料"，虽是胡说八道，浅薄可笑，但用以印刷的纸张，却是贵重的道林纸，当时印词书字典，也得不到的。

以上是十年动乱时期的情况。目前，赠书发书的现象，也不能就说是很少见了。什么事，不管合理不合理，一旦形成习惯，就不好改变。现在有的刊物，据说每期赠送之数，以千计；有的书籍，每册赠送之数，以百计。

赠送出去这么多，难道每一本都落到了真正需要、真正与工作有关的人士手中了吗？

旧社会，鲁迅的作品，每次印刷，也不过是一千本。鲁迅虽称慷慨，据记载，每次赠送，也不过是他那几位学生朋友。出版鲁迅著作最多的北新书局，是私人出版商，而且每本书后面，都有鲁迅的印花，大概不肯也不能大量赠送。

从另一方面说，鲁迅在当时文坛，可以说是权威，看来当时的书店或杂志社，也并没有把每一本新书，每一期杂志，都赠送给他。鲁迅需要书，都要托人到商务印书馆或北新书局去买。

书籍虽属商品，但究竟不是日用百货，对每人每户都有用。不宜于大赠送、大甩卖，那样就会降低书籍的身价。而且对于"读书"，也不会有好处。

一九八二年七月二十五日雨

谈 稿 费

卖文为生，古已有之。有一出旧戏词中唱道："王先生在大街，把文章来卖；我见他文章好，请进府来。"请进来当家庭教师，还是解决生活问题。另一出旧戏，也有一个文人，想当家庭教师也难，他在大街吆喝："教书，教书。"没人买他的账，饥饿不过，就到人家地里去偷蔓菁吃，传为笑谈。

想写点稿子，换点稿费，帮助生活，这并没有什么不光彩。我在北平流浪的时候，就有过这个打算。弄了一年半载，要说完全失败，也不是事实，只得到大公报三块钱的稿费，开明书店两块钱的书券（只能用来买它出版的书，也好，我买了一本《子夜》）。

抗日战争时期，没有稿费一说。大家过那么苦的生活，谁还想到稿费？一九四一年，我在冀中写了《区村和连队的文学写作课本》，有十多万字。因为我是从边区文协来的，有帮助工作的性质，当时在冀中主持文化工作的王林同志，曾拟议给我买一支钢笔作为报酬，大概也没有成为事实，我就空手回去了。一九四七年，这本书，在冀中新华书店铅印出版，那时我在家乡活动，一直步行，曾希望书店能给我些稿费，买一辆旧自行车。结果，可能是给了点稿费，但不过够买一个给自行车打气的气管的钱。

建国以后，有了稿费，这种措施，突然而又突出，很引起社会上的一些注目。其结果，究竟是利多，还是弊多，现行的如何，以后又该如何，都不在这篇文章的检讨和总结范围之内。不过，我可以断定：在十年动乱时，有些作家和他们的家属，遭遇那样悲惨，是和他们得到的稿费多，有直接关系。

一九四八年平分土地之时，周而复同志托周扬同志带给我一笔稿费，是在香港出版题为《荷花淀》的一本小说集的稿费。那时我在饶阳农村工作,一时不能回家,物价又不断上涨,我托村里一个粮食小贩,代我籴了三斗小米,存在他家里。因为那时我父亲刚刚去世,家里只有老母、弱妻和几个孩子,没有劳动力,准备接济一下他们的生活。这可以说是我第一次得到写作的经济效益。

现在,国家正推行新的经济政策和这方面的宣传,社会以及作家本身对稿费一事,是什么看法,我就不太清楚了。我只是想对有志于文学的青年,说明这样一个道理:各种工作,对国家社会的各种贡献,都应该得到合理的报酬,文学事业也不例外,但也不能太突出。另外,得到稿费,是写作有了真正成绩,达到了发表水平的结果,并不是从事文学工作的前提。真正成绩的出现,要经过一段艰苦的努力,这种努力有时需要十年,有时需要二十年,各人的情况不等。文章不能发表,主要是个人努力不够功夫不到所致,大多数,并非是客观环境硬给安排的不幸下场。不要只看见别人的"名利兼收",就断定这是碰命运轻而易举的事,草草成篇,扔出去就会换回钞票来。那是要耽误自己的。

一九八二年十二月八日

谈　师

新年又到了。每到年关,我总是用两天时间,闭门思过:这一年的言行,有哪些主要错误?它的根源何在?影响如何?

今年想到的,还是过去检讨过的:"好为人师"。这个"好"字,并非说我在这一年中,继续沽名钓誉,延揽束脩。而是对别人的称师道友,还没有做到深拒固闭,严格谢绝,并对以师名相加者进行解释,请他收回成命。

思过之余,也读了一些书。先读的是韩愈的《师说》。韩愈是主张有师的，他想当别人的师，还说明了很多非有师不可的道理。再读了柳宗元的《答韦中立论师道书》。柳宗元是不主张为人师的。他说，当今之世，谈论"师道"，正如谈论"生道"一样是可笑的，并且嘲笑了韩愈的主张和做法。话是这样说，柳宗元在信中，还是执行了为师之道，他把自己一生做文章的体会和经验，系统地、全面地、精到地、透彻地总结为下面一段话：

> 故吾每为文章，未尝敢以轻心掉之，惧其剽而不留也；未尝敢以怠心易之，惧其驰而不严也；未尝敢以昏气出之，惧其昧没而杂也；未尝敢以矜气作之，惧其偃蹇而骄也。……

来信者正是向他求问为文之道，需索的正是这些东西，这实际上等于是做了人家的老师。

近几年来，又有人称呼我为老师了。最初，我以为这不过是像前些年的"李师傅、张师傅"一样，听任人们胡喊乱叫去算了。久而久之，才觉得并不如此简单，特别是在文艺界，不只称师者的用心、目的，各有不同；而且，既然你听之任之，就要承担一些责任和义务。例如对学生只能帮忙、捧场、恭维、感谢，稍一不周，便要追问"师道何在？"等等。

最主要的，是目前我还活着，还有记忆，还有时要写文章。我所写的回忆文章，不能不牵扯到一些朋友、师长，一些所谓的学生。他们的优点，固然必须提到，他们的缺点和错误，有时在笔下也难避免。人非圣贤，孰能无过？

是的，我写回忆，是写亲身的经历，亲身的感受。有时信笔直书，真情流放，我会忘记了自己，忘记了亲属，忘记了朋友师生。就是说这样写下去，对自己是否有利，对别人是否有妨？已经有不少这样的例证，我常常为此痛苦，而又不能自制。

近几年，我写的回忆，有关"四人帮"肆虐时期者甚多。关于这一段的回忆,凡我所记,都是我亲眼所见,亲身所受,六神所注,生命所关。镂心刻骨,印象是非常鲜明清楚的。在写作时,瞻前顾后,字斟句酌,态度也是严肃的。发表以后,我还唯恐不翔实,遇见机会,就向知情者探问,征求意见。

当然,就是这样,由于前面说过的原因,在一些具体问题上,还是难免有出入,或有时说的不清楚。但人物的基本形象,场面的基本气氛,一些人当时的神气和派头,是不会错的,万无一失的。绝非我主观臆造,能把他们推向那个位置的。

我写文章,向来对事不对人,更从来不会有意给人加上什么政治渲染,这是有言行可查的。但是近来发现,有一种人,有两大特征:一是善于忘记他自己的过去,并希望别人也忘记;二是特别注意文章里的"政治色彩",一旦影影绰绰地看到别人写了自己一点什么,就口口声声地喊:"这是政治呀!"这是他们从那边带过来的老脾气、老习惯吧?

呜呼!现在人和人的关系,真像《红楼梦》里说的:"小心弄着驴皮影儿,千万别捅破这张纸儿。"捅破了一点,就有人警告你要注意生前和身后的事了。老实说,我是九死余生,对于生前也好,身后也好,很少考虑。考虑也没用,谁知道天下事要怎样变化呢?今日之不能知明日如何,正与昨日之不能知今日如何相等。当然,有时我也担心"四人帮"有朝一日,会不会死灰复燃呢?如果那样,我确实就凶多吉少了。

但恐怕也不那么容易吧,大多数人都觉悟了。而且,我也活不了几年了。

至于青年朋友,来日方长,前程似锦,我也就不必高攀,祝愿他们好自为之吧。

我也不是绝对不想一想身后的事。有时我也想,趁着还能写几个字,最好把自己和一些人的真实关系写一写:以后彼此之间,就不要再赶趁得那么热闹,凑合得那么近乎,要求得那么苛,责难得那么深了。大家都乐得安闲一些。这也算是广见闻、正视听的一途吧,也免得身后另生歧异。

因此,最后决定:除去我在育德中学、平民学校教过的那一班女生,同口小学教过的三班学生,彼此可以称做师生之外;抗战学院、华北联大、鲁艺文学系,都属于短期训练班,称做师生勉强可以。至于文艺同行之间,虽年龄有所悬殊,进业有所先后,都不敢再受此等称呼了。自本文发表之日起实行之。

一九八二年十二月二十三日下午一时三十分

谈　友

《史记》:"廉颇之免长平归也,失势之时,故客尽去。及复用为将,客又复至。廉颇曰:客退矣! 客曰:吁! 君何见之晚也! 夫天下以市道交:君有势,我则从君;君无势则去,此固其理也,有何怨乎!"

这当然记的是要人,是名将,非一般平民寒士可比。但司马迁的这段描述,恐怕也适用于一般人。因为他记述的是人之常情,社会风气,谁看了也能领会其妙处的。

他所记的这些"客",古时叫做门客,后世称做幕僚,曹雪芹名之为清客,鲁迅呼之为帮闲。大体意思是相同的,心理状态也是一致的。不过经司马迁这样一提炼,这些"客"倒有些可爱之处,即非常坦率,如果我是廉颇,一定把他们留下来继续共事的。

问题在于,司马迁为什么把这些琐事记在一员名将的传记里?这倒是从事文学创作的人,应该有所思虑的。我认为,这是司马迁的人生体验,有切肤之痛,所以遇到机会,他就把这一素材,作了生动突出的叙述。

司马迁在一篇叙述自己身世的文章里说："家贫不足以自赎。交游莫救，左右亲近不为一言。"柳宗元在谈到自己的不幸遭遇时，也说："平居闭门，口舌无数。况又有久与游者，乃岌岌而掺其间哉！"

这都是对"友"的伤心悟道之言。非伤心不能悟道，而非悟道不能伤心也！

但是，对于朋友，是不能要求太严，有时要能谅。谅是朋友之道中很重要的一条。评价友谊，要和历史环境、时代气氛联系起来。比如说，司马迁身遭不幸，是因为他书呆子气，触怒了汉武帝，以致身下蚕室。朋友们不都是书呆子，谁也不愿意去碰一碰腐刑之苦。不替他说话，是情有可原的。当然，历史上有很多美丽动听的故事，什么摔琴呀，挂剑呀，那究竟都是传说，而且大半出现在太平盛世。柳宗元的话，倒有些新的经验，那就是"久与游者"与"岌岌而掺其间"。

例如在前些年的动乱时期，那些大字报、大批判、揭发材料，就常常证实柳氏经验。那是非常时期，有的人在政治风暴袭来时，有些害怕，抢先与原来"过从甚密"的人，划清一下界限，也是情有可原的。高尔基的名作《海燕之歌》，歌颂了那么一种勇敢的鸟，能与暴风雨搏斗。那究竟是自然界的暴风雨。如果是"四人帮"时期的政治暴风雨，我看多么勇敢的鸟，也要销声敛迹。

但是，当时的确有些人，并不害怕这种政治暴风雨，而是欢呼这种暴风雨，并且在这种暴风雨中扶摇直上了。也有人想扶摇而没能扶摇上去。如果有这样的朋友，那倒是要细察一下他在这中间的言行，该忘的忘，该谅的谅，该记的记，不能不小心一二了。

随着"四人帮"的倒台，这些人也像骆宾王的诗句："倏忽搏风生羽翼，须臾失浪委泥沙"，又降落到地平面上来了，当今政策宽大,多数平安无恙。

既是朋友,所谓直、所谓谅,都是两方面的事,应该是对等相待的。但有一些翻政治跟头翻惯了的人,是最能利用当前的环境和口号的。例如你稍稍批评他过去的一些事,他就会说,不是实事求是啊,极不严肃呀,政治色彩呀。好像他过去的所作所为,所言所行,都与政治无关,都是很严肃、很实事求是的。对于这样的朋友,不交也罢。

当然,可不与之为友,但也不可与之为敌。

以上是就一般的朋友之道,发表一些也算是参禅悟道之言。

至于有一种所谓"小兄弟""哥们义气"之类的朋友,那属于另一种社会层和意识形态,不在本文论列之内,故从略。

一九八三年一月九日下午

谈文学与理想

××同志:

前两天,我看过了你寄来的小说,并于昨天,托人把剪报给你寄了回去。

这篇小说,生活和人物,都有现实的根据,但出自你的笔下,总给人一种低沉的感觉。我当时想,如果是我这个年岁写的,就合乎逻辑了。你这样年青,写这种情调的小说,显然是早了一些。

我这种想法,并不合乎创作的规律。每个人的创作道路,不会相同,即使同时代的人,也不会一样,何况我们的年纪相差这样远,经历的道路如此不同! 但是,作为一个同行,并对你有良好愿望的我,又好像了解一些你的思绪,你的企图,你的对人生的看法。

说是了解,是相对而言。我曾经对一位青年女作者说:"我不了解你们这一代作家,更不了解你们作品中所写到的,那些比你们更年青的一代,比如最近我读到的你的一篇小说里面的姐姐和妹妹。"她听了好像还有些不高兴,但我说的是真情实话。这可能和我好多年足不出户,与当代青年接触很少有关。

我了解我们这一代作家,也比较了解我们上一代的作家。

我们这一代和我们上一代的作家,可以说绝大多数是知识分子,他们都有机会上过中学或大学,有的并留学外国。就是说,他们的当作家以前的生活,都是比较优裕的,有比较充实的学识修养。他们本身在执笔以前,并没有经受过什么饥寒之苦。然而他们的作品,却满怀同情劳苦的人民。他们经历的是大动荡,或者说是大变革的时代。比我们老的一代,遇到的是辛亥革命,民主革命。我们自己遇到的,则是民族革命,社会主义革命。

这两代作家,在从事写作之初,接受了世界上先进的革命思潮,受到国内革命力量的影响,加强了他们为人生而艺术的思想和意志。当然也有些作家,自觉地站在革命斗争旋涡之外,但他们的作品,不为当代所重视,因而影响甚微。

这两代作家的作品,在政治思想上,都有明显的倾向性。其中当然又有分别,有站在潮流之前的,有处在潮流之中的,也有远离潮流而只是心向往之的。但他们都是有理想的,有支持自己写作的精神力量的。

这是时代,也可以说是这一时代的政治,对作家的强大的影响。政治与文艺无关的说法,从这两代作家的经历,证明是不可信的。

我青年时期也读过孔孟的书,老庄的书,韩非的书,都研进不深。也读过一些外国不同思想流派的文学作品,包括尼采的作品。也读过吴稚晖的书,梁漱溟的书,周作人的书。

后来终于集中精力读新兴社会科学,十月革命文学和鲁迅的书。

这种选择，在当时，并非我一个人，社会上所有从事文学工作的青年人，都在向这方面探索追求。

三十年代初，我在北京流浪时，东安市场小书摊，在晚上都摆出一张马克思的相片。他们知道，凡是来这里买书的人，都从心里向往着革命。高尔基的肖像，对于这些青年，吸引力也很大。

抗日战争时期，我在晋察冀边区工作，唱过从西北战地服务团学来的一首歌，其中有一句："为了建立人民共和国"，这一句的曲调，委婉而昂扬，我们唱时都用颤音，非常激动。

那时候，引导作家们写作的，就是这些鲜明而有号召力的政治目标，经过无数人的流血牺牲，我们终于建立了中华人民共和国。这是我们这一代作家青壮年时期的历程总结。

我不了解你们这一代作家的学习过程、生活过程和所持理想的形成过程。但我知道，十年动乱，实际上对每个正直的人，都是一种意想不到的大不幸。你们看到了老一代作家的遭遇，老一代也看到了你们一代的遭遇。这种遭遇，不能不影响一个人的思想感情，特别是对于作家。我了解自己在这一时期，思想感情所经历的痛苦磨炼，但我对青年人的思想感情的变化，则所知甚少。作为一个作家，每时每刻，都和国家的命运联系在一起，不管任何处境，他不能不和广大人民，休戚相关。国家、人民的命运，就是作家的命运。

我们这一代，经历了国家和人民的苦难、斗争、曲折艰辛的时期。对作家来说，这很难认定是幸还是不幸。十年动乱是一个大悲剧，但整个历程并非都是悲剧。我不知道，你们这一代，如何评价我们的作品，以及如何看待我们的遭遇。我们遭遇的挫折，不应该引起你们对战斗的文学的失望。

现在，我们这一代，很多人的墓木已拱，有各式各样的下场，现在无须再去谈论它。文学事业正如其他事业，是不会停滞的，是不会间断的，是继往开来的。人民希望能有更多更有为的作家出现。他们和国家人民拥抱在一起，共同呼吸，有共同理想。

作家没有理想，就常常走到虚无主义那里去。虚无主义本身又永远不能成为一种人生的理想，只能导致作品和作家的沉落。历史上，很多有奇异才华的作家，就是在这个深渊里消失了。虚无主义不能成全作家。

在经历种种忧患之后，我时常警惕自己。

历史和现实，在不断运转，不断前进。推动历史，反映现实，作家有一份力量，但不能妄自尊大，以为自己会有多么了不起的作用。

忧国忧民，是中国文学的一个显著的传统。这一伟大传统，从古代歌谣，就充分表现出来了。历代的诗歌、小说、戏剧，都在继承这一传统。今天的作品，尤其需要发扬它。这是时代的大主题。

尊重和发扬我们民族的传统，包括文学艺术的传统，对当代的青年作家来说，恐怕是很重要的。

至于处世之间的一些苦恼，个人生活中的一些不愉快，这是随时都可以发生的。处理这些问题，最好用中国哲学的方法。不然就徒伤心神，无补实际。读书是用来帮助自己前进的，无论舟楫车轮，都可利用。

总之，多读一些中国历史，包括文学史，多读一些中国文学典籍，就会知道我们的民族是伟大的，历代产生的作家，遭遇虽多不幸，他们的工作，是无愧于自己的民族的。愿你多读多写。

一九八三年八月二十七日晨

谈 改 稿

传说《吕氏春秋》成书后,悬之国门,千金不能易一字。

我常想:这可能是一种神话。事实上,任何人的文章,不会一个字也动不得。但又听说,当代有一位作家,前些年,他的一篇文章,被选入中学课本。编辑认为有一个字,需要改动一下,他不接受,请叶圣陶去和他说,他仍坚持不改,而终于改不成。这真的成为千金不易一字了。我不知道是一个什么字,所以也无法评议其是非。

如果关于吕氏之书的传说,是为了说明这部书,经过作者反复推敲修改,文字上已经完美无缺,没有多少指责的余地,那是可以理解的。对后来的作者,也是有教育意义的。但绝非说一个人的文章,就可以做到一个字也不能改动。

"敝帚自珍"也是我们的一句老话。又有人说,人们偏爱自己的作品,像偏爱自己的孩子一样,但不管如何自珍与溺爱,总还是允许别人有所非议挑剔,当然,也要看非议挑剔得是否得当。

别人大砍大削我的文章,特别是已经发表过的文章,例如《荷花淀》,一处就删去八行,二百余字,这是我写过文章,表示过抗议的。前几年,有一位中学老师为一个部门编选业余教材,选上了《山地回忆》,寄来他对此文的修改清样。只是第一段,我就看到,他用各种符号,把原来文字,删来改去,勾画得像棋盘上走乱了的棋子一样。我确实是非常不愉快了。我想:我写的文章,既然如此不通,那你何必又去选它呢?

但是,对于编辑部提出的,个别文字的修改,我从来是认真考虑,虚心接受的。因为我知道,我的修辞造句的功夫,并非那么深厚。

现在，大家又在推崇我们古代文字之美了，都在欣赏古文古诗。那些作品，读起来就是好，也真有它们的生命力。我体会到，古人的这些传世之作，其产生，固然因为作家的才力，更多的，恐怕是他们修改的功夫。他们的文章，篇幅都很短小，但绝不是一挥而就，就认为尽善尽美。而是改过若干次，即不是一次两次。传说王勃是才子，他的外作《滕王阁序》，也不会是没有修改就定稿的。

古人写了文章，很多是贴在墙上，来回的念诵，随时更易其文字。寄给朋友们看，征求意见。十天半月甚至半年一年的在那里用功。每一个字都印在心里。是这样写文章的。

越到老年，我越相信：好文章是改出来的这句话。如果我们读书，不只读作家的发表之作，还有机会去研究他们的修改过程，对我们一定有更多的好处，可惜这方面的资料和书籍，很少很少。

一九八三年九月七日

谈 读 书

读书，主要靠自学。记得上中学时，精力旺盛，读书最多，也最专心。我们的国文老师，除去选些课文，在课堂给我们讲解外，就是介绍一些参考书，叫我们自己在课外去选择、去阅览。

文学非同科学，有时是可以无师自通的，只要个人努力。读书也没有准则，只有摸索着前进。读书和自己的志趣有关，一个人的志趣，常常因为时代、环境的变化，而有所改变。所以，就是师长给你介绍的书，也不一定就正中你的心意，正合你当时的爱好。

例如鲁迅先生给许世瑛开的十部书，是很有名的。但仔细一想，许世瑛那时年纪还小，他能读《全上古……文》或《四库全书总目》那类的古书吗？会有兴趣吗？但开这样一个书目，对他还是有好处的。使他知道：人世间有这样几部书，鲁迅先生是推重这些作品的。

现在，也常常有人叫我给他开个书目之类的单子，我是从来不开的。迫不得已，我就给他开些唐诗古文之类的书，这是书林中的菽粟，对谁也不会有害处的。我想：我读过的，你不一定去读，也不一定爱好。我没有读过的好书多得很。而我读书，是从来没有计划，是遇到什么就读什么的。其中，有些书读了，确实有好处，有些书却读不懂，有些书虽然读过了，却毫无所得。

根据以上这个经验，我后来读书，就知道有所选择了。先看前人的读书提要，了解一下书的作者及其内容。而古人的读书笔记，多是藏书记，只记他这本书，如何得来，如何珍贵，对内容含义，缺少正确的评价，这就只好又去碰了。

"开卷有益"，我常常这样安慰自己。

我的习惯，选择了一本书，我就要认真把它读完。半途而废的情况很少。其中我认为好的地方，就把它摘录在本子上。我爱惜书，不忍在书上涂写，或作什么记号，其实这是因小失大。读书，应该把随时的感想记在书眉上，读完一本，或读完一章，都应该把内容要点以及你的读后意见，记在章尾书后，供日后查考。读古书，这样做方便一些，因为所留天地很大，前后并有闲纸，现在印书，为了节省纸张，空白很少，只好写在纸条上，夹在书里面。不然年深日久，你读过的书就会遗忘，等于没有读。古人读书，都作提要，对作者身世，著作内容，作简要的叙述和评价，这个办法，很值得我们读书时取法。

青年人读书，常常和政治要求、文坛现状、时代思潮有关；也常常和个人遭遇，思想情绪有关。然而，总的趋势，是向前发展的，不是一成不变的。老年人的爱好，常常和青年人的爱好不大一样，这是很自然的，也不要相互勉强。

比如，我现在喜欢读一些字大行稀，赏心悦目的历史古书，不喜欢看文字密密麻麻、情节复杂奇幻的爱情小说，但这却是不能强求于青年人的。反过来说，青年人喜欢看乐意写的这样的小说，我也是宁可闲坐一会儿，不大喜欢去读的。

一九八三年九月八日晨雨

谈　修　辞

我在中学时，读过一本章锡琛的《修辞学概论》，也买过一本陈望道的《修辞学发凡》。后来觉得，修辞学只是一种学问，不能直接运用到写作上。

语言来自生活，文字来自书本。书读多了，群众语言听的熟了，自然就会写文章。脑子里老是记着修辞学上的许多格式，那是只有吃苦，写不成文章的。

古书上有一句话：修辞立其诚。这句话，我倒老是记在心里。

把修辞和诚意联系起来，我觉得这是古人深思熟虑，得出来的独到见解。

通常，一谈到修辞，就是合乎语法，语言简洁，漂亮，多变化等等，其实不得要领。修辞的目的，是为了立诚；立诚然后辞修。这是语言文字的辩证法。

语言，在日常生活中，以及表现在文字上，如果是真诚感情的流露，不用修辞，就能有感人的力量。

"情见乎辞"，这就是言词已经传达了真诚的感情。

"振振有辞"，"念念有辞"，这就很能说了。其中不真诚的成分可能不少，听者也就不一定会受感动。

所以说，有词不一定有诚，而只有真诚，才能使辞感动听者，达到修辞的目的。

苏秦、张仪，可谓善辩矣，但古人说：好辩而无诚，所谓利口覆邦国之人也。因此只能说是辞令家，不能说是文学家。作家的语言，也可以像苏秦、张仪那样的善辩，但必须出自创作的真诚，才能成为感人的文学语言。

就是苏秦，除了外交辞令，有时也说真诚的话，也能感动人。

《战国策》载，苏秦不得志时，家人对他很冷淡，及至得志归里，家人态度大变。苏秦曰："嗟乎！贫穷则父母不子，富贵则亲戚畏惧。人生世上，势位富贵，岂可忽乎哉！"这就叫情见乎辞。比他游说诸侯时说的话，真诚多了。也就近似文学语言了。

从事文学工作，欲求语言文字感人，必先从诚意做起。有的人为人不诚实，善观风色，察气候，施权术，耍两面，不适于文学写作，可以在别的方面，求得发展。

凡是这种人写的文章，不只他们的小说，到处给人虚伪造作、投机取巧的感觉，就是一篇千把字的散文，看不上几句，也会使人有这种感觉。文学如明镜、清泉，不能掩饰虚伪。

一九八三年九月八日下午，雨仍在下着

谈 评 论

评论文章，并不是那么容易，就能写好的。评论一个人难，评论一篇文章同样难。评论一个人，要能知人论世，设身处地。就是要把一个人，同他所处的时代、环境联系起来，才能客观，有可信性。评论一部作品，如果对作家的时代、环境，毫无所知，就作品评作品，其肤浅就可想而知了。

近年评论《红楼梦》的学者们，对于曹雪芹所处的时代环境，研究的可以说是广泛而周到了。但有些研究，简直与作品风马牛不相及，牵强附会，甚至虚假不可信。用这种资料，去研究作者以及作品，那也将是徒劳无益，甚至有害的。评论作品要靠对作家的了解，但如果了解得不准确，而自以为是，写出来的评论，就会更糟。

几十年来，在这个文艺圈子里，我们看到过或经受过各样的文艺评论。有些是声讨式的一篇大文，赫然出现在大报上，情况严重，声势浩大，立刻使所有执笔为文者，及其家属亲朋，都感到战栗。有些是吹捧式的，一部作品，经权威者发现，推崇备至，封为一流，遂使万人空巷，钟鼓齐鸣。这是两个极端，时间已证明多为荒谬，可以不必再去谈它。

党的三中全会以后，实事求是的文艺批评，重新为人们所提倡。但因为积重难返，真正做到这一点，还是很不容易的。鉴于过去棒喝主义的恶果太惨重，声讨式的评论文章，近来确是不常见了。吹捧式的评论，其数量虽不见减少，其程度——即吹捧的调门，却有渐渐降低的趋势。一般说来，目前的文艺批评，总的缺点，还是忽视艺术分析。具体说来，有如下几个方面：

一、架子太大，识见平常。很多文艺评论，文章很长，间架很大。好像不如此，不足以称为文学评论似的。这是一种传统习惯，而表现在文艺评论家那里，尤其显著。文章的规模，他们取法于古典批评家，而细观其学识和见解，又多不相称。

二、人云亦云，角度一样。读关于某一作家的评论，常感到这一点。当然谈的是一个人的作品，会有相同内容。但是在艺术分析方面，甚至所用辞句方面，雷同之处甚多，读起来就缺乏兴味了。着眼的角度，也大体一致。不能另开途径，探讨新的领域，以丰富对这一作家的研究。

三、争执不下，没有准绳。现在，对于过去说是"有问题的作品",叫做"有争议的作品"。在讨论时,总是有两种完全对立的意见:甲说很坏;乙说很好。争执一通,无结果而散。这就叫做争鸣吗?任何事物,总有一个衡量标准,定其质量。现在评论文章,不大提政治标准了。其实历代文艺批评,并非完全不顾政治。艺术标准,也不是抽象的,不会是各执一词,就可以罢休的。不能把文艺上的什么主义,或什么流派的主张,各有所好,随便拿来,作为衡量人间一切文艺的尺度。对于艺术,古今中外,总是把现实生活、民族传统、社会效果,作为评价取舍的标准的。

如果一个民族,能以其不断向上的正义的力量,维护着一个人心所向的道德标准;同样,这个民族,也就能维护着一个人民共同认识的艺术标准。

一九八三年九月九日晨

谈 爱 书

上

那天,有一位客人来闲谈。他问:"听说,你写的稿子,编辑不能改动一个字。另外,到你这里来,千万不要提借书的事。都是真的吗?"

我回答说:

关于稿子的事,这里先不谈。关于借书的事,传说的也不尽属实。我喜爱书,珍惜书。要用的书,即是所谓藏书,我确是不愿意借出去的。但是,对我用处不大,我也不大喜欢的书,我是宁可送给别人,不要他归还的。我有一种洁癖,看书有自己的习惯。别人借去,总是要有些污损。例如,这个书架上的杂志和书,院里院外的孩子们要看，我都是装上封套，送给他们。他们拿回去怎样看，我就管不了许多。

即使是我喜爱的书，在一种特殊的时机，我也是可以慷慨送人的。例如抗日战争爆发以后，许多同志都到我家拿过书。大敌当前，身家性命都不保，同志们把书拿出去，增加知识，为抗日增加一分力量，何乐而不为？王林、路一、陈乔，都曾打开我的书箱，挑拣过书籍。有的自己看，有的选择有用的材料，油印流传。这些书，都是我从中学求学，北平流浪，同口教书，节衣缩食买下来，平日惜如性命的。

十年动乱开始，我的书共十书柜，全部被抄。我的老伴，知道书是我的性命，非常难过。看看我的面色，却很冷漠，她奇怪了。还以为我能临事不惊，心胸宽阔呢。当时，我只对她说：

"书是小事。"

有些书，我确是不轻易外借的。比如《金瓶梅》这部书，我买的是解放后国家影印的本子。二十四册，两布函，价五十元。动乱之前，就常常有同志想看，知道我的毛病，又不好意思说。有的人拐弯抹角：

"我想借你部书看。"

我说：

"什么书？新出版的诗集、小说，都在这个书架上，你随便挑吧！"

"不。"他说，"我想借一部旧书看看。"

"那也好。"我心里已经明白七分，"这里有一部新印的《聊斋》。"

他好像也明白了，不再说话。

抄去的书籍还能够发还，正如人能从这场灾难中活过来，原是我意想不到的。但终于说是要落实政策了，但就是不发还这一部。

我心里已经有底，知道有人想借机扣下，就是不放弃。过了半年，还是有权者给说了话，才答应给我。这一天，报社的革委会主任，把我叫到政工组的内间。我以为他有什么公事，要和我谈，坐下来后，他说：

"听说要发还你那部书了，我想借去看看。"

"可以。"他是革委会主任，我不便拒绝，说，"最好快一些，另外，请不要外传。"

政工组到查抄办公室，把书领回来，就直接交到他手里去了。那是我未曾触手的一部新书，还好，他送给我时，污损不大。时间也不太长。我想他不一定通读，而是选读。

过去，《金瓶梅词话》的洁本出版以后，北平书摊上，忽然出现一本小书，封面上画着一只金色的瓶子，上面插着一枝梅花，写着"补遗"二字。定价高昂，对于只想看"那一部分"的读者，大敲竹杠。我很后悔没有买下一本，应付来借这部书的人们。

客人又问：

"从你写的一些文章看，你的家庭，并不是书香门第，那你为什么从幼年就爱上了书呢？"

我答：我幼年时，我家里，可以说是一本书也没有。我的父亲，只念过二年私塾，然后经招赘在本村的一个山西人，介绍到祁州（后来改称安国县）一家店铺去学徒。家境很不好，祖父一直盼望父亲，能吃上一点股份，没有等到就去世了。祖父的死，甚至难以为葬，同事们劝父亲"打秋风"，父亲不愿，借贷了一些钱，才出了殡。这是母亲告诉我的。父亲没有多读书，但看到我的兄弟们都已夭殇，我又多病，既不能务农，又因娇惯也不能低声下气去侍候人——学徒。眼下家境好些了，所以决定让我读书。我记得从我上学起，父亲给我买过一部《曾文正公家书》，从别人要来一本《京剧大观》，还交给过我一本他亲手抄录的、本县一位姓阎的翰林，放学政时在路途上写的诗。父亲好写字,家里还有一些破旧的字帖。

我的书都是后来我做事,慢慢买起来的,父亲也从不干预。但父亲很早就看出我是个无能之辈,不会有多大出息,暗暗有些失望了。

下

我喜爱书,在乡里也小有名声。我十七岁,与黄城王姓结婚。结婚后的年节,要去住丈人家。这在旧社会,被看做是人生一大快事,与金榜题名、作品获奖相等。因为到那里,不只被称作娇客,吃得很好,而且有她的姐妹兄弟,陪着玩。

在正月,就是大家在一起摸纸牌。围在一起,说说笑笑,打打闹闹,其乐可以说是无穷的。但我对这些事没有兴趣。她家外院有一间闲屋,里面有几部旧书,也不知是哪一辈传流下来的,满是灰尘。我把书抱回屋里,埋头去看。别人来叫,她催我去,我也不动。这样,在她们村里,就有两种传说:老年人说我到底是个念书人;姑娘们说我是个书呆子,不合群。

我的一生,虽说是与书结下了不解之缘,中间也有间断。一九五六年秋末,我得了严重的神经衰弱症。经过长期失眠,我的心神好像失落了,我觉得马上就要死,天地间突然暗了一色。我非常悲观,对什么也没有了兴趣,平日喜爱的书,再也无心去看。在北京的一家医院医治时,一位大夫曾把他的唐诗宋词拿来,试图恢复我的爱好,我连动都没动。三个月后,我到小汤山疗养院。附近有一家新华书店,里面有一些书,是城里不好买到的,我到那里买了一部《拍案惊奇》和一本《唐才子传》,这证明我的病,经过大自然的陶冶,已经好了许多。

半年以后,我又转到青岛疗养。住在正阳关路十号。路两旁是一色的紫薇花树。每星期,有车进市里,我不买别的东西,专逛书店。我买了不少丛书集成的零本，看完后还有心思包扎好，寄回家中。吹过海风，我的身体更进一步好转了。

十年动乱，我的书没有了，后来领到一小本四合一的红宝书。第一次开批判会，我忘记带上，被罚站两个小时，从此就一直带在身上，随时念诵。一是对领袖尊敬，二是爱护书籍的习惯没改，这本小书，用了几年，还是很干净整齐。别人的，都摸成黑色了。

客："可不可以这样说：你的有生之年，就是爱书之日呢？"

我说：这也很难说。我的书，经过几次沧桑，已如上述。书籍发还以后，我对它们还是有一种久别重逢的感情的。从今年起，我对书的感情渐渐淡漠了，不愿再去整理。这恐怕是和年岁有关，是大限将临的一种征兆。也很少买书了。前些天，托人买了一部《文苑英华》，一看字缩印得那样小，本子装订得又那样厚，实在兴趣索然。本来还想买一部《册府元龟》的，也作罢了。

我的生平，没有什么其他爱好。不用说声色犬马，就是打扑克、下象棋，我也不会。对于衣食器用，你都看见了，我一向是随随便便，得过且过的。但进城以后，有些稿费，既对别的事物无多需求，旧习不改，就想多买书。其实也看不了许多，想当一个藏书家。"文化大革命"期间，有人说我是聚浮财，有人说我是玩书。玩人丧德，玩物丧志，玩书又将如何呢？这就很难说清楚了。黄丕烈、陆心源都是藏书家，也可以说都是玩书的人。不过人家钱多，玩得大方一些，我钱少，玩得小气一些。人无他好，又无他能，有些余力，就只好爱爱书吧。

我死以后，是打算把一些有用的书，捐献给国家的，虽然并没有什么珍本。不过包书皮上，我多有糊涂乱写，想在近期清理一下，以免遗笑后世。

一九八三年九月十九日夜记

爱书续谈

客：读书首先要知道爱书。不过，请原谅，像你这样爱书，体贴入微，一尘不染，是否也有些过火，别人不好做到呢？

答：是这样，不能强求于人，我也觉得有些好笑。年轻时在家里读书，书放在妻子陪嫁的红柜里。妻子对我爱书的嘲笑，有八个字："轻拿轻放，拿拿放放。"书籍是求知的工具，而且只是求知的手段之一，主在利用。清朝一部笔记里说：到有藏书的人家去，看到谁家的书崭新，插架整齐，他家的子弟，一定是不读书，没有学问的。看到谁家的书零乱破败，散放各处，这家的子弟，才是真正读书的人。这恐怕也是经验之谈。我的书，我喜爱的书，我的孩子们是不能乱动的。我有时看到别人家，床上、地下、窗台、厕所，到处堆放着书，好像主人走到哪里，坐在何处，随时随地，都可以拿起来阅读，也确实感到方便，认为是读书的一种好方法。但就是改不了自己的老习惯。我的书，看过以后，总是要归还原处，放进书柜的。中国旧医书上说有一种疾病，叫做"书痴"，我的行为，庶几近之。

客：这也难说。我看你在日常生活中，不只对书，对什么东西，也是珍惜，不肯抛废。这是否和长期过艰苦生活有关呢？

答：我们已经谈过，我自幼家境并不好，看到母亲、妻子终日织纺，一粒粮食，得来不易，我很早就养成了一种俭朴的生活习惯，有时颇近于农民的吝惜。直到现在，还是如此，我已经描写在一篇小说之中，作为自嘲。

抗日战争和解放战争期间，我离乡背井，可以说是穷到一无所有。行军时，只有一根六道木棍子和一个用破裤子缝成的所谓书包，是我唯一的私有财产。我对它们也是爱护备至，唯恐丢掉。特别是那根棍子，就像是孙悟空手里那根金箍棒一样，时刻不离手，从晋察冀拿到延安,又从延安拿到华北。你看,人总是有一点私有观念,根深蒂固,即使只剩下一点破烂,也像叫化子,不肯放下那根破枣木棍儿。但是,就在这种情况下,我的破书包里,还总是带着一本书,准备休息时阅读。我带过《毁灭》《呐喊》《彷徨》,也带过《楚辞》和线装的《孟子》。那时行军,书带多了,是走不动的,我就选择轻便的书带上。

客:你读书,有没有目的性?或者说,从什么时候开始,你的读书,才是自觉的,有所追求的呢?

答:幼年读书,可以说是没有目的的,上小学是为了识字,看小说,是叫做看闲书。《红楼梦》《封神演义》,是我在本村借来看的。如果说读书,是为了追求什么,那应该从我读高中说起。这时,我已经十九岁,东北"九一八"事变,上海"一·二八"战事,接连发生,这是国家民族的处境。我个人的处境是初中毕业,没有生活出路,父亲又勉强叫我再上二年高中。高中毕业以后,又将如何,实在茫然。人在青年,对国家,对家庭,对周围环境,对个人,总是有很多幻想,很多希望与失望,感慨和不平的。但我并没有斗争的勇气,也没有参加过什么实际的革命活动。我处在一种隐隐的忧闷之中彷徨不定,想从书本上,得到一些启示,一些安慰,一些陶醉。

读书是一种文化活动,文化活动总是带有时代特点。青年读书,总是顺应时代思想的潮流的。这一时期,我读了大量的新兴社会科学和新兴革命文学的书籍,这对于我后来参加抗日战争,无疑是一种起主导作用的推动力。所以说,二十岁上下时的读书,虽然目的性并不明确,但对国家民族的解放和进步,对自身生活、思想的解放和进步的向往和追求,还是有意识的,而且是很强烈的。

我应该感谢书籍,它对我有很大的救助力量。它使我在青春期,没有陷入苦恼的深渊,一沉不起。对现实生活,没有失去信心。它时常给我以憧憬,以希望,以启示。在我流浪北平街头,衣食不继时,它躺在街头小摊上,蓬头垢面与我邂逅。风尘之中,成为莫逆。当我在荒村教书时,一盏孤灯,一卷行李,它陪我度过了无数孤独的夜晚,直到雄鸡晓啼。在阜平草棚,延安窑洞,它都伴我枯寂,给我营养,使我奋发。此情此景,直到目前,并无改变。一往情深,矢志不移,白头偕老,可谓此矣。我对它珍惜一点,溺爱一点,也是情理之常,不足为怪了。

一九八三年九月二十二日

我 和 古 书

我的读书过程,可以分成几个阶段。从小学到初中,可以说是启蒙阶段,接受师长教育。高中到教书,可以说是追求探索阶段。抗日战争到解放战争,可以说是学以致用阶段。进城以后,可以说是广事购求,多方涉猎,想当藏书家的阶段。

可以从第三阶段说起。抗日战争时期,在冀中区,我们油印出版过一些小册子,其中包括苏联十月革命以后的文艺创作和新的文学理论。这些书,都是我在三十年代研究和学习过的。我所写的文艺方面的论文和初期的创作,明显地受这些理论和作品的影响。例如我的第一篇小说《一天的工作》和第一篇论文《现实主义文学论》。所以说,这是"学以致用"的阶段。我们在这一时期的工作,虽然幼稚,但今天看起来,它在根据地的影响,还是很深远的。

我在三十年代初,所学习的文艺方面以及社会科学方面的知识,都尽量应用在抗日工作中去,献出了我微薄的力量。另外,在实际工作中,又得以充实自己,发展所学,增长了工作的能力。

为什么进城以后,我又爱好起古书来呢?

我小的时候,上的是"国民小学",没有读过四书五经。不知为什么,总觉得是一个缺陷。中学时,我想自学补课,跑到商务印书馆,买了一部"四书",没有能读下去,就转向新兴的社会科学去了。直到现在,很多古籍,如不看注,还是读不好,就是因为没有打下基础。初进城时,薪俸微薄,我还是在冷摊上买些破旧书,也包括古籍,但是很零碎,没有系统。以后,收入多了一些,我才慢慢收集经、史、子、集四方面的书,但也很不完备。直到目前,我的"二十四史",还缺《宋书》和《南齐书》两种,没有配全。认真读过的,也只有《史》《汉》《三国志》和《新五代史》几种。《资治通鉴》,读过一部分,《纲鉴易知录》通读过了。近人的历史著作,如夏曾佑的《中国古代史》,吕思勉的《隋唐五代史》《清史纲要》等,也粗略读过。

我还买一些非正史,即所谓载记一类的书:《十六国春秋》《十国春秋》《吴越备史》《七家后汉书》等等。但对我来说,程度最适合的,莫过于司马光的《稽古录》。我买了不少的明末野史,宋人笔记,宋人轶事,明清笔记,都与历史有关。

《世说新语》一类的书,买得很多,直至近人的新世说。我喜爱买书,不只买一种版本,而是多方购求。《世说新语》,我有四种本子,除去明刊影印本两种,还有唐写本的影印本,后来的思贤讲舍的刻本。《太平广记》也有四种版本:石印,小木版,明刊影印,近年排印。《红楼梦》《水浒》,版本种类也有数种,包括有正本,贯华堂本。还有《续水浒》《荡寇志》。

各代文学总集,著名作家的文集,从汉魏到宋元,经过多年的搜集,可以说是略备。明清的总集别集,我没有多留心去买。我对这两朝的文章,抱有一点轻视的成见。但一些重要思想家、学术家和著名作家的书,还是买了几种。如黄黎洲、崔乐璧、钱大昕、俞正燮、俞樾等。一些政治家,如徐光启、林则徐的文集,我也买了。钱谦益的两部集子也买了。

近代学者梁启超、章太炎，我买了他们的全集。王国维，我买了他的主要著作。近人邓之诚、岑仲勉的关于历史和地理的书，我也买了几种。黄侃、陈垣、余嘉锡的著作，也有几种。

我的藏书中，以小说类为最多，因为这有关本行。除去总集如《太平广记》《说郛》《顾氏文房小说》以外，张之洞的《书目答问》，小说家类，共开列三十六种，我差不多买齐了。其次是杂史类掌故之属，《书目答问》共开列二十一种，我买了一半多。再其次是儒家考订之属，我有二十六种。

刚进城时，新旧交替，书市上旧书很多，也很便宜。我们刚进来，两手空空，大部头的书，还是不敢问津。《四部丛刊》，我只是在小摊上，买一些零散的，陆续买了很多。以后手里有些钱，也就不便再买全部。因此，我的《四部丛刊》，无论初、二、三编，都是不全的，有黑纸的，也有白纸的，很不整齐。"廿四史"也同样，是先后零买的，木版、石印、铅印；大字、小字、方字、扁字，什么本子也有。其中以《四部备要》的本子为多。《四部备要》中其他方面的书，也占我所藏线装书的大部分。

谱录方面的书，也有一些，特别是书目。

我买书很杂，例如有一捆书（我的书自从抄家时捆上，就一直沿用这个办法）的书目为：《黄帝内经素问》《桑蚕粹编》《司牧安骥集》《考工记图》《郑和航海图》《营造法式》《花镜》……这并非证明我无书不读，只是说有一个时期，我是无书不买的。

一九八三年九月二十七日

我中学时课外阅读的情况

从一九二六年起，我在保定育德中学读书六年（初中四年，高中二年）。回忆在那一时期的课外阅读，印象较深的，有以下几个方面：

一、读报纸：每天下午课毕，我到阅览室读报。所读报纸，主要为天津的《大公报》和上海的《申报》，也读天津《益世报》和北平的《世界日报》，主要是看副刊。《大公报》副刊有《文艺》，《申报》有《自由谈》，前者多登创作，沈从文主编。后者多登杂文，黎烈文主编。当时以鲁迅作品为主。

二、读杂志：当时所读杂志有《小说月报》《现代》《北斗》《文学月报》等，为文艺刊物，多左翼作家作品。《东方杂志》、《新中华》杂志、《读书杂志》、《中学生》杂志等，为综合杂志。当时《读书杂志》正讨论中国社会史问题，我很有兴趣。也读《申报月刊》和《国闻周报》（《大公报》出版）。

三、读社会科学：读了《政治经济学批判》《费尔巴赫论》《唯物论与经验批判论》等经典著作，以及当时翻译过来的苏联及日本学者所著经济学教程。如布哈林和河上肇等人的著作。

四、读自然科学：读《科学概论》《生物学精义》，还读了一本通俗的人类发展史，书名叫《两条腿》，北新书局出版。

五、读旧书：读《四书集注》、庄子、孟子选本，楚辞、宋词选本，以及近代人著文言小说如《浮生六记》《断鸿零雁记》等。

六、读文化史：先读赵景深《中国文学小史》、王治秋《新文学小史》（载于《育德月刊》）、杨东莼《中国文学史》、胡适《白话文学史》、冯友兰《中国哲学史》。《欧洲文艺思潮》《欧洲文学史》，日人盐谷温、青木正儿等人的有关中国文学著作。

七、读小说散文：《独秀文存》《胡适文存》，鲁迅、周作人等译作，冰心、朱自清、老舍、废名作品，英法小说、泰戈尔作品。后来即专读左翼作家及苏联作家小说。

八、读文艺理论：读《文学概论》及当时文坛论战的文章，如鲁迅与创造社一些人的论战,后来的《文艺自由论辩》,及中外人写的唯物史观艺术论著。日本厨川白村、藏原惟人、秋田雨雀的著作,柯根《伟大的十年间文学》等。

九、读文字语言学:陈望道《修辞学发凡》,杨树达《词诠》,穆勒《名学纲要》,即逻辑学。

十、读人生观、宇宙观方面的书:记有吴稚晖、梁漱溟著作,忘记书名。

以上所记,主要是课外读物,多由教师介绍指导。中学生既无力多买书,也不大知道应该买哪些书,所以应该利用学校中的图书馆,并请教师指导。向同学师长借阅书籍,要按期归还,保持清洁。

一九八三年十月四日

谈"打"

我住的屋子,是旧式建筑。虽然高大,但采光不好,每到生炉子以前这一段时光,阴冷得很不好过。夜晚看书,也要披上一件大棉袄。

这件大棉袄,也很有年代了。是一九六六年冬天,老伴为我添制,应付出去"开会"穿的。在当时,这还算是时兴式样,现在很少见到有人穿了。我第一次穿着它去"开会"时,还有革命群众看不惯,好像说我没有资格再穿一件新棉袄。后来我就很少穿它,只穿一身破烂不堪像叫花子一样的衣服。

其实是枉然的。我眼前的文章,写的是赵树理的"最后五年"。说他只是回答了一句问话,就被一个素不相识的、五大三粗的汉子,当胸击了一拳,赵应声倒地,断了三根肋骨,终于造成他的死亡。

哪里来的这么大的仇恨？是出自无产阶级感情吗？好像又不是。因为文章说这只是一个"恶棍"。

一个恶棍，一拳打断一个作家的三根肋骨。在当时，这被称作"革命"，现在读到这里，确是不能不感到身上有些发凉了。

在那些年月里，说句良心话，我是没有挨过多少打的。只是在干校单独出工时，冒犯了当地农场的几个坏孩子，当我正在低头操作时，一块馒头大小的碎砖飞来，正中我的头顶，如果不是戴着一顶棉帽，很可能脑浆飞迸，当场死亡了。

那时我被定上了一些罪名。有些人定我为某某"黑帮"，这是出于他们的"常识"，且不去谈它。又说我是某某和某某的死党。前者为本市的文教书记，后者为宣传部的副部长。这个罪名，一直延续到"文革"后期，好像是定论似的。最后一次叫我写材料，那位办事人还惋惜地说：

"看，和他们搞到了一起！"

对此，我从来没有辩解过，只是沉默着。我渐渐明白，这完全是一些人的政治权术。他们从以上两位得到的实惠，要比我多，关系也密切得多，却反过来说我是死党。那时候，革命群众要保一些人，也要打倒一些人。作家是没有人保的。保你干什么？你不过是一个作家，能给人家什么好处？打倒你，得罪了你，你也不过是一个作家，能有什么权力报复？所以，作家被首先打倒，这是理所当然的事。其实，他们也知道，我这个人落落寡合，个人主义严重，是很难与人结为死党的。

以上是对保与打的一般理解。但对那些打手的心理状态，又如何分析呢？我初步揣想，可能有以下几种情况：

一、对共产党有刻骨仇恨，借机报复。

二、不逞之徒想因缘林彪"四人帮"的政策上台，捞一官半职。

三、流氓无赖打蹭拳、充威风。

如果遭害者是一个作家,还有一种心理激动,那就是嫉妒。进城以后,有稿费一说,遂使一些人认为作家一行是摇钱树,日进斗金。羡慕非常,再加上江青倡言稿费是"不义之财",乃打出手,以快其意。

其实像赵树理这样的作家,虽承担有钱的虚名,在他有生之日,是没有什么金钱欲,也没有享受过什么物质福的。他追求的是艺术成就,衣、食、住、行,都不及其他行当的人讲究。而一遇什么运动,他却常常被首先揪出示众,接连不断地作检讨。

赵树理的最后五年,过去又有好多岁月了。我想,像那个"五大三粗"的人,生活得还是很好的,也不会有什么忏悔之意吧。他可能打了一些人,也可能还保了一些人。这就很难说了。

看书看到这里,就越感到当前政治清明,太平盛世的可贵了。向前看吧!

一九八三年十月二十二日

改 稿 举 例

这里说的改稿,不是我自己修改稿件,也不是我给别人修改稿件。是我近年给报刊投稿,编辑同志们,给我修改稿件。

他们这些修改,我都认为很好,我没有任何异议。在把这些文章编入集子的时候,我都采纳了他们的修改。

现就记忆所及,列举如下:

(一)《文集自叙》。这篇稿子,投寄《人民日报》。文章有一段概述我们这一代作家的生活、学习经历,涉及时代和社会,叙述浮泛,时空旷远。大概有三百余字,编辑部给删去了,在文末有所注明。在编入文集时,就是用的他们的改样。

因为，文章既是自叙，当以叙述个人的文学道路、文学见地为主。加一段论述同时代作家的文字，颇有横枝旁出之感。并且，那篇文章，每节文字都很简约，独有这一节文字如此繁衍，也不相称。这样一删，通篇的节奏，就更调和了。

（二）《谈爱书》。是一篇杂文。此稿投寄《人民日报·大地》。文中有一节，说人的爱好，各有不同。在干校时，遇到一个有"抱粗腿"爱好的人，一见造反派就五体投地，甚至栽赃陷害他以前抱过、而今失势的人。又举一例，说在青岛养病时，遇到青年时教过的一位女生，常约自己到公园去看猴子。文约二百余字，被删除。

既是谈爱书，以上二爱，与书有何瓜葛？显然不伦不类。作者在写作时，可能别有寓意，局外人又何以得知？

（三）《还乡》。此篇系小说，投寄《羊城晚报·花地》。文中叙述某县城招待所，那位不怎么样的主任，可能是一位局长的夫人。原文局长的职称具体，编辑给改为"什么局长"。这一改动，使具体一变而为笼统，别人看了，也就不会往自己身上拉，感到不快了。

其他为我改正写错的字，用错的标点，就不一一记述了。

（四）《玉华婶》。此篇亦系小说，投寄《文汇月刊》。文中曾记述：玉华婶年老了，她的儿媳们都不听她的话，敢于和她对骂。"并声称要杀老家伙的威风。"登出后，此句被删去。乍一看，觉得奇怪，再一想：这些年来，"老家伙"三字，常与"老干部"相连，编辑部删去，不过是怕引起误会。

这样说，好像编辑部有些神经过敏，过于谨小慎微了。其实不然。我认为：文艺领域就是个敏感的场所，当编辑的麻木不仁，还真担负不起这一重要职务。现在认真回想，我在写这一句话的时候，也未始没有从"老家伙"，联想到"老干部"，甚至联想到自己。

编辑部把这一句话删去,虽稍损文义,我还是谅解其苦衷的。

(五)《吃饭的故事》。此篇系散文,投寄《光明日报·东风》。登出后,字句略有删节。一处是:我叙述战争年代,到处吃派饭,"近于乞讨"。一处是:我叙述每到一村,为了吃饭方便,"先结识几位青年妇女",并用了"秀色可餐"一词。前者比喻不当,后者语言不周密,有污染之嫌。

我青年时,初登文域,编辑与写作,即同时进行。深知创作之苦,也深知编辑职责之难负。不记得有别人对自己稿件稍加改动,即盛气凌人的狂妄举动。倒是曾经因为对自己作品的过度贬抑菲薄,引起过伙伴们的不满。现在年老力衰,对于文章,更是未敢自信。以为文章一事,不胫而走,印出以后,追悔甚难。自己多加修改,固是防过之一途,编辑把关,也是难得的匡助。文兴之来,物我俱忘,信笔抒怀,岂能免过? 有时主观不符实际,有时愤懑限于私情,都会招致失误,自陷悔尤。有识之编者,与作者能文心相印,扬其长而避其短,出于爱护之诚,加以斧正,这是应该感谢的。当然,修改不同于妄改,那些出于私心,自以为是,肆意刁难,随意砍削他人文字的人,我还是有反感的。外界传言,我的文章,不能改动一字,不知起自何因。见此短文,或可稍有澄清。

一九八三年十二月十八日下午

实事求是与短文

现在,有的报刊,有的人,在提倡写短文章了,这是很好的事。

文章怎样才能写得又短又好? 有时千言万语也说不清楚;有时说起来也很简单,这就是要"实事求是"。

把实事求是这四个字运用到写作上,正像把它运用到一切工作上,是会卓有成效的。

比如,你要写一篇散文,如果是记叙文,那就先写你亲身经历过的一件事,你长期接近过的一个人。如果是写感想,也必须写你深深体会过的,认真思考过的,对一种社会现象、一个人,或一个事件,确曾有过的真实感想。

这些事件、人物、感想,都在你的身上、心上,有过很深刻的印象。然后你如实地把它们写出来,这就是"实事"。

一般说,实事最有说服力,也最能感动人。但是只有实事还不够。在写作时,你还要考虑:怎样才能把这一实事,交代得清楚,写得完美,使人读起来有兴味,读过以后,会受到好的影响和教育,这就是"求是"。

我们在课堂上,所学的课文,都很短小。初学作文时,老师也是这样教导的,我们也是这样去写作的。可是等到我们想当作家、想投稿了,就去拜读报刊上那些流行文章。那些文章都很长,看起来云山雾罩,也很唬人。正赶上自己的稿件没有"出路",就以为自己的写法不入时,不时兴,于是就放弃了自己原来所学,追赶起"时髦"来,也去写那种冗长的,浮浮泛泛的,不知所云的文章了。大家都这样写,就形成了一种文风,不易改变的文风,老是嚷嚷着要短,也终于短不下来的文风。

文章短不下来的主要原因,就是忘记了写作上的实事求是。我们提倡写短文,首先就要提倡这四个字。返璞归真,用崇实的精神写文章。

当然文章好坏,并不单看长短。如果不实事求是,长文也不会写好的。我们这里着重谈的,是如何写好短文。

一九八三年十二月二十四日

谈 简 要

　　唐代刘知几的《史通》，是我喜欢的古籍之一种。读过以后，确实受益。能够受益的书，并不是很多的。

　　这部书主要是谈历史著作，刘知几说："夫国史之美者，以叙事为工；而叙事之工者，以简要为主。"

　　刘知几说，叙事可以有四种方法，也可以说是四种途径："盖叙事之体，其别有四：有直纪其才行者，有唯书其事迹者，有因言语而可知者，有假赞论而自见者。"

　　他的这些话，是对写历史的人说的，他的要求是：一个内容，用一种途径表达过了，就不要再用其地的途径重复表达了。

　　我们写文章却常常忽视这一点。比如写一个人物，他的事迹，在叙述中已经谈过了，在对话中又重复一次，或者在抒情中又重复一次，即使语言稍有变化，但仍然是浪费。

　　时代不同，我们现在当然不能再用《尚书》《春秋》那样的文字去叙事，勉强那样去做，那倒是一种滑稽的事，是一种倒退。在语言的简练上，也不能像刘知几要求的那样严格，他说：

　　"始自两汉，迄乎三国，国史之文，日伤烦富。逮晋以降，流宕逾远。寻其冗句，摘其烦词，一行之间，必谬增数字；尺纸之内，恒虚费数行。"

　　他甚至举出《汉书·张苍传》中的一句话"年老口中无齿"为例，说："盖于此一句之内，去年及口中可矣。夫此六文成句，而三字妄加，此为烦字也。"这种挑剔，就有些不近情理了，不足为训。

　　文字的简练朴实，是文学作品的一种美的素质，不是文学作品的一种形式。文章短，句子短，字数少，不一定就是简朴。任何艺术，都要求朴素的美，原始的美，单纯的美。这是指艺术内在力量的表现手段，不是单单指的形式。凡是伟大的艺术家，都有他创作上的质朴的特点，但表现的形式并不相同。班马著史，叙事各有简要之功；韩柳为文，辞句各有质朴之美。因此才形成不同的风格。

文字的简要的形成，要有师承，要有一个学习的过程和锻炼的过程。一般地说，人越到晚年，他的文字越趋简朴，这不只与文字修养有关，也与把握现实、洞察世情有关。

我们现在，能按照鲁迅先生说的，写好文章以后，多看两遍，尽量把可有可无的字、句、段删除，也就可以了，不能苛求，不能以词害义。

一九八四年三月二十日

谈"印象记"

"印象记"这种文章，在中国，好像并不是古已有之的。"五四"前后，很少见到。三十年代才多起来，似乎是从日本传过来，又多是写作家的。我年轻时，就读过《高尔基印象记》《秋田雨雀印象记》，等等。

青年人而又喜欢上了文学，就特别喜欢读一些有关作家的文字。其实有很多记述，是不大可靠的。因为是先入为主，如果不实，其受害的程度，很可能不轻。先不谈小报上那些名人逸事，文坛花絮之类的文章，就是在"印象记"这种貌似庄严又是身临亲见的记载里，可靠可信的东西，究竟有多少，我近来也有些怀疑了。

文章的可信与不可信，常常不在所写的对象如何，而在于作者本身的修养。

我们知道，每一个人，他的生活经历、生活现状，特别是思想感情的活动，是很复杂，很曲折，多变化，有时是难以捉摸，更难以判断的。你去会见一个作家，和他谈了一两个小时，便写下了几千字的印象记,你所得的印象,都能那么切合他的生活实际和思想实际吗?

比如说,你见到这位作家正在吃饭,桌上只有一碟咸菜,你就得到了生活简朴的印象。或者你去的时候,他正在啃着一只猪蹄,你就得到了一个饕餮的印象。这显然都不是这位作家吃饭的全貌。

一时一地的见闻,并非不能写。写下来,也不能说是不真实。但必须保持客观。写见到他吃咸菜,写见到他啃猪蹄,这都不可非议,因为是真实的见闻。如果就此得出结论:他是简朴,或是饕餮,那就失去真实了。

古往今来,写文章的人,最容易失败在主观判断上。

进入晚年,有幸看到一些关于我的印象记。作者的用心,都是良好的,对我都是热情的。虽然因为有过多溢美之词,使我读起来,常常惭怍交加,汗流浃背,总的说来,是令人振奋的,值得感激的。

如果排除个人的感情,单单评论文字,这些文章,确也存在着高下、虚实等等问题。

文章的功能,是因人而异的。是以作者的写作态度、艺术风格,分别优劣高低的。

六十年代,吕剑同志写过一篇同我的会见记,这篇文章,我曾推荐给出版社,作为我的一本小说集的附录。外文出版社曾几次刊用它。我对这篇文章,印象很好,它并没有吹嘘我,也没有发表作者本人的什么高见。它只是如实地记下了我们的那一次简单的会见,和我当时对他说的一些话。我当时谈的只是我的创作见解和创作情况。吕剑同志也没有代替我多去发挥。因此,这篇文章,是一篇真实的记录,对需要它的人,有比较大的参考用途。

另外,就是昨天读到的,铁凝同志写的一篇题名《套袖》的散文。她这篇文章，我接到《文汇报》以后，当晚看了两遍。这并非是从中看到了她对我的什么捧场，而是看到了她的从事创作的赤诚之心。铁凝的创作，一开始就带有这种赤诚，因此，她进步很快，迅速成为文坛瞩目的新人物，有些人还不得其解，视为神秘，其实就是因为"赤诚"两个字。我想，她是应该明了并珍惜自己的得天独厚之处的。

在文章中，她并没有说我好，当然也没有说我不好。她只是记下了几次来我家的所闻所见。虽然她见到的，有时还有些差错，比如，我捡的黄豆，是别人家晾晒时遗落的，并非同院人家种植的。这也无关重要，无伤大体。

客观地记下几次见闻，自己不下任何主观结论，叫读者从中形成自己的印象。这种写法，也可以说这种艺术手段，就必然比那种大惊小怪，急于赞美，并有意无意中显示点自己的什么写法，高出一等。

我读这种文章，内心是愉快的，也是明净的，就像观望清泉飞瀑一样。

一九八四年三月二日下午

文学与乡土

《农村青年》杂志就要创刊，编辑同志要我对农村爱好文学的青年讲几句话，我高兴地答应了。

我是在农村长大的，先后在农村生活、工作近三十年。我很爱我的故乡，虽然它经历了长期的苦难和贫困，交通不便和文学落后。经历了频繁的战乱和天灾，无数农民流离失所。但我一直热爱它，留恋它，怀念它。直到现在，我已经很老了，还经常不断地做梦,在它那里流连忘返。

古今中外,都有许多作家,许多作品,描述他们的可爱的故乡。

农村是个神秘的,无所不包容,无所不能创造的天地。农村能产生桑麻,能产生五谷,能产生各种能工巧匠,当然也能产生艺术家、作家。

故乡,故乡的水土,故乡的风俗人情,在它产生的作家手中再现。

故乡,用母亲的乳汁,养育着它的歌手,像用它的水土培育禾苗树木一样。

故乡有遍地花开,有参天大树。谁对它的爱真诚、深厚,谁的根就扎得深,就越能吸到更多的浮汁。谁的发育也就会越好,长得高大茂盛。

俗话说:"热土难离"。故乡就是文学的热土。

你越是热爱它,你就越能了解它,你就越能表现它。

故乡像诚朴的农民一样,像勤劳的母亲一样,不喜欢三心二意的华而不实的孩子。

你如果爱好文学,你就得先热爱你的乡土。

当然,热爱乡土,熟悉乡土,还只是积累生活的过程。此外,还有积累知识的过程,熟练技巧的过程。

不能把你的眼光,只放在那一亩三分地上;也不能把你的感情,只放在孩子、老婆、热炕头上。

有些农民出身的作家,作品得不到长足的进步,就常常是因为眼光短小了一些。

一九八四年三月十七日午后

谈赠书

青年时,每出一本书,我总是郑重其事,签名赠给朋友们,同事们,师长们。这是青年时的一种兴致,一种想法,一种情谊。后来我病了,无书可赠,经过"文化大革命",这种赠书的习惯,几乎断绝。

这几年,我的书接连印了不少,我很少送人。除去出版社送我的二十本,我很少自己预定。我想:我所在地方的党政领导,文化界名流,出版社早就送去了,我用不着再送,以免重复。朋友们都上了年岁,视力不佳,兴趣也不在这上面,就不必送了。我的书大都是旧作,他们过去看过,新写的文章,没有深意,他们也不会去看的。

当然也有例外。近些年来有的同志,把书看成一种货物,一种交换品,或者说是流通品。我有一位老战友,从外地调到本市,正赶上《白洋淀纪事》重印出版。他先告诉我,给他在北京的小姨子寄一本,我照地址寄去了。他要我再送他一本,他住招待所,他把书送给了服务员。他再要一本,我又在书上签了名。他拿着书到街上去了。年纪大了尿频,他想找个地方小便。正好路过我所在的机关,他把书交给传达室说:"我刚从某某那里出来,他还送我一本书哩。你们的厕所在什么地方?"

等他小解出来,也不再要那本书,扬长走去了。

传达室问:"书哩?"

"你们看吧!"他摆摆手。他是想用这本书拉上关系,永远打开这座方便之门。

老战友直言不讳告诉我这些事。我作何感想?再赠他书,当然就有些戒心了,但是没有办法。他消息灵通,态度执着,每逢我出了书,还是有他的份。至于他怎样去处理,只好不闻不问。

这些年,素不相识的人,写信来要书的也不少。一般的,我是分别对待。对于那些先引证鲁迅如何在书店送书给青年等等范例的人,暂时不送。非其人而责以其人之事,不为也。对于那些先对我进行一大段吹捧,然后要书的人,暂时也不送。我有时看出:他这样的信,不只发向我一人。对于用很大篇幅,很多细节描述自己如何穷困,像写小说一样的人,也暂时不送。我想,他何不把这些心思,这些力量,用去写自己的作品?

我不是一个慷慨的人,是一个吝啬的人;不是一个多情的人,是一个薄情的人。

但是,对于那些也是素不相识,信上也没有向我要书,只是看到他们的信写得清楚,写得真挚;寄来的稿子,虽然不一定能够发表,但下了功夫,用了苦心的青年人,我总是主动地寄一本书去。按照他们的程度,他们的爱好,或是一本小说,或是一本散文,或是一本文论。如果说,这些年,我也赠过一些书,大部分就是送给这些人了。我觉得这样赠书,才能书得其所,才能使书发挥它的作用。得到重视和爱护。

我是穷学生出身,后又当薪给微薄的村塾教师,爱书爱了一辈子。积累的经验是:只有用自己劳动所得买来的书,才最知爱惜,对自己也最有用。公家发给的书,别处来的材料,就差一些。

鲁迅把别人送给他的书,单独放在一个书柜里。自己印了书,郑重地分赠学生和故交,这是先贤的古道。我虽然把别人送我的书,也单独放在一个书架上,却是开放的,孩子们和青年朋友们,可以随便翻阅,也可以拿走,去古道就很远了。

许寿裳和鲁迅是至交。鲁迅生前有新著作,总是送他一本的。鲁迅逝世之后,许寿裳向许广平要一本鲁迅的书,总是按价付款。这时许广平的生活,已经远不如鲁迅生前。这也是一种古道。

四川出版了我的小说选，那里的编辑同志，除赠书二十册外，又热情地代我买了五十册。我收到这些书以后，想到机关同组的同志，共事多年，应该每人送一本。书送去以后，竟争相传言：某某在发书，你快去领吧！

像那些年发材料一样热闹，使我非常败兴，就再也不愿做这种傻事了。

一九八四年十月二十二日

谈通俗文学

目前，通俗文学大兴，谈论通俗文学的文章，也多起来了，这是一个新势头。

按说，通俗，应该是一切文学作品的本质，不可缺少的属性。不知从什么时候起，文学作品被分为通俗的与不通俗的了。

关于文学的起源有种种说法。最初的文学是口头文学，这是没有争议的。既是口头文学，它的产生和后的文字记录，都不存在通俗不通俗的问题。

中国的口头文学，包括说唱文学，从产生以后，一直持续下来，并没有中断过。文学史上说，"说话"这一形式，唐代已有，至宋而大兴，不过是就已有的文字记载而言。古人既然把小说，说成是街谈巷议，那就随时随地，都可以产生小说，而且都是通俗的作品。

口头文学，是通俗文学的最初的形式，也是最基本的形式，包括后来的"话本"和"拟话本"章回小说和演义小说。

口头文学虽然有天然的通俗秉赋，但并不是每篇作品都可以成功。有很多口头文学，随生随灭，行之不远。只有少数，记录为文字，才是以流传。宋人话本小说，最为著称。现存的七个短篇。

几乎不用修饰润色,就已经是完整的文学作品。

有的最初流传的文字粗糙,经后来的大作家重新编写,成为新的通俗文学。如在《三国志平话》基础上,写出的《三国演义》;在《三藏取经诗话》基础上,写出的《西游记》;在《宣和遗事》基础上,渐渐演变成的《水浒》等等。这些作品的文学水平,大大超越了它的口头阶段,它的通俗的效用,也大大增强,大大推广了。

口头文学向文字创作的这一演变,成为每个民族文学遗产形成和积累的规律。

典雅的唐人传奇小说,有的也是根据口头文学改写而成。白行简的《李娃传》,就是根据作者幼年听来的故事,写出来的。口头文学,一变而为古文传奇,可以说是从通俗变得不通俗了。但是,经过这一创作,才使这一题材流传千古。而最初的口头故事,早已失传。其"通俗"的范围,也可以说是加大了。当然因改编者才力不等,失败之作也不少。文学规律千变万化,不能刻舟求剑。

自宋迄清,通俗小说甚多,据专家著录,小说名目,有八百余种,还都是有过刻本的。流传下来的,却非常寥寥。我幼年时,在乡村庙会所见,书摊陈列的石印劣纸小字通俗小说,包括供说唱用的小说,也不过十几种。后来进入城市,在学校图书馆或书市所见,通信小说的种类也很少。可见所谓通俗小说,大多数寿命很短,以后就消亡了。

考其原因,这些作品,出自两途:一为说书艺人,艺人胆大,兴到之处,时有发挥;一为失意文士,泥于史实,囿于理教,所作多酸腐。这两种人,多数学识浅薄,文字修养薄弱。其写作的目的,只是为了糊口,度过一时的生活困难。虽极力迎合群众的低级趣味,因为实在缺乏文学吸引力,不能受到欢迎。

其次,旧社会读书识字的人很少,花钱买书的人就更少。有能力读书并有钱买书的人,对书籍还要选择一下。不识字的人,即使写得多么通俗,也还要借助说讲演唱。如果写得干燥无味,艺人们也不会选用。

通俗小说,过去也被称做闲书,是为了叫人消愁解闷的。消愁解闷,也需要一定的艺术手段。人世间,不会有真正的闲书,正如没有真正的净土一样。真正的闲书,是没有人看的,也不会存在。

通俗文学,是一种文学,它标榜的是:"话须通俗方传远,语必关风始动人。"在艺术上,也是不厌其高,只厌其低的。《三国演义》《水浒》都是通俗文学,也被公认是民族文学的高峰。任何艺术,都需要通俗,都需要雅俗共赏。通俗文学,不应该是文学作品的自贬身价的口实。

每个时代,都有远见卓识的文人,为文学的通俗而努力。在理论和创作实践上,都有过重大的贡献,许多作家的文集,都编入他们所写的通俗作品。在政治变革时期,通俗文学尤其为人重视。例如清朝末年,梁启超的文学主张,以及他所写的政治小说。

"五四"新文学,实际是文学总体上的一次通俗运动。左联时期,推动了文学的大众化。"九一八"事变以后,瞿秋白同志写了很多通俗文学作品,抗日战争时期,解放区的文学,在通俗方面作了极大的努力,成绩也很可观。

"五四"以后,传统的通俗文学,并不兴旺。"五四"新文学运动,文学语言解放了,大大消除了通俗不通俗的界限。但在创作方法上有些欧化,提倡的是现实主义,内容上是启蒙主义。所有封建迷信,神秘怪诞,才子佳人,武侠剑客,都在排斥之列。通俗小说的市场很小,只有大城市的一些商业小报,连载一些章回体小说,一些新兴的书店,很少出版陈列这类作品。革命的文艺读物,几乎拥有了全部青年。

无论是梁启超,还是瞿秋白写的通俗文学作品,在当时的作用和后来的影响,都是很有限的。它们既为知识分子青年忽略,也不为广大群众所欣赏。这有几方面的原因：一是作者把这种形式，当成是一种纯政治的宣传。二是把通俗与不通俗，看成是单纯形式上的问题。三是对群众的理解和欣赏能力，估计太低。基于以上认识，使他们创造出来的通俗文学作品，常常流于粗糙概念，缺乏艺术的感染力量。

目前通俗文学作品的突起，有它历史的特殊遭遇。这是十年动乱，文化传统濒于破产，和长期以来思想禁锢的结果。是对过去的一种反动，是一个回流。目前的通俗文学的特点，不在于形式上的仿古，而在于内容的陈旧，还谈不上什么新的内容和新的创造，它只是把前一个时期不许启动的食品橱门，突然打开了而已。这一开放，可能使各式各样的政治概念化的作品受到冲击，但如果说，它会冲垮传统的现实主义文学，那就是过分夸大了。随着人民群众文学修养的提高，现有的通俗文学，自然要受到历史的检验。因为对文学艺术的鉴赏能力，是和文学修养，甚至也和道德伦理修养，一同向前，一同向上的。

它对出版事业的影响，也是如此。不从长远的文学教育利益着眼，只为了一时赚钱，解除不了出版事业的困境。鲁迅记述：三十年代，上海有个"美的书店"，它不只编印《性史》，而且预告要出一本研究女人的"第三种水"的书，其售货员都是雇用的时髦女郎，里里外外，号召力和刺激性都够大的了。然而没有很久就倒闭了，并没有赚了多少钱。能赚钱并能促进国民文化教育的，还是不出下流书籍的商务印书馆、中华书局和开明书店。目前有些出版社赔钱，是管理制度上的问题，并不是出什么书的问题。

文学现象，自然是社会现象、社会意识的一种反映。目前通俗文学的流行，与时代思潮模糊，密切相关。它与现实主义文学的分别，不在于它提供的形式，而在于它提供的内容。这与其说是文学上的一次顿挫，不如说是哲学上的一次顿挫。然而现象变幻的结果,必然是曲终奏雅,重归于正的。

一九八四年十一月三十日

谈 鼓 吹

按照昭明太子的说法,文章重要的一体,为歌颂。"颂者,所以游扬德业,褒赞成功。"因此,如果文章做得确实好,再得到评论界的颂扬鼓吹,也是顺理成章的事儿。

鼓吹,并不是坏名词。它本身就是一种艺术。我有一部文明书局石印的小书,就名为《唐诗鼓吹》。可见,在过去,无论是选家,还是评论家,都不忌讳这个词儿。

我也不能说,自己没有充当过鼓吹手,充当这种脚色,也不能说仅是一次两次。

既然做得多了,也就总结出一些经验教训,愿与从事鼓吹的同志们商讨。主要有以下三点:

一、对青年,初学写作者,鼓吹较多,对名家鼓吹较少。对青年,初学写作者,已经步上名家高台的,也就不去鼓吹了。

理由:凡是青年,初学写作者,还都处在步履艰难阶段。扶他一把,哪怕是轻轻的一把,他也很容易动感情,会有知己之感。就是批评他两句,指出他一些缺点,他也是高兴的。如果他平步青云,成了红人,评论者蜂拥而上,包围得风雨不透,就不要再去沾边,最好退下来,再去寻找新的青年,新的初学写作者。因为此时此地,对他来说,过去那种鼓吹法,已经不顶事。他需要的是步步高的调门,至于谈缺点,讲不足,那就更是不识时务了。

二、对于名家,特别是兼有某种"官衔"、某种地位的名家,无论他来信表示多么谦逊,也不要轻易去评论人家的作品,每逢大考之期,即评奖举行之时,也不要对竞争中的作品,轻易发言。

这倒不是出于什么害怕名家,或其他心理。是因为:如果你提出的意见,只是人云亦云的,那对双方都是浪费;如果你提出与众不同、甚至相反的看法,名家是很不习惯接受的;如果确实看到了艺术上成功的要点或失败的要害,估计这一位名家,也能有为之折服的涵养,还要考虑到他的周围那些抬轿子的职业家。再说,指出要点,为人折服,谈何容易?有那种眼力和修养吗?人贵有自知之明,最妥当的办法,还是不要去碰。

三、对于老朋友,其中包括原来是初学写作者,也曾鼓吹过,现在已经到了中年,文坛之上,小有地位,如果又有新作,看过,觉得好,也可以再为鼓吹。但也只限一两次,不可多为。

总之,鼓吹不可废。文学之有鼓吹,正如戏曲之有捧场。

但鼓吹也是要有立场,要有分寸的。前不久,读了一本洪宪时期的笔记,上记名士易实甫,在剧场捧坤角时,埋首裤裆,高举双臂,鼓掌不息。口中还不断胡言乱语,甚至亲妈亲娘地喊叫。如果所记是实,这种捧场,就未免过分了些,有失体统了。

一九八五年六月十三日

官 浮 于 文

最近收到某县一个文艺社办的四开小报,在两面报缝中间,接连刊载着这一文艺社和它所办刊物的人事名单。文艺社设顾问九人(国内名流或其上级人员),名誉社长一人,副社长八人,秘书长一人,副秘书长二人。此外还有理事会:理事长一人,副理事长七人,常务理事十人,理事二十一人。并附言:"本届保留三名理事名额,根据情况,经理事会研究,报文艺社批准。"这就是说,理事实际将升为二十四人。

以上是文艺社的组成。所办小报（月报）则设：主编一人，副主编七人，编委十四人。现在是六月份，收到的刊物是一九八五年第一期，实际是不定期了。看了一下，质量平平。

一个县根据情况，成立一个文艺社或几个文艺社，联络感情，交流心得，都是应该的，必不可少的。这样大而重叠的组织机构，却有些令人吃惊，也可能是少见多怪。文艺团体变为官场，已非一朝一夕之事，而越嚷改革，官场气越大，却令人不解。如某大刊物，用整个封二版面，大字刊登编委名单，就使人有声势赫然类似委任状之感。

这个文艺社，不知有多少社员，据介绍它的第二次社员代表大会，出席者九十余人。一个县的文艺社开会，为什么不让全体社员参加，还要开代表会？这里先不去谈。一个代表，代表几名会员，也难以测知。就算代表三个吧，二百七十名会员的文艺社，用得着由六十三个人组成的领导班子吗？

四开不定期小报，用得着二十二个人组成的编委会吗？

据介绍，代表大会期间，有报告，有章程，有规划，有决议，有慰问信。这都是开大会的常规。作为一个文艺社，读书和创作方面的措施，都没有具体的介绍。

目前文艺界开会，对创作议论少，对人事费心多，这已经不是个别地方的事，因此不能责怪下面。在大会之上，作家们不是在作品上共研讨，而是在选票上争多少。一旦当选，便认为与众不同，一旦票多，则更认为民心所向。果如是乎？而且很多人去争，弄得一些老实人，也坐不住，跟着上。不只形成一种奇异心理，而且造成一种市场现象，这能说是新时代文艺界的幸事吗？

平日闲谈之间，也曾问过一位明达事理，对官场、文场也都熟悉的同志：

"争一个主席、副主席，一个理事，甚至一个会员代表，一个专业作家，究竟有什么好处？人们弄得如此眼红心热呢？"

这个同志答道：

"你不去争，自有你不争的道理和原因，至于你为什么没有尝到其中的甜头，这里先不谈。现在只谈争的必要。你不要把文艺官儿，如主席、主任之类，只看成是个名，它是名实相符，甚至实大于名。官一到手，实惠也就到手，而且常常出乎一般人预料之外。过去，你中个进士，也不过放你个七品县令，俸禄而已。现在的实惠，则包括种种。实惠以外，还有影响。比如，你没有个官衔，就是日常小事，你也不好应付，就不用说社会上以及国内国外的影响了。"

和我谈话的同志，原来在一个协会当秘书长，我劝他退下来专心创作，听了他的一番话之后，我也同意他再弄个官儿干几年，结果他又去当了什么研究会的会长。

文艺和官，连在一起，好像不调和，其实，古已有之，即翰林学士之类。不过没有现在这么多罢了。其俸禄，仍由吏部掌管，像现在的文艺社、协会等等，过去也有类似之团体，但其开支，都是自筹的，今天机构之所以越来越庞大，竞争越来越激烈，是因为这些文艺团体，实际上已经与官场衙门，没有多少区别了。此亦谈文艺改革者，所当考虑者乎？

一九八五年六月十五日

诗外功夫

在报刊上，常看到文艺界一些模范事迹。如某作家，在公共汽车上降服了惯匪流氓；某编辑一手接过业余作者的稿件，一手送给他二百元零花，并在修改稿件期间，给作者炖小鸡，送水果；某诗人代人打了一场难打的官司，居然打赢了等等。都感到这些同志形象高大，所作所为，近于侠义。

好在前两项没人要求我去做。第一，自己年老、体弱、多病，看见流氓，避之唯恐不及，当然谈不上与之交手对抗。第二，负责看看稿子，有时还可以做到，经济上的无微不至的照顾，是有些不方便了。第三项，却有人找到名下来。信上说，某某作家替人打赢了官司，你也替我打打吧。复印来的材料，我都看不清楚，这使我很为难。我从来没有打过官司，自幼母亲教育我：饿死不做贼，屈死不告状。我一直记着这两句话。自己一生，就是目前，也不能说没有冤苦，但从来没有想到过告状，打官司。此事也难以向来信者说清楚，只好置之，我想他还会去找那一位能打赢官司的诗人的，能者多劳吧。不久见他登报声明，招架不住了。

人的能力、志趣、爱好，确是各有不同，不能求全责备的。作家而兼勇士，编辑而兼义侠，诗人而擅诉讼，这都是令人羡慕的。但恐怕不是人人能做到的。即如编辑，月薪六十元，一见面就掏出二百，没有点存项，就做不到。认真处理稿子，善始善终，也就可以说是克尽厥职了。君任其难者，我从其易者。

在中国，人多，事情也多，目前，个人从事一份慈善事业，恐怕也不能持久。一个作家，在汽车上如果连续两次捉拿强盗，管保不久就有人把你聘请为治保员。一个编辑，如果对每个业余作者，都包办生活费用，他的办公桌上，稿件将积压成山，有多少存款，也得宣告破产。诗人继续替人打官司，只能改业律师。

有些事情，作为新鲜例子，宣传宣传，固无不可，大家都仿效起来，有时就行不通。因为这并不是从根本上解决问题的途径。

这就像某纱厂的女浴室，不断受到流氓的侵扰，厂方不出动保卫人员，却鼓励退休的老太太们去护卫少女，只能助长流氓们的嚣张。

有很多事，本职者不去干，甚至逃避，却宣传非本职者去干，于是有了很多余的模范，有了更多的本职懒汉。其实不足为训。

比如说小报，这本是宣传文学部门应该注意，应该管的事。社会上已经议论纷纷，这些部门却按兵不动，等候上边的精神气候。只凭社会舆论，能把小报压下去？等到不可开交，才去处理，事情已经晚了半月。

左啦，右啦，争来争去，实在没有意思。现在也没有多少人，相信这个。必须像广州一样，从不法商店里拉出那些录音录像，公之于众，然后才相信确有精神污染。当然在有些人看来，这种做法就更是极左了。

一九八五年六月二十三日改讫

听 朗 诵

一九八五年，九月十五日晚间，收音机里，一位教师正在朗诵《为了忘却的记念》。

这篇散文，是我青年时最喜爱的。每次阅读，都忍不住热泪盈眶。在战争年代，我还屡次抄录、油印，给学生讲解，自己也能背诵如流。

现在，在这空旷寂静的房间里，在昏暗孤独的灯光下，我坐下来，虔诚地、默默地听着。我的心情变得很复杂，很不安定，眼里也没有了泪水。

五十年过去了。现实和文学，都有很大的变化。我自己，经历各种创伤，感情也迟钝了。五位青年作家的事迹，已成历史，鲁迅的这篇文章，也很久没有读，只是偶然听到。

革命的青年作家群,奔走街头,振臂高呼,终于为革命文学而牺牲。这些情景,这些声音,对当前的文坛来说,是过去了很久,也很远了。

是的,任何历史,即使是血写的历史,经过时间的冲刷,在记忆中,也会渐渐褪色,失去光泽。作为文物陈列的,古代的佛教信徒,用血写的经卷,就是这样。关于仁人志士的记载,或仁人志士的遗言,有当时和以后,对人们心灵的感动,其深浅程度,总会有不同吧!他们的呼声,在当时,是一个时代的呼声,他们心的跳动,紧紧接连着时代的脉搏。他们的言行,在当时,就是群众的瞩望,他们的不幸,会引起全体人民的悲痛。时过境迁,情随事变,就很难要求后来的人,也有同样的感情。

时间无情,时间淘洗。时间沉淀,时间反复。历史不断变化,作家的爱好,作家的追求,也在不断变化。抚今思昔,登临凭吊的人,虽络绎不绝,究竟是少数。有些纪念文章,也是偶然的感喟,一时之兴怀。

世事虽然多变,人类并不因此就废弃文学,历史仍赖文字以传递。三皇五帝之迹,先秦两汉之事,均赖历史家、文学家记录,才得永久流传。如果没有文字,只凭口碑,多么重大的事件,不上百年,也就记忆不清了。文字所利用的工具也奇怪,竹木纸帛,遇上好条件,竟能千年不坏,比金石寿命还长。

能不能流传,不只看写的是谁,还要看是谁来写。秦汉之际,楚汉之争,写这个题材的人,当时不下百家。一到司马迁笔下,那些人和事,才活了起来,脍炙人口,永远流传。别家的书,却逐渐失落,亡佚。

白莽柔石,在当时,并无赫赫之名,事迹亦不彰著。鲁迅也只是记了私人的交往,朋友之间的道义,都是细节,都是琐事。对他们的革命事迹,或避而未谈,或谈得很简略。然而这篇充满血泪的文字,将使这几位青年作家,长期跃然纸上。他们的形象,鲁迅对他们的真诚而博大的感情,将永远鲜明地印在凭吊者的心中。

想到这里,我的心又平静了下来,清澈了下来。

文章与道义共存。文字可泯,道义不泯。而只要道义存在,鲁迅的文章,就会不朽。

一九八五年九月二十一日晨改抄讫

谈　死

国庆节,帮忙的人休息,儿子来给我做饭,饭后我和他闲谈。

我说:你看,近来有很多老人,都相继倒了下去。老年人,谁也不知道,会突然发生什么变故。我身体还算不错,这是意外收获。但是,也应该有个思想准备。我没有别的,就是眼前这些书,还有几张名人字画。这都是进城以后,稿费所得,现在不会有人说是剥削来的了。书,大大小小,有十个书柜,我编了一个草目。

书,这种东西,历来的规律是:喜欢它的人不在了,后代人就把它处理掉。如果后代并不用它,它就是闲物,而且很占地方。你只有两间小房,无论如何,是装不下的。我的书,没有多少珍本,普通版本多。当时买来,是为了读,不是为了买古董,以后赚钱。现在卖出去,也不会得到多少钱。这些书,我都用过,整理过,都包有书皮,上面还有我胡乱写上的一些字迹,卖出去不好。最好是捐献给一个地方,不要糟蹋了。

当然捐献出去,也不一定就保证不糟蹋,得到利用。一些图书馆,并不好好管理别人因珍惜而捐献给他们的书。可以问问北京的文学馆,如果他们要,可能会保存得好些。但他们是有规格的,不一定每个作家用过的书,都被收存。

276

字画也是这样。不要听吴昌硕多少钱一张,齐白石又多少钱一张,那是卖给香港和外国人的价。国家收购,价钱也有限。另外,我也就只有几张,算得上文物,都放在里屋靠西墙的大玻璃柜中,画目附在书籍草目之后,连同书一块送去好了。

儿子默默地听着,一句话也没有说。大节日,这样的谈话,也不好再继续下去,我也就结束了自己的唠叨。儿子对一些问题,会有自己的想法。我的话,只能供他参考。我死后,他也会自作主张,他已经是四十多岁的人了。

我有些话,是不愿也不忍和他说的。比如近来读到的,白居易的两句诗:"所营惟第宅,所务在追游",在我心中引起的愤慨。还有,前些日子,一位老同志晚间来访,谈到一些往事,最后,他激动地拍着两手,对我说:"看看吧。我们的手上,没有沾着同志们的血和泪!"在我心中引起的伤痛,就不便和孩子们讲。就是说了,孩子们也不会了解我们这一代人的心情的。

其实,生前谈身后的事,已是多余。侈谈书画,这些云烟末节,更近于无聊。这证明我并不是一个超脱的人,而是一个庸俗的人。曾子一生好反省,临死还说:"启吾手,启吾足。"他只能当圣人或圣人的高足,是不会有什么作为的。历代的英雄豪杰,当代的风流人物,是不会反省的。不只所作所为,他一生中说过什么话,和写过什么文章,也早已忘记得干干净净了。

王羲之说:死生亦大矣。所以他常服用五石散,希望延长寿命,结果促短了寿命。苏东坡一生达观,死前也感到恐怖。僧人叫他向往西方极乐世界,他回答说实在没有着力处。总之,生,母子虽经过痛苦,仍是一种大的欢乐;而死,不管你怎样说,终归是一件使人不愉快的事。

在大难之前,置生死于度外,这样的仁人志士,在中国,历代多有。在近代史上,瞿秋白同志,就义前的从容不苟,是最使后人凛凛的人。毕命之令下，还能把一首诗写完。刑场之上谈笑自若。这都是当时《大公报》的记载，毫无私见，十分客观。而"四人帮"的走狗们，妄图把他比作太平天国的李秀成，不知是何居心。这些虫豸，如果不把一切人一切事物，都贬低，都除掉，他们的丑恶形象是显现不出地表的。而一旦暴露在光天化日之下，他们又迅速灭亡了。这是另一种人、另一种心理的死亡。他们的身上和手上，沾满和浸透了人民的和革命者的血和泪。

一九八五年十月十八日

谈"补遗"

三十年代初，我在北平流浪，衣食常常不继，别的东西买不起，每天晚上，总好到东安市场书摊逛逛。那时郑振铎主编的《世界文库》，正在连载洁本《金瓶梅》，不久中央书局出版了这本书。很快在小书摊上，就出现了一本薄薄的小书。封面上画了一只金瓶，瓶中插一枝红梅，标题为《补遗》二字。谁也可以想到，这是投机商人，把洁本删掉的文字，辑录成册，借以牟利。

但在当时，确实没有见到多少青年人，购买或翻阅这本小书。至于我，不是假撇清，连想也没想去买它。

在小册子旁边，放着鲁迅的书，和他编的《译文》，也放着马克思和高尔基的照片。我倒是常花两角钱买一本《译文》，带回公寓去看。我也想过：《补遗》的定价，一定很昂贵。

今年夏天，我买了一部人民文学出版社出版的《金瓶梅》，写了一篇读书笔记发表。有一天，一位老工人作家来看我，谈到了这部书。他说：

"我也买到一部。亲戚朋友，都找我借看，弄得我很为难。借也不合适，不借也不合适。过去，我有一本《补遗》……"

"啊!"我吃了一惊，"你在哪里买的，价钱很贵吧?"

"一两角钱，解放前在天津，随便哪个书摊上，都可以买到。"
他说。

"那你买的一定是翻版，我在北平见到的，定价很高。"我不知
为什么，谈的很认真。

"这种书，还有什么原版翻版?"他笑了笑说，"小小一本携带
方便。我读了好多遍，甚至可以背过。我还借给几个青年作家看
过。现在大家买了洁本，如果有我那本小书，打印几份，分赠有这
部书的同志，大家一定高兴。"

"嘻!"我笑着说，"你那不是精神污染吗?"

"什么污染不污染，不是为了叫大家读读全文吗?"他说，"可
惜我这本小书没有了。'文化大革命'，我把它烧了。我怕人家
说，工人作家读这样的书!"

这位工人作家，写了一辈子四平八稳的文章，小说中除去夫妻
互相鼓励当模范，从来没有写过男女间的私情。"文化大革命"，
因为出身工人阶级，平日又不得罪人，两派都说得来，两派出的造
反小报他一块拿着去代卖。也就平平安安过来了。现在有好几个
官衔在身，也可以说是功成名就，快乐安康。

使我吃惊的，不是他买了这一本书，是他竟能背过。无怪乎当
代小说家，都说人的性格，是非常复杂的了。据人文洁本标明，共
删去一万九千字，过去的洁本，删的就更多些。这个数字，可以和
普式庚的小说《杜勃罗夫斯基》，梅里美的小说《卡尔曼》相当。如
果他能背过这些书，他的小说，可能写得更开展一些吧。这是我的
迂夫之想。他能背《补遗》，却也没有影响他的文字工作，没有影
响他的生活作风，他是一个公认的规规矩矩的人。

解放这个城市时，我们接收一家报馆，在我的宿舍里，发现一

本污秽小说,是旧人员仓促丢下的。好多日子不敢来取,后来看着我们的政策宽大,才来取走。他是个英文翻译,一身灰败之气的青年人。可见那时,读这种书的人是很多的。

读书的风气,究竟是社会风气的一个方面。是互为影响,互为作用的。夸大了不好,缩小了也不好。解放初期,思想领域,正气占上风,有绝对优势。有免疫功能。那位工人作家是在这种环境中成为作家,走上文学道路的。时代对他有制约,有局限。时代能引导青年,这是不能怀疑的。

一九八五年十月十八日下午

谈 照 相

自从五十年代,患病以后,我就很少照相,每逢照相,我总感到紧张,头也有些摇动。这都是摄影家的大忌。他们见到我那不高兴的样儿,总是说:

“你乐一乐!”

然而我乐不上来,有时是一脸苦笑,引得摄影家更不高兴了,甚至有的说:

“你这样,我没法给你照!”

“那就不要照了。”我高兴地离开座位。不欢而散。

当然,有的摄影家,也能体谅下情。他们不摆弄我,也不强求我笑,只是拿着机子,在一边等着,看到我从容的时候,就按一下。因此,这几年还是照了几张不错的照片。其中有毕东、张朝玺、于家祯的作品。

今年,来找我照相的,忽然多起来,比要我写稿的人还多。我心里是明白的,我老了,有今年没明年的,与朋友们合个影,留个纪念,是我应尽的义务。所以,凡是来照的,不管认识与否,年长年幼,我总是不惜色相,使人家满意而去。

但还是乐不上来。虽然乐不上来,也常常想:为人要识抬举,要通情达理。快死了,弄到这样,算是不错了。那些年,避之惟恐不及,还有人来给你照相,和你合影?

当然也不是一张没照过。有一次批斗大会,被斗者站立一排,都低头弯腰,我因为有病,被允许低头坐在地上。不知谁出的主意,把摄影记者叫了来,要给我们摄影留念。立着的还好办,到我面前,我想要坏。还好,摄影记者把机子放在地上,镜头朝上,一次完成任务。第二天见报,当然是造反小报,我的形象还很清楚。

一九五二年吧,中国作家协会召开大会。临结束那一天,通知到中南海照相。我虽然不愿在人多的场合照相,但这是不能不去的。记得穿过几个过道,到了一个空场。凳子都摆好了,我照例往后面跑。忽然有人喊:

"理事坐前面!"

我是个理事,只好回到前面坐下,旁边是田间同志。这时,有几位中央首长,已经说笑着来到面前,和一些作家打招呼。我因为谁也不认识,就低头坐在那里。忽然听到鼓起掌来,毛主席穿着黄色大衣,单独出来,却不奔我们这里,一直缓步向前走。走到一定的地方,一转身,正面对我们。人们鼓掌更热烈了。

我也没看清毛主席怎样落座,距离多远。只听田间小声说:

"你怎么一动也不动?"

我那时,真是紧张到了屏息呼吸,不敢仰视的地步。

人们安静下来,能转动的大照相机也摆布好了。天不作美,忽然飘起雪花来,相虽然照了,第二天却未能见报,大概没有照好吧。

一生只有这样一次机会,也没能弄到一张值得纪念的照片。

倒霉的照片能见报,光彩的照片不能见报。在照相一事上,历史总是和我开玩笑。

照相虽是个人的写真，然也只能看作浮光掠影。后之照，我为理事，坐于前排，前之照，则为黑帮，也坐于前排。都已经是过去的事了。

我青年时期的照片，经过战乱，都找不到了，亲朋故旧，都无存者。我很想得到一张那时的照片。那时的表情，一定是高兴的，有笑容的。

一九八六年四月四日，清明前一天

照 相 续 谈

他们给我照相的时候，总是提议我拿起一本书，好像我时时刻刻都在学习。有的人，还叫我拿着一支香烟，好像这样更能表示我是个有灵感的人。时间长了，凡是来了有这种爱好的摄影家，我总是自动摆出这样的姿势，以致摄影家非常高兴，认为我是个很有经验的，懂得摄影艺术的行家里手。

近几年来，各种文艺刊物上，都大登作者的照片，全国性的刊物，有全国性的规格，地方性的刊物，有地方性的规格。有时干脆就把作者的照片，登在他的作品的前面，使你既能读到他的文章，又能领略作者的风采。一举两得，图文并茂。这些作者，多半是执卷攻读，或奋笔写作，手里拿着一支香烟，身后放着一个或几个书架。

我摹仿着这种姿势，适应着时代的认识结构。

有的刊物向我索用照片。好的照片，我是吝于寄出的。常寄一些我不喜欢的照片给他们。因为原照总是收不回来。这种办法，当然不太好，正像我外出旅行时，不愿穿像样的衣服一样。

因为别无所求,在刊物露过几次以后,我就不想再干这种事儿了。我觉得这有点像做广告。

青年时,在大城市的照相馆门前,常常见到督军、巡阅使的大幅照片,后来又常常见到名伶、明星的大幅照片。这些照片,说是宣传个人也可,说是代照相馆做宣传也可。

刊物如果同时安排几个作者的照片,是颇费心机的。谁高谁低,谁大谁小,谁前谁后,是有讲究的。在这一期,某人的官职高些,照片放得也就高些。下一期,此人官衔没有了,马上就会落了下来。

过去,在文艺界,是没有这么多讲究的。前些日子,我见到人权保障同盟的一张旧照片,宋庆龄、蔡元培、鲁迅、胡愈之,随便在那里一站就行了,很自然。

现在,如果是在名山胜地举行笔会,一群作家室外合影,就得有一个有政治头脑的人,认真安排一下。一般官衔高而得奖重者居中。主办单位的负责人,如出版社长、刊物主编次之。其中奖又分大奖、全国奖、地方奖。刊物有名牌不名牌之分。当我与人合影时,总怕站错了位置。僭越固然不好,充当站立两厢的角色又有些不甘。临阵非常局促。好在我不大出去,在自己庭院或自己房间里照,就随便得多,即使几个青年朋友,把我拥在上座,也就居之不疑了。

读了一部好作品,心里喜欢、仰慕,就想看看作家是个什么样儿,这是人之常情。古代没有照相,插图本的文学史上,却有很多作家的画像。屈原因为写过《天问》,所以披发昂首;司马迁因为遭过宫刑,所以没有胡须。谁也不会相信,当年的屈原、司马迁,就一定是这个容貌。但有一个像,总比没有好一些,读者心里总算有个影儿了。所以曹雪芹的一张假画像,还有人在那里争论不休。

感谢湖南人民出版社,送我一本《托尔斯泰文学书简》,这是一本很好的读物。其中有高尔基和托翁的通信。

高尔基在一封信中写道：

> 如果您有给别人相片的习惯的话，那就请您给我一张吧。我恳求您送给我一张。

托尔斯泰送给他一张签名的照片，并在一封信中写道：

> 阿克萨克夫讲过：有些人比自己的书好些（他说的是聪明些），也有些人比较差些。我喜欢您的创作，而我认为您比您的创作更好些。

这不是托尔斯泰只看了高尔基的照片，而是认真研究了高尔基的作品，并与他会面以后，做出的判断。

一九八六年四月十三日晚

母亲的记忆

母亲生了七个孩子，只养活了我一个。一年，农村闹瘟疫，一个月里，她死了三个孩子。爷爷对母亲说：

"心里想不开，人就会疯了。你出去和人们斗斗纸牌吧！"

后来，母亲就养成了春冬两闲和妇女们斗牌的习惯；并且常对家里人说：

"这是爷爷吩咐下来的，你们不要管我。"

麦秋两季，母亲为地里的庄稼，像疯了似的劳动。她每天一听见鸡叫就到地里去，帮着收割、打场。每天很晚才回到家里来。她的身上都是土，头发上是柴草。蓝布衣裤，汗湿得泛起一层白碱，她总是撩起裓子的大襟，抹去脸上的汗水。她的口号是："争秋夺麦！""养兵千日，用兵一时！"一家人谁也别想偷懒。

我生下来，就没有奶吃。母亲把馍馍晾干了，再粉碎煮成糊喂我。我多病，每逢病了，夜间，母亲总是放一碗清水在窗台上，祷告过往的神灵。母亲对人说："我这个孩子，是不会孝顺的，因为他是我烧香还愿，从庙里求来的。"

家境小康以后，母亲对于村中的孤苦饥寒，尽力周济，对于过往的人，凡有求于她，无不热心相帮。有两个远村的尼姑，每年麦秋收成后，总到我们家化缘。母亲除给她们很多粮食外，还常留她们食宿。我记得有一个年轻的尼姑，长得眉清目秀。冬天住在我家，她怀揣一个蝈蝈葫芦，夜里叫得很好听，我很想要。第二天清早，母亲告诉她，小尼姑就把蝈蝈送给我了。

抗日战争时，村庄附近，敌人安上了炮楼。一年春天，我从远处回来，不敢到家里去，绕到村边的场院小屋里。母亲听说了，高兴得不知给孩子什么好。家里有一棵月季，父亲养了一春天，刚开了一朵大花，她折下就给我送去了。父亲很心痛，母亲笑着说："我说为什么这朵花，早也不开，晚也不开，今天忽然开了呢，因为我的儿子回来，它要先给我报个信儿！"

一九五六年，我在天津，得了大病，要到外地去疗养。那时母亲已经八十多岁，当我走出屋来，她站在廊子里，对我说：

"别人病了往家里走，你怎么病了往外走呢！"

这是我同母亲的永诀。我在外养病期间，母亲去世了，享年八十四岁。

一九八二年十二月

青 春 余 梦

　　我住的大杂院里,有一棵大杨树,树龄至少有七十年了。它有两围粗,枝叶茂密。经过动乱、地震,院里的花草树木,都破坏了,唯独它仍然矗立着。这样高大的树木,在这个繁华的大城市,确实少见了。

　　我幼年时,我们家的北边,也有一棵这样大的杨树。我的童年,有很多时光是在它的下面、它的周围度过的。我不只在秋风起后,在那里拣过杨叶,用长长的柳枝穿起来,像一条条的大蜈蚣;在春天度荒年的时候,我还吃过杨树飘落的花,那可以说是最苦最难以下咽的野菜了。

　　现在我已经老了,蛰居在这个大院里,不能再向远的地方走去,高的地方飞去。每年冬季,我要生火炉,劈柴是宝贵的,这棵大杨树帮了我不少忙。霜冻以后,它要脱落很多干枝,这种干枝,稍稍晒干,就可以生火,很有油性,很容易点着。每听到风声,我就到它下面去拣拾这种干枝,堆在门外,然后把它们折断晒干。

　　在这些干枝的表皮上,还留有绿的颜色,在表皮下面,还有水分。我想:它也是有过青春的呀!正像我也有过青春一样。然而它现在干枯了,脱落了,它不是还可以帮助别人生起火炉取暖吗?

　　是为序。

我的青春的最早阶段，是在保定育德中学度过的。保定是一座古老的城市，荒凉的城市，但也是很便于读书的城市。在这个城市，我呆了六年时间。在课堂上，我念英语，演算术。在课外，我在学校的图书馆，领了一个小木牌，把要借的书名写在上面，交给在小窗口等待的管理员，就可以拿到要看的书。图书管理员都是博学之士。星期天，我到天华市场去看书，那里有一家卖文具的小铺子，代卖各种新书。我可以站在那里翻看整整半天，主人不会干涉我。我在他那里看过很多种新书，只买过一本。这本书，我现在还保存着。我不大到商务印书馆去，它的门半掩着，柜台很高，望不见它摆的书籍。

　　读书的兴趣是多变的，忽然想看古书了；又忽然想看外国文学了；又忽然想研究社会科学了，这都没有关系。尽量去看吧，每一种学科，都多读几本吧。

　　后来，我又流浪到北平去了。除了买书看书，我还好看电影，好听京戏，迷恋着一些电影明星，一些科班名角。我住在东单牌楼，晚上，一个人走着到西单牌楼去看电影，到鲜鱼口去听京戏。那时长安大街多么荒凉、多么安静啊！一路上，很少遇到行人。

　　各种艺术都要去接触。饥饿了，就掏出剩下的几个铜板，坐在露天的小饭摊上，吃碗适口的杂菜烩饼吧。

　　有一阵子，我还好歌曲，因为民族的苦难太深重了，我们要呼喊。

　　无论保定和北平，都曾使我失望过，痛苦过。但也都给过我安慰和鼓舞，留下的印象是深刻的。我在那里得到过朋友们的帮助，也爱过人，同情过人。写过诗，写过小说，都没有成功。我又回到农村来了，又听到杨树叶子，哗哗地响着。

　　后来，我参加了抗日战争，关于这，我写得已经很多了。战争，充实了我的青春，也结束了我的青春。

我的青春,价值如何?是欢乐多,还是痛苦多?是安逸享受多,还是颠沛流离多?是虚度,还是有所作为,都不必去总结了。时代有总的结论,总的评价。个人是一滴水,如果滴落在江河,流向大海,大海是不会涸竭的。正像杨树虽有脱落的枝叶,它的本身是长存的。我祝愿它长存!

　　是为本文。

一九八二年十二月六日清晨

老　家

　　前几年,我曾讴过两句旧诗:"梦中每迷还乡路,愈知晚途念桑梓。"最近几天,又接连做这样的梦:要回家,总是不自由;请假不准,或是路途遥远。有时决心起程,单人独行,又总是在日已西斜时,迷失路途,忘记要经过的村庄的名字,无法打听。或者是遇见雨水,道路泥泞;而所穿鞋子又不利于行路,有时鞋太大,有时鞋太小,有时倒穿着,有时横穿着,有时系以绳索。种种困扰,非弄到急醒了不可。

　　也好,醒了也就不再着急,我还是躺在原来的地方,原来的床上,舒一口气,翻一个身。

　　其实,"文化大革命"以后,我已经回过两次老家,这些年就再也没有回去过,也不想再回去了。一是,家里已经没有亲人,回去连给我做饭的人也没有了。二是,村中和我认识的老年人,越来越少,中年以下,都不认识,见面只能寒暄几句,没有什么意思。

　　前两次回去:一次是陪伴一位正在相爱的女人,一次是在和这位女人不睦之后。第一次,我们在村庄的周围走了走,在田头路边坐了坐。蘑菇也采过,柴禾也拾过。第二次,我一个人,看见亲人丘陇,故园荒废触景生情,心绪很坏,不久就回来了。

　　现在,梦中思念故乡的情绪,又如此浓烈,究竟是什么道理呢?

实在说不清楚。

我是从十二岁，离开故乡的。但有时出来，有时回去，老家还是我固定的窠巢，游子的归宿。中年以后，则在外之日多，居家之日少，且经战乱，行居无定。及至晚年，不管怎样说和如何想，回老家去住，是不可能的了。

是的，从我这一辈起，我这一家人，就要流落异乡了。

人对故乡，感情是难以割断的，而且会越来越萦绕在意识的深处，形成不断的梦境。

那里的河流，确已经干了，但风沙还是熟悉的；屋顶上的炊烟不见了，灶下做饭的人，也早已不在。老屋顶上长着很高的草，破漏不堪；村人故旧，都指点着说："这一家人，都到外面去了，不再回来了。"

我越来越思念我的故乡，也越来越尊重我的故乡。前不久，我写信给一位青年作家说："写文章得罪人，是免不了的。但我甚不愿因为写文章，得罪乡里。遇有此等情节，一定请你提醒我注意！"

最近有朋友到我们村里去了一趟，给我几间老屋，拍了一张照片，在村支书家里，吃了一顿饺子。关于老屋，支书对他说："前几年，我去信问他，他回信说：也不拆，也不卖，听其自然，倒了再说。看来，他对这几间破房，还是有感情的。"

朋友告诉我：现在村里，新房林立；村外，果木成林。我那几间破房，留在那里，实在太不调和了。

我解嘲似的说："那总是一个标志，证明我曾是村中的一户。人们路过那里，看到那破房，就会想起我，念叨我。不然，就真的会把我忘记了。"

但是，新的正在突起，旧的终归要消失。

一九八六年八月十二日，晨起作。闷热，小雨

告　别

——新年试笔

书　籍

我同书籍，即将分离。我虽非英雄，颇有垓下之感，即无可奈何。

这些书，都是在全国解放以后，来到我家的。最初零零碎碎，中间成套成批。有的来自京沪，有的来自苏杭。最初，我囊中羞涩，也曾交臂相失。中间也曾一掷百金，稍有豪气。总之，时历三十余年，我同它们，可称故旧。

十年浩劫，我自顾不暇，无心也无力顾及它们。但它们辗转多处，经受折磨、潮湿、践踏、撞破，终于还是回来了。失去了一些，我有些惋惜，但也不愿再去寻觅它们，因为我失去的东西，比起它们，更多也更重要。

它们回到寒舍以后，我对它们的情感如故。书无分大小、贵贱、古今、新旧，只要是我想保存的，因之也同我共过患难的，一视同仁。洗尘，安置，抚慰，唏嘘，它们大概是已经体味到了。

近几年，又为它们添加了一些新伙伴。当这些新书，进入我的书架，我不再打印章，写名字，只是给它们包裹一层新装，记下到此的岁月。

这是因为，我意识到，我不久就会同它们告别了。我的命运是注定了的。但它们各自的命运，我是不能预知，也不能担保的。

字　画

我有几张字画，无非是吴、齐、陈的作品，也即近代世俗之所爱，说不上什么稀世的珍品。这些画，是六十年代初，我心血来潮，托陈乔同志在北京代购的，那时他任中国历史博物馆副馆长，据说是带了几位专家到画店选购的，当然是不错的了。去年陈乔来家，还问起这几张画来。我告诉他"文化大革命"时，抄是抄去了，但人家给保存得很好，值得感谢。这些年一直放在柜子里，也不知潮湿了没有，因为我对这些东西，早已经一点兴趣也没有了。陈说：不要糟蹋了，一幅画现在要上千上万啊！我笑了笑。什么东西，一到奇货可居，万人争购之时，我对它的兴趣就索然了。我不大看洛阳纸贵之书，不赴争相参观之地，不信喧嚣一时之论。

当代画家，黄胄同志，送给过我两张毛驴，吴作人同志给我画过一张骆驼，老朋友彦涵给我画了一张朱顶红，是因为我请他向画家们求画，他说，自从批"黑画展"以后，画家们都搁笔不画了，我给你画一张吧。近些年，因为画价昂贵，我也不敢再求人作画，和彦涵的联系也少了。

值得感谢的，是许麟庐同志，他先送我一张芭蕉，"四人帮"倒台以后，又主动给我画了一张螃蟹、酒壶、白菜和菊花。不过那四只螃蟹，形象实在丑恶，肢体分解，八只大腿，画得像一群小雏鸡。上书：孙犁同志，见之大笑。

天津画家刘止庸，给我写了一副对联，虽然词儿高了一些，有些过奖，我还是装裱好了，张挂室内，以答谢他的厚意。

我向字画告别，也就意味着，向这些书画家告别。

瓶　罐

进城后，我在早市和商场，买了不少旧瓷器，其中有一些是日本瓷器。可能有些假古董，真古董肯定是没有的。因为经过抄家，经过专家看过，每个瓶底上，都贴有鉴定标签，没有一件是古瓷。

不过，有一个青花松竹的瓷罐，原是老伴外婆家物，祖辈相传，搬家来天津时，已为叔父家拿去，后来听说我好这些东西，又给我送来了。抄家时，它装着糖，放在橱架上，未被拿走。经我鉴定，虽然无款，至少是一件明瓷。可惜盖子早就丢失了。

这些瓶瓶罐罐，除去孩子们糟蹋的以外，尚有两筐，堆放在闲屋里。

字　帖

原拓只有三希堂。丙寅岁拓，并非最佳之本。然装潢华贵，花梨护板，樟木书箱，似是达官或银行家物。尚有写好的洒金题签，只贴好一张，其余放在箱内。我买来也没来得及贴好，抄家时丢失了。此外原拓，只有张猛龙碑、龙门二十品等数种，其余都是珂罗版。

汉碑、魏碑。我是按照《艺舟双楫》和《广艺舟双楫》介绍购置的，大体齐备。此外有淳化阁帖半套及晋唐小楷若干种。唐隶唐楷及唐人写经若干种。

罗振玉印的书，我很喜欢，当做字帖购买的有：祝京兆法书，水拓鹤铭，世说新书，智永千文，六朝墓志菁华等。以他的六朝墓志，校其他六朝帖,就会发见,因墓志字小形微,造假者多有。

我本来不会写字,近年也为人写了不少,现在很后悔。愿今后一笔一画,规规矩矩,写些楷字,再有人要,就给他这个,以示真象。他们拿去,会以为是小学生习字,不屑一顾,也就不再来找我了。人本非书家,强写狂乱古怪字体,以邀书家之名;本来写不好文章,强写得稀奇荒诞,以邀作家之名;本来没有什么新见解,故作高深惊人之词,以邀理论家之名,皆不足取。时运一过,随即消亡。一个时代,如果艺术,也允许作假冒充,社会情态,尚可问乎。

印　章

还有印章数枚,且有名字作品。一名章,阳文,钱君匋刻,葛文同志代求,石为青田,白色,马纽。一名章,阴文,金禹民作,陈肇同志代求,石为寿山;一藏书章,大卤作,陈乔同志代求,石为青田,酱色。

近几年,一些青年篆刻爱好者,也为我刻了一些图章。

其实,我除了写字,偶尔打个印,壮壮门面外,在书籍上,是很少盖印了,前面已经提到。古人达观者,用"曾在某斋"等印,其实还有恋恋之意,以为身后,还是会有些影响,这同好在书上用印者,只有五十步之差。不过,也有一点经验。在"文化大革命"时,我有一部《金瓶梅》被抄去,很多人觊觎它,终于是归还了,就是因为每本封面上,都盖有我的名章,印之为物,可小觑乎?

镇　纸

我还有几件镇纸。其中,张志民送我一副人造大理石的,色彩形制很好。柳溪送我一只大理出的,很淡雅。最近杨润身又送我一只,是他的家乡平山做的,很朴厚。

我自己有一副旧玉镇纸,是用六角钱从南市小摊上得到的。每只上刻四个篆字,我认不好。陈乔同志描下来,带回北京,请人辨认。说是:"不惜寸阴,而惜尺璧"八个字。陈说,不要用了。

其实,我也很少用这些玩意儿,都是放在柜子里。写字时,随便用块木头,压住纸角也就行了。我之珍惜东西,向有乡下佬吝啬之誉。凡所收藏,皆完整如新,如未触手。后人得之,可证我言。所以有眷恋之情,意亦在此。

以上所记,说明我是玩物丧志吗?不好回答。我就是喜爱这些东西,它们陪伴我几十年。一切适情怡性之物,非必在大而华贵也。要在主客默契,时机相当。心情恶劣,虽名山胜水,不能增一分之快,有时反更添愁闷之情。心情寂寞,虽一草一木也可破闷解忧,如获佳侣。我之于以上长物,关系正是如此。现在分别了,不是小别,而是大别,我无动于衷吗?也不好回答。"文化大革命"时,这些东西,被视为"四旧",扫荡无余。近年,又有废除一切旧传统之论,倡言者,追随者,被认为新派人物。后果如何,临别之际,也就顾不得那么许多了。

一九八七年一月七日记

残 瓷 人

这是一个小女孩的白瓷造像。小孩梳两条小辫,只穿一条黄色短裤。她一手捧着一只小鸟,一手往小鸟的嘴中送食,这样两手和小鸟,便连成了一体。

这是我一九五一年,从国外一个小城市买回的工艺品。那时进城不久,我住在一个大院后面,原来是下人住的小屋里,房间里空空,我把它放在从南市旧货摊上买回的一个樟木盒子里。后来,又放进一些也是从旧货摊上买来的小玩艺,成了我的百宝箱。

有一年,原在冀中的一位老战友来看我。我想起在抗日战争时期,我过封锁线,他是军分区的作战科长,常常派一个侦察员护送我,对我有过好处,一时高兴,就把百宝箱打开,请他挑几件玩艺。他选了一对日本烧制的小花瓶,当他拿起这个小瓷人的时候,我说:

"这一件不送,我喜欢。"

他就又放下了。为了表示歉意,我送了他一张董寿平的杏花立轴,他高兴极了。

后来,我的东西多了,买了一个玻璃柜,专放瓷器,小瓷人从破木盒升格,也进入里面。"文化大革命",全被当做四旧抄走了。其实柜子里,既没有中国古董,更没有外国古董。它不过是一件哄小孩的瓷器,底座上标明定价,十六个卢布。

落实政策,瓷器又发还了。这真是有组织有计划的抄家,东西保存得很好,一件也没有损失,小瓷人也很好。

我已经没有心情再玩弄这些东西,我把它们放在一个稻草编的筐子里。一九七六年大地震,我屋里的瓷器,竟没有受损,几个放在书柜上的瓶子,只是倒在柜顶上,并没有滚落下来。小瓷人在草筐里,更是平安无事。

但地震震裂了屋顶。这是旧式房,天花板的装饰很重,一天夜里下雨,屋漏,一大块天花板的边缘部分,坠落下来,砸倒了草筐,小瓷人的两只手都断了。

我几经大劫,对任何事物,都没有了惋惜心情。但我不愿有残破的东西,放在眼前身边。于是,我找了些胶水,对着阳光,很仔细地把它的断肢修复,包括几片米粒大小的瓷皮,也粘贴好了。这些年,我修整了很多残书,我发现自己在修修补补方面,很有一些天赋。如果不是现在老眼昏花,我真想到国家的文物部门,去谋个差事。

搬家后,我把小瓷人带入新居,放在书案上。不知为什么,我忽然有些伤感了。我的一生,残破印象太多了,残破意识太浓了。大的如"九一八"以后的国土山河的残破,战争年代的城市村庄的残破。"文化大革命"的文化残破,道德残破。个人的故园残破,亲情残破,爱情残破……我想忘记一切。我又把小瓷人放回筐里去了。

司马迁引老子之言:美好者不祥之器。我曾以为是哲学之至道,美学的大纲。这种想法,当然是不完整的,很不健康的。

一九九二年一月三十日下午,大风

知 识 链 接

【文学常识】

一、作家介绍

孙犁(1913—2002),原名孙树勋,河北安平人。保定育德中学毕业。1944 年赴延安,1949 年以后主编《天津日报·文艺周刊》。曾任中国作家协会理事、中国作家协会天津分会副主席。

主要作品有短篇小说《荷花淀》《芦花荡》《嘱咐》、中篇小说《铁木前传》、长篇小说《风云初记》、散文集《晚华集》《秀露集》《澹定集》《尺泽集》等。身后有《孙犁全集》十一卷面世。

二、作家评价

世上最难得的就是清正。孙犁一生有野心,不在官场,也不往热闹地去,却没有仙风道骨气,还是一个儒,一个大儒。

——贾平凹:《孙犁论》,《当代作家评论》1993 年第 3 期

他一直淡薄名利,自寻寂寞,深居简出,粗茶淡饭,或者还给人以孤傲的印象。但在我的感觉里,或许他的孤傲与谦逊是并存的,

如同他文章的清新秀丽与突然的冷峻睿智并存。倘若我们读过他为《孙犁文集》所写的前言,便会真切地知道他对自己有着多少不满。因此我更愿意揣测,在他"孤傲"的背后始终埋藏着一个大家真正的谦逊。没有这份谦逊,他又怎能甘用一生的时间来苛刻地磨砺他所有的篇章呢。

——铁凝:《怀念孙犁先生》,《人民文学》2002 年第 11 期

他是一位追求纯正艺术趣味的传统型文人。

——程光炜、刘勇、吴晓东、孔庆东、郜元宝:《中国现代文学史》,中国人民大学出版社 2000 年版

三、作品评价

孙犁有他自己一贯的风格。《风云初记》等作品,显示了他的发展的痕迹。他的散文富于抒情味,他的小说好像不讲篇章结构,然而绝不枝蔓;他是用谈笑从容的态度来描摹风云变幻的,好处在于虽多风趣而不落轻佻。

——茅盾:《反映社会主义跃进的时代,推动社会主义时代的跃进!》,《人民文学》1960 年第 8 期

可以自信,我在写作这篇作品时的思想、感情,和我所处的时代,或人民对作者的要求,不会有任何不符拍节之处,完全是一致的。

我写出了自己的感情,就是写出了所有离家抗日战士的感情,所有送走自己儿子、丈夫的人们的感情。我表现的感情是发自内心的,每个和我生活经历相同的人,就会受到感动。

——孙犁:《关于〈荷花淀〉的写作》,《晚华集》,百花文艺出版社 1979 年版

与赵树理以现实主义精神着重表现农民心理思想改造的艰难历程不同,孙犁的小说着重于挖掘农民的灵魂美和人情美,艺术上追求诗的抒情性和风俗化的描写,带有浪漫主义的艺术气质。……孙犁的小说以其美的特质与独特艺术风格在解放区小说中占据了一个特殊的位置。并以他为首,后来形成了一个荷花淀派。

——钱理群、温儒敏、吴福辉:《中国现代文学三十年》(修订本),北京大学出版社1998年版

孙犁的文章好,主要原因是没有居高临下的态度,乃凡人的歌吟,与我们距离很近。文章无定格,而他的随意而谈的文体,对我而言,真的是写作的入门向导。

——孙郁:《布衣孙犁》,2011年7月24日《北京晚报》

四、关于"荷花淀派"

《荷花淀》写于1945年。作品发表后,在文学艺术界影响很大,有许多作家都努力探索其写作技巧,并在艺术实践中体现其风格,不久便形成了一个被评论界称为"荷花淀派"的文学流派。"荷花淀派"形成于二十世纪四十年代,初具规模于五十年代初期,活跃于五十年代中期,所指涉的范围以孙犁为旗帜,以刘绍棠、从维熙、韩映山等受到孙犁培养和直接影响的作家为主要成员,以《荷花淀》《白洋淀纪事》《青枝绿叶》《运河的桨声》《南河春晓》《七月雨》等为代表作。"荷花淀派"的作品,充满浓郁的浪漫主义气息和明畅的乐观精神,往往不以情节取胜,而是注重人物心理活动的刻画,着力地追求语言的韵味,制造出高于生活,又在生活中可以体会到的诗情画意。

【要点提示】

一、用散文的建构方式构筑诗体小说

孙犁是一个具有鲜明而独特艺术风格的作家,他的抗日小说"不多写国民劣根性、不正面涉及日本人或日本文化、不正面描写残酷场面",但却精巧地将时代重大主题寓于平凡生活之中。《荷花淀》围绕白洋淀以水生嫂为核心的青年妇女们探夫一事展开,选取了具有浓厚生活实感和生活韵味的故事场面,将紧张的战斗、平静的劳动和温馨的爱情用朴素而简练、自然而清新的语言呈现出来,歌颂了解放区人民的灵魂美和人情美。

二、多种描写手法的娴熟运用

孙犁创造性地继承了中国古典文学中的白描手法,并熟练地使用反复、比喻、拟人等多种修辞手法,营造了诗一般优美的意境,达到了自然美与人性美的完美统一。比如,在描述白洋淀的芦苇之多时反复用了两句"不知道"来烘托突出;在描绘女人劳动的场面时,用"像坐在一片洁白的雪地上,也像坐在一片洁白的云彩上"就把劳动的场面美化了;在描写战斗时,形容"粉色荷花箭高高地挺起来,是监视白洋淀的哨兵吧",对荷花荷叶的描写不仅形象逼真,而且寄托了作者强烈的爱憎感情。

同时,孙犁尤其注重对人物的行动、语言以及细节的描写。比如,在水生告诉妻子自己要去大部队并且"第一个举手报了名"时,妻子先是手指震动了一下,"想是叫苇眉子划破了手",后来也只是嗔怪地说了一句"你总是很积极的",没有豪情壮志,但折射出对于丈夫深沉的爱意。作者从生活细微处入手而贴合人物的身份、个性,将人物丰富的内心世界及各自的性格特征传达给读者。

三、着重表现农村劳动女性的灵魂美

孙犁擅长刻画和赞美农村劳动女性,她们不仅具有传统的美德,更充满了对新生活的热爱,质朴善良、纯洁多情、坚强勇敢。比如《荷花淀》与《嘱咐》中的水生嫂、《芦花荡》中的大菱和二菱、《"藏"》中的浅花等等。在旧社会,女性的生活地位是极低下的,但在解放区她们的优秀品质却大放异彩。作者正是从这些纯真、健美的青年妇女身上挖掘出时代精神的美,"用的多是彩笔,热情地把她们推向阳光的照射之下,春风吹拂之中"。

四、传统文学技巧和表现新现实生活的完美对接

孙犁有深厚的古典文学功底,其文学表现手法承继了优秀的古典小说、戏曲、诗歌,甚至尺牍的叙述精华。孙犁深谙变化中的民间意趣,同时对现实生活有着积极而深刻的理解。在小说散文创作中,将上述因素精巧融合,缔造出全新风格的作品,表现了一个优秀作家的才华,也为后来的写作者提供了学习和参照的榜样。

【学习思考】

一、《荷花淀》用诗化的语言描写战争,正面描写的篇幅较少,请问这样是否会美化战争,请谈一谈你的理解。

二、许多文学作品中都刻画了经典的女性形象,如鲁迅《祝福》中的祥林嫂,孙犁《荷花淀》中的水生嫂。试以水生嫂和祥林嫂为例,说一说时代变迁对妇女命运的影响。

(李宇 编写)